NOUS N'AVONS PAS CHANGÉ

Du même auteur aux Éditions J'ai lu

De toute urgence (4812)
Le phare de Zanzibar (6764)
24 heures de trop (7355)
L'agence (7728)
Le bateau du matin (8063)

LORRAINE

Fouchet

NOUS N'AVONS PAS CHANGÉ

ROMAN

J'AI LU

En mémoire de François Chevreuil

En hommage à Serge Reggiani

Il faut vivre, l'azur au-dessus comme un glaive
Prêt à trancher le fil qui nous retient debout
Il faut vivre partout dans la boue et le rêve
En aimant à la fois et le rêve et la boue
Il faut se dépêcher d'adorer ce qui passe
Avoir le premier geste et pas le dernier mot
Étouffer d'émotion, de désir, de musique
Écouter le silence où Mozart chante encore

Chanson de Claude Lemesle, Christian Piget,
« Il faut vivre... »,
interprétée par Serge Reggiani

1

Septembre 2000

À travers la fenêtre elles apercevaient un cerisier du Japon et un chêne, un cerisier vit cent ans et un chêne cent vingt ans. Une mésange se posa sur une branche du cerisier, une mésange peut vivre douze ans. Les deux jeunes femmes, qui partageaient la même chambre d'hôpital, contemplaient les arbres et l'oiseau. Elles s'étaient raconté leur enfance, leurs joies, leurs peines, leurs amours, leurs amis. Celle du lit de gauche rêvait de découvrir le monde mais elle enchaînait les petits boulots et tirait le diable par la queue. Celle du lit de droite ne se passionnait pour rien, ne travaillait pas, courait les grands couturiers et les endroits branchés.

Il était midi plein. La porte s'ouvrit. Une jolie femme entra, hésita au seuil de la porte, puis se dirigea d'un pas ferme vers le lit de gauche, un bouquet de tulipes à la main. Une tulipe vit trois jours dans une chambre d'hôpital. La visiteuse eut un sourire compatissant :

— Je suis Danielle, mes parents étaient les voisins des vôtres quand on était petites, on ne s'est pas vues depuis des années, j'ai une sœur jumelle qui s'appelle Elizabeth, vous vous souvenez ? J'ai appris que vous étiez hospitalisée ici et comme je suis venue voir une amie qui vient d'accoucher…

La jeune femme de gauche sourit et secoua la tête.

— Il doit y avoir erreur sur la personne… Essayez l'autre lit !

Les deux malades avaient en effet un air de famille, même couleur de cheveux et d'yeux, même âge. Confuse, la visiteuse se tourna vers le lit de droite. La jeune femme qui y était allongée se redressa sur ses oreillers :

— Vous aviez un grand frère craquant qui s'appelait Patrick, n'est-ce pas ? Et un épagneul, Rita, c'est ça ?

La visiteuse opina, rassurée ; elle s'adressait enfin à la bonne personne.

Après son départ, les deux alitées commentèrent son erreur. Elles ne s'étaient pas rendu compte à quel point elles se ressemblaient.

— On aurait pu s'amuser, tu aurais dû continuer le quiproquo et te faire passer pour moi ! dit en riant celle du lit de droite. J'adorais leur Rita, elle était noire avec le museau et le bout des pattes feu. Un de nos voisins râlait quand elle aboyait. Je lui ai dit : « Le jour où vous n'entendrez plus les chiens aboyer, les oiseaux chanter et les enfants crier en jouant, vous le regretterez, ça voudra dire que vous serez mort ! » Il ne s'est plus jamais plaint.

Plus tard dans la journée, un médecin surgit, bedonnant, maladroit. Lui aussi hésita une seconde devant ses deux patientes. Elles souffraient de la même maladie. Le destin n'est pas juste et parfait. Il était venu leur annoncer une bonne et une mauvaise nouvelle : l'une avait la vie devant elle, l'autre pas.

2

Lundi 19 septembre 2005

Gwénola Tonnerre contemplait l'océan par la fenêtre du bureau de sa maison blanche à volets bleus de l'île de Groix. Des voiliers saupoudraient la mer. À cette heure, de l'autre côté de l'île, le bateau du matin venait de quitter le port pour cingler vers Lorient. Le regard de Gwénola effleura avec tendresse la photo de Loeiz – Louis en breton, qu'elle prononçait Loïs –, son fils de dix-neuf ans qui faisait ses études de médecine à Rennes. La photo voisine montrait Loeiz, enfant, sur les genoux d'Annick, la mère de Gwénola. Aucun autre portrait d'homme n'ornait le mur, et pour cause. Gwénola ne connaissait pas son père, pas plus que Loeiz ne connaissait le sien, c'était devenu une habitude dans la famille.

Un petit carton était punaisé au mur : « Les vingt ans du bac ! Dîner de la promotion 1985 de Sainte-Agathe, mardi 20 septembre. » Gwénola avait passé son bachot deux décennies plus tôt, à Paris, parce que Annick, mère célibataire qui l'élevait seule, était infirmière dans cet établissement privé huppé de la capitale. Quelques jours après le bac, Gwénola était partie vivre chez sa grand-mère à Groix, une bande de terre de huit kilomètres sur quatre posée au milieu de l'eau. La vieille dame, veuve de marin, l'avait entourée de tendresse et gavée de far breton et du *tchumpôt* local. Elle était morte depuis, mais Gwénola avait définitivement jeté l'ancre dans l'île. Il lui arrivait de la quitter pour passer la journée à Lorient, elle avait même à plusieurs reprises poussé jusqu'à Rennes, mais elle n'était plus jamais retournée dans la capitale.

Elle secoua ses cheveux pour remettre ses idées en place et se concentra sur l'article qu'elle devait rédiger. Elle était la correspondante locale de *Ouest-France*. Les mots coulaient, fluides, ses doigts dansaient sur les touches de son ordinateur PowerBook blanc, elle adorait son métier de journaliste. Elle prenait généralement son temps pour peaufiner ses textes mais aujourd'hui elle était pressée. Quand elle aurait expédié son article par Internet, elle attraperait son sac puis descendrait au port prendre le bateau. À Lorient, elle grimperait dans le TGV direction Paris. Elle avait réservé une chambre rue de la Gaîté, à Montparnasse, à cause de la proximité de la gare d'où arrivaient les trains de Bretagne et du nom joyeux de la rue.

Gwénola consulta à son poignet la montre sport qui indiquait les heures de marée, un cadeau de Noël de son fils. C'était chronique chez elle, elle était en retard de naissance au sens littéral du mot, sa mère avait même accouché une semaine après le terme théorique.

Gwénola sourit à la photo où Annick jouait avec le petit Loeiz. Tous trois avaient d'épais cheveux noirs bouclés, un regard de myope que certains jugeaient à tort arrogant, un corps musclé. Loeiz avait poussé telle une asperge comme tous les garçons de sa génération, il culminait à un mètre quatre-vingt-dix. Gwénola avait conservé son visage frais d'autrefois, ses yeux couleur turquoise pétillaient souvent, c'était une jolie femme petit modèle. Elle était énergique et souriante, mais plus fragile qu'il n'y paraissait. Elle ne parlait jamais du père de Loeiz et se refermait comme une huître quand on la questionnait. Les hommes lui trouvaient du charme, mais elle n'était pas sûre d'elle. La fêlure était profonde, elle n'était pas complètement remise de sa première histoire d'amour.

— Ohé, Gwénola ! Tu prends quel bateau ?

Sa voisine Eva Foresta, arrêtée sur le sentier douanier devant la maison, caressait Rebecca, le setter anglais de leurs voisins Poupée.

— Celui de 13 h 30. Je me demande pourquoi j'ai accepté d'aller à cette fichue réunion d'anciennes élèves demain soir. La curiosité, sûrement…

Gwénola mentait. Elle savait très bien pourquoi elle y allait. Et cela faisait vingt ans qu'elle repoussait ce moment.

3

Chez Olivia Ruben, le carton d'invitation « Les vingt ans du bac ! Dîner de la promotion 1985 » était posé sur le manteau de la cheminée, appuyé contre le 7 d'or du meilleur feuilleton de l'été précédent. Olivia était un écrivain célèbre et très populaire. Elle avait publié dix romans en vingt ans, tous adaptés à la télévision. Elle habitait un village des Yvelines à vingt minutes en RER de l'Étoile, une demi-heure dans sa petite Mercedes aux heures creuses, une heure et demie aux heures de pointe.

Noé, son jeune fils de dix-sept ans aux cheveux coiffés en catogan et à la langue ornée d'un piercing, fit irruption dans la pièce, hors d'haleine :

— Papa m'emmène à Deauville samedi ! annonça-t-il, radieux.

— Ton père a oublié que je risque d'être privée de toi pendant trois longs mois, rétorqua Olivia, tranchante. Tu vas tellement me manquer, mon chéri...

Un second carton bariolé était posé près de celui de Sainte-Agathe : *Tel père, tel fils*, la grande émission de télé réalité de la rentrée, débuterait en direct le samedi suivant après le journal télévisé du soir, à l'heure de la plus grande écoute. Les candidats étaient tous des enfants de *people*. Noé avait été sélectionné parce qu'il était le fils d'Olivia. Selon le principe habituel, un candidat serait éjecté chaque semaine. Celui qui tiendrait le coup pendant trois mois gagnerait argent, notoriété et un lancement sur le support de son choix, disque, exposition de peinture ou photo, publication d'un livre, réalisation d'un film ou premier rôle. Noé rêvait de devenir réalisateur et écrivain, un mélange de Steven Spielberg et de Marc Levy. Il voulait qu'on se retourne sur lui dans la rue, à dix-sept ans ce serait pain bénit pour emballer les filles. Il avait compris comment les choses fonctionnaient : « Un inconnu qui écrit, tout le monde s'en fout, personne ne l'attend, disait-il avec une saine logique. Un *people* qui écrit, on se précipite ! »

Olivia Ruben avait passé son enfance dans l'hôtel particulier de ses parents à Neuilly près de l'Hôpital américain. Puis elle s'était mariée avec Colin Nathan, figure montante de la chirurgie esthétique, et ils s'étaient installés dans un loft du Quartier latin. L'année de son divorce et de la publication de son cinquième roman, Olivia avait acheté sa maison des Yvelines avec ses droits d'auteur. Il s'agissait d'un bâtiment moderne avec une décoration résolument zen : murs et rideaux blancs, peu de meubles, aucun tableau, ni argenterie ni bibelots, quelques bonzaïs, des futons japonais traditionnels. Comme Olivia était grande et très ronde, elle s'habillait de matières fluides et nobles, lin, soie, cuir, dans des camaïeux de beige. Ses cheveux étaient naturellement blonds, ses lèvres artificiellement gonflées, elle avait de superbes yeux verts, elle était en représentation perpétuelle, on ne la voyait jamais démaquillée.

— Maman, laisse-moi y aller, insista Noé, charmeur.

La mère et le fils se ressemblaient, avec leurs cheveux presque blancs et leurs yeux de chat, mais Noé était long et filiforme.

Olivia Ruben consulta à son poignet la montre de luxe que son père le milliardaire Richard Ruben lui avait offerte pour la naissance de Noé. Le même jour son mari Colin avait cru drôle de lui proposer son premier lifting gratuit, et il parlait sérieusement.

— Pas question, répondit-elle à Noé d'un ton ferme. Je veux profiter de toi toute la semaine. Ton père t'a eu dimanche dernier, chacun son tour !

— Mais maman…

— Tu vas participer à *Tel père, tel fils*, ça ne te suffit pas ? s'énerva Olivia. La question est réglée, c'est non. Je manque de vitamine C, tu veux bien aller me chercher des oranges chez Manuel à Primavera ?

Noé claqua la porte en guise de réponse. Olivia soupira, mit son ordinateur en veille, recula son fauteuil de cuir rouge, déplia son grand corps et saisit son petit portefeuille. Elle caressa au passage le chat persan Who's Who au regard étrange. Le jour où on lui avait proposé de figurer dans le prestigieux annuaire de ceux qui comptent, Olivia avait touché du doigt le bonheur.

Dans la rue elle renversa la tête en arrière pour sentir la chaleur du soleil et tenta d'oublier le vide qu'allait lui causer l'absence de son fils. Avec un peu de chance, il serait peut-être rapidement éliminé du jeu ?

— Salut Olivia ! Je t'ai entendue hier à la radio, tu as été excellente !

Sa voisine médecin, Lisa Niels, souriait largement. Sur la place de l'église, en contrebas, Marie-Amélie ouvrait sa fromagerie en tenant par la main sa fille Mathilde qui protestait parce que le labrador Evinrude lui avait volé son doudou.

— On se fait un barbecue demain soir toutes les trois, vous êtes libres ? proposa Lisa.

— J'apporterai le fromage et le vin, dit Marie-Amélie.

Olivia secoua la tête.

— Ce sera sans moi, hélas. J'ai une réunion d'anciennes élèves, on ne s'est pas vues depuis vingt ans, je ne sais même pas pourquoi j'ai accepté…

Elle trichait. Sa première pensée en recevant le carton avait été qu'elle pourrait ainsi mesurer sa notoriété. Sa seconde pensée, qu'elle marchait depuis des années en équilibre sur le fil du rasoir et que le temps était enfin venu de renvoyer l'ascenseur.

4

Le carton d'invitation aux « vingt ans du bac » de la comtesse Axelle de Bergeac était coincé dans le cadre du grand miroir de son boudoir, comme autrefois les cartons d'invitation aux soirées de rallye organisées pour que les jeunes aristocrates dansent puis se marient entre eux. En 2005 cela existait toujours.

Rien n'avait beaucoup changé en fait, dans le monde où Axelle vivait. Son frère, ses cousins, ses amis, son mari Charles et elle habitaient encore des châteaux de famille et figuraient dans le Bottin mondain et le Gotha. Mais, contrairement à ce que croyaient les gens, ils n'avaient plus de fortune. Les hommes avaient appris à rebâtir un mur, remplacer des tuiles, réparer la plomberie, tirer une ligne électrique, ils travaillaient dans les relations publiques, la mode, le corps diplomatique, la haute administration, la haute finance, la culture, l'armée. Les femmes faisaient visiter le château le dimanche, vendaient les tickets, narraient l'histoire de leur famille, répondaient avec amabilité aux questions consternantes de touristes incultes, et empêchaient la fauche. Le fait d'appartenir à la noblesse n'était plus un état civil mais un état d'esprit. Axelle avait fait son entrée officielle dans le monde en participant au fameux bal des débutantes : sans fortune, elle avait porté avec grâce et fierté une robe et des bijoux haute couture prêtés le temps d'une soirée.

Axelle effleura machinalement des doigts le carton sur le miroir pour vérifier si les lettres étaient imprimées en relief. L'invitation à Sainte-Agathe n'avait rien à voir avec les soirées dansantes d'autrefois. Vingt années avaient eu beau s'écouler depuis qu'elle avait passé son bac, il lui semblait que c'était hier. Depuis elle avait quitté le château de ses parents en Normandie pour celui de Charles dans le Sud-Ouest. Ils n'avaient malheureusement pas d'enfants, bien qu'ils aient tout tenté, inséminations artificielles, fécondations in vitro. Axelle s'était abîmée dans le travail pour oublier. Elle s'occupait du catéchisme des enfants de son village, de la bibliothèque, des personnes âgées, du club de bridge, de l'association des jardins fleuris. Elle secondait autant que possible son député-maire de mari. C'était une épouse modèle, la femme racée et élégante parfaite pour Charles, une personne d'exception. Leur mariage, mémorable, avait rassemblé cinq cents personnes et rempli une double page dans *Point de vue-Images du monde*. Elle avait échangé un grand nom contre un autre, comme il se devait dans ce monde clos où l'on perpétuait les traditions par devoir et par politesse.

Axelle oublia le carton, fixa son reflet dans le miroir. Une grande femme brune au regard bleu glacier la regarda au fond des yeux. Elle avait de la classe, « de la branche » disait son père : « Tu n'es pas jolie, ma fille, tu es mieux que cela. » Elle se jugeait trop grande, trop gauche, pas sexy, peu sensuelle. Pourtant elle était sûre d'elle, pétrie de cette assurance conférée par la naissance. Elle aimait son mari à la folie, lui était dévouée corps et âme. Elle était au-dehors une femme distinguée et discrète, au-dedans une amoureuse passionnée prête à tout.

On toqua à la porte.

— Madame la comtesse est là ?

— Entre, Jeanne !

Jeanne, qui l'avait élevée et lui avait autrefois donné de magistrales fessées, entra dans le boudoir.

— C'est pour le menu de monsieur le comte demain. Comme madame la comtesse sera à Paris, vaut-il mieux lui préparer un poisson ou une viande ?

Axelle hésita, puis trancha.

— Poisson, et il dînera dans le petit salon. Merci d'y avoir pensé, Jeanne.

— Je suis là pour ça, madame ! répondit Jeanne. J'ai terminé votre valise, Joseph l'a chargée dans la traction.

Axelle hocha la tête. Son maître d'hôtel la conduirait à la gare dans la vieille Citroën héritée de son père puis porterait sa valise jusqu'au train. Elle voyagerait en seconde, coin fenêtre isolé. Charles et elle avaient gardé un petit studio à Paris sur le Champ-de-Mars, elle y dormirait ce soir. Ils aimaient ce quartier. Le Champ-de-Mars avait appartenu aux abbayes de Saint-Germain-des-Prés et Sainte-Geneviève, le comte d'Argenson l'avait acheté au XVIIIe siècle pour en faire une annexe de l'École militaire. La première montgolfière s'était envolée de là. L'agronome Parmentier avait utilisé ses fossés pour y planter les premières pommes de terre françaises. Le 14 juillet 1790 on y avait festoyé pour fêter l'adhésion du peuple français à la Révolution. En 1889, lors d'une Exposition universelle, on y avait découvert la nouvelle tour Eiffel.

Axelle jeta un œil sur la montre élégante qui ornait son poignet fin.

— Nous partirons dans une heure, merci, Jeanne.

Le téléphone l'interrompit. Jeanne décrocha.

— Château de Bergeac... Ne quittez pas, je vous prie.

Elle tendit l'appareil à Axelle.

— Madame la comtesse, c'est Mme Forestier.

Le visage d'Axelle s'éclaira, Juliette Forestier était sa voisine et une amie proche.

— Comment va l'agence Changer Tout ? s'enquit-elle avec une gaieté un peu forcée.

— On ne peut mieux ! Tu pars tout à l'heure ?

— Je n'ai aucune envie d'aller à cette réunion, soupira Axelle, mais c'est un devoir social, une forme de respect envers nos anciens professeurs. Il aurait été inélégant de refuser...

Elle était en réalité paniquée d'y aller, ce qui était bien normal vu ce qui s'était passé autrefois. Pourtant elle ne se déroberait pas, elle avait un rang à tenir.

5

Le carton d'invitation de Jenny Lincoln au dîner de la promotion 1985 de Sainte-Agathe était posé sur sa table de nuit de l'hôtel Raphaël à Rome, en Italie. Elle l'avait reçu à sa dernière adresse américaine et on le lui avait fait suivre jusqu'en Europe. Elle avait accepté, Paris n'était qu'à deux heures d'avion de Rome, moins loin que l'île de Groix où habitait Gwénola, moins loin que le Sud-Ouest où vivait Axelle. Pour ne pas se sentir dépaysée elle avait réservé exactement la même chambre à l'hôtel Raphaël de Paris, près de l'Arc de triomphe, à quelques pas des Champs-Élysées.

Jenny s'était installée à Rome depuis bientôt quatre ans. Sa chambre luxueuse, au centre de la façade de lierre de l'hôtel, surplombait le *largo* Febo. Sous ses fenêtres, les touristes vêtus de couleurs fluorescentes et bardés d'appareils photo se précipitaient pour déboucher dix mètres plus loin sur la *piazza* Navona, un stade olympique ovale construit par l'empereur Domitien en 86 après J.-C. Son sol, autrefois concave, avait été rempli d'eau jusqu'au XIXe siècle pour que s'y déroulent des jeux aquatiques. La fontaine du Maure, la fontaine des Quatre Fleuves du Bernin et la fontaine de Neptune la décoraient.

Il n'y avait que les touristes, des béotiens donc, qui y mangeaient de la pizza à midi, aucun Italien ne se serait abaissé à cette hérésie, la pizza se mangeait le soir, Jenny n'avait jamais compris pourquoi. Elle prenait ses repas au pied de l'hôtel au restaurant Santa Lucia, une table napolitaine branchée et délectable, à l'intérieur l'hiver, sur la placette l'été, à l'ombre des palais romains ocre et rouges. Les habitués la connaissaient, ce n'était pas une touriste américaine de plus, elle prenait racine et s'exprimait couramment en italien. Barbara, qui possédait le restaurant avec Bartolo, la trouvait sympathique. Jenny était de taille moyenne, de poids moyen, elle avait des yeux bruns, des traits réguliers, un physique banal rendu original par une chevelure du roux éclatant d'une forêt canadienne en automne.

Elle consulta à son poignet la montre-bijou que lui avait offerte son amant le baron Floridiano, très amoureux et très marié avec une autre. Le téléphone sonna, ce ne pouvait être que lui.

— *Amore*, tu n'es pas encore partie ? Tu m'appelles dès que tu auras atterri à Paris, n'oublie pas !

Il était du Nord et parlait italien sans rouler les « r ».

— C'est promis, le rassura-t-elle.

— Pourquoi rester toute la semaine ? grogna-t-il. Tu vas t'embêter là-bas, tes anciennes amies auront leurs maris, leurs enfants...

— Toi aussi tu as ta femme et tes *bambini* ici, pourtant je ne m'embête pas, fit-elle du tac au tac.

Silence blessé, la phrase avait fait mouche. Le baron se reprit vite, lança d'un ton léger :

— Quand leur tour Eiffel scintille le soir, elle est sûrement moins étincelante que tes yeux !

Jenny sourit. Elle était à la fois soulagée et excitée d'aller à Paris. Il était grand temps. Elle avait promis, elle devait aller jusqu'au bout.

Deux heures plus tard, elle s'asseyait dans le siège 4B d'un avion à l'aéroport de Fiumicino.

— *Scusi*... Je crois que c'est ma place.

Le voisin que le hasard lui avait attribué au 4A était un Romain de haute taille avec des cheveux aussi noirs que les siens étaient roux. Sensiblement de son âge, il avait un beau visage taillé à la serpe, des yeux pers, d'immenses mains. Il l'avait prise pour une Française et s'était adressé à elle dans cette langue avec un délicieux accent. Elle ne le détrompa pas. Ils restèrent silencieux pendant la première partie du trajet, ne s'adressèrent la parole qu'au moment du plateau-repas. Courtois, il lui versa son vin comme s'ils dînaient ensemble au restaurant. Jenny hésita à l'envoyer sur les roses puis craignit d'être ridicule : il ne la draguait pas, il était juste aimable, de quoi avait-elle peur ? Il lui raconta qu'il était négociant en objets de marine et qu'il se rendait à Paris pour la première fois afin d'assister à la Foire à la brocante et aux jambons de Chatou. Il lui confia qu'il adorait la mer mais n'avait jamais mis les pieds sur un bateau, il était bien conscient du fait que c'était ridicule, il allait bientôt y remédier. Jenny lui avoua qu'elle était dans le même cas.

— Alors vous n'êtes même pas allée sur les fameux bateaux-mouches ? Je m'appelle Corrado, c'est un prénom bizarre, mon père était fasciné par l'écrivain navigateur Joseph Conrad. Je vous invite à dîner un soir sur la Seine, si vous voulez ? proposa-t-il avec naturel.

Elle refusa gentiment, elle n'avait pas la disponibilité d'esprit nécessaire. Il n'insista pas, continua à lui verser galamment son vin.

— Vous restez longtemps à Paris ? demanda Jenny pour alimenter la conversation.

— Huit jours. Il faut que je sois rentré pour préparer le prochain marché aux puces du *ponte* Milvio.

Elle hocha la tête. Elle connaissait cette brocante haut de gamme qui se tenait le long du Tibre chaque premier dimanche du mois près du pont le plus vieux de Rome, là où s'était déroulée la bataille entre les Horaces et les Curiaces. Mais elle n'y était jamais allée, puisqu'elle habitait à l'hôtel dans un décor qui n'était pas le sien.

— Je suis américaine, je vis maintenant à Rome mais j'ai habité Paris dans ma jeunesse. Moi aussi je ne reste qu'une semaine, je viens pour une réunion des anciennes élèves de mon école, lui expliqua-t-elle.

— Alors vous connaissez Paris à mémoire ?

Elle dut avoir l'air étonnée.

— Ça ne se dit peut-être pas en français. Connaître *a memoria*, par cœur…

Elle comprit, sourit.

— Je n'y suis pas revenue depuis vingt ans, la ville a dû changer.

Corrado la débarrassa de son plateau tandis que l'avion descendait en survolant le ruban argenté de la Seine.

— Bonne réunion, dit-il quand ils atterrirent à Orly. Le premier qui navigue prévient l'autre, d'accord ?

Elle sourit. Ils se perdirent de vue près du tapis roulant des bagages, se retrouvèrent sous une petite pluie fine dans la queue des taxis. Personne ne les attendait ni l'un ni l'autre. Corrado, pourtant arrivé le premier, s'effaça pour la laisser passer et lui ouvrit la porte du taxi.

— Je vous en prie, dit-il. Une voiture n'est jamais qu'un bateau à roues. Je vous souhaite une bonne croisière !

Elle remercia et accepta en riant. La semaine commençait sous de bons auspices.

6

Mardi 20 septembre

Le jour se leva sur Paris, « les camions pleins de lait et les balayeurs pleins de balais ». Les élèves de 2005 arrivèrent par grappes à Sainte-Agathe, croulant sous le poids de leurs sacs à dos bourrés de livres. Ce matin le présent régnait en maître, ce soir le passé aurait tous les droits.

Isabelle Bedier, la maîtresse de division de la promo 1985, pianota sur le clavier de son ordinateur. L'imprimante cracha la liste des anciennes qui viendraient ce soir, plutôt un bon score au bout de vingt ans. Elles étaient encore nombreuses à lui envoyer leurs vœux, elles avaient pour la plupart fait d'excellents mariages, la moitié étaient divorcées, d'autres avaient disparu de la circulation, d'autres encore étaient mortes, deux étaient entrées en religion, une était ministre, une autre peintre, une troisième écrivain, une dernière pute de source sûre. La ministre était débordée, la peintre exposait, la pute ne donnait plus de nouvelles. Olivia Ruben, l'écrivain, serait fidèle au rendez-vous.

Isabelle sourit. Elle se souvenait parfaitement de la grande ado gauche et trop enveloppée, fille unique d'un milliardaire parvenu et tyrannique. Sa mère était morte pendant l'année de terminale, la jeune fille l'avait trouvée dans le coma en rentrant chez elle avec une amie, la fille d'un diplomate américain… Comment s'appelait-elle, déjà ? Isabelle fronça les sourcils, se mordit la lèvre inférieure, consulta sa liste. Jenny Lincoln, Isabelle se la rappelait aussi. Elles étaient quatre inséparables, surnommées les « quatre éléments » : Olivia la rêveuse était l'air, Jenny la passionnée exclusive était le feu, Axelle l'aristocrate ancrée dans la réalité était la terre, Gwénola la Bretonne était l'eau. Elles viendraient ce soir. Olivia lui avait expédié tous ses livres en service de presse. Axelle lui avait annoncé son mariage avec un classique faire-part double page sur papier gaufré en relief. Annick Tonnerre, la mère de Gwénola, lui avait envoyé une photo de son petit-fils Loeiz. À l'époque, Isabelle Bedier s'entendait bien avec cette Annick, l'infirmière de l'établissement, subtile et vive d'esprit. Elle naviguait avec adresse entre les écueils, soignait et réconfortait les élèves, protégeait les secrets des adolescentes, prévenait les parents quand cela s'imposait. Crises de tétanie ou d'appendicite, règles douloureuses ou colites liées au stress, migraines hystériques ou peur de l'examen, elle posait chaque fois le bon diagnostic. Elle avait découvert un viol familial, s'était méfiée d'un vertige masquant une tumeur au cerveau, avait soupçonné une grossesse. Elle ne trahissait pas ses jeunes patientes, elle privilégiait la discussion en les bourrant de far breton maison et de galettes Saint-Michel. Les élèves de Sainte-Agathe, dont les ravissantes mères jouaient au tennis, au golf, au bridge, faisaient des thalassothérapies, des bébés, des retraites de méditation et des séminaires de yoga, trouvaient auprès de l'infirmière la disponibilité et l'écoute qu'elles n'avaient pas à la maison.

Gwénola n'était pas jalouse, elle leur prêtait volontiers sa mère. Mais on ne lui rendait pas la pareille. Fille d'un membre du personnel, née de père inconnu, on ne l'invitait jamais aux soirées mondaines des rallies. Elle en avait pris son parti avec fatalisme. Les quatre amies appartenaient à des castes différentes : Axelle à la noblesse, Olivia aux nouveaux riches, Jenny au Quai d'Orsay, Gwénola au monde celtique.

« Je suis sûre qu'elles n'ont pas pris une ride, je les reconnaîtrai au premier coup d'œil », se réjouit Isabelle.

Ce soir, au bout de vingt ans, les anciennes élèves trouveraient l'école changée et en noteraient les modifications architecturales. Pendant ce temps, Isabelle sonderait leurs âmes et leurs cœurs.

7

Jenny, dans sa chambre d'hôtel, terminait ses exercices quotidiens de Qi Gong (prononcer Tchi Kong), art martial chinois traditionnel qu'elle pratiquait régulièrement. L'idéogramme Qi signifiant énergie et l'idéogramme Gong travail, les deux mots accolés voulaient dire entraînement de l'énergie vitale. Le Qi Gong s'articulait autour de quatre axes : la posture, la méditation qui amenait la décontraction, la régulation de la respiration et le mouvement lent. Jenny avait été séduite par cette gymnastique douce de santé et de longévité, pratiquée par les moines bouddhistes et taoïstes, et qui contrairement à la gymnastique occidentale ne réclamait aucun effort musculaire.

Face à la fenêtre, elle forma avec ses pouces et ses index le triangle de la fenêtre du ciel, répéta l'enchaînement appelé le souffle du vent pour harmoniser les énergies, termina en faisant le salut chinois. Puis elle s'habilla et quitta l'hôtel. Elle remonta l'avenue Kléber, déboucha sur la place Charles-de-Gaulle qui s'appelait autrefois l'Étoile. Les voitures tournaient à vive allure : aux États-Unis Jenny était habituée à une conduite prudente, en France c'était la loi du plus fort, en Italie c'était mille fois pire, chaque pays avait son système. Jenny obliqua à droite, descendit les Champs-Élysées, détailla les magasins, jouit du plaisir de fouler le trottoir de la plus belle avenue du monde. L'obélisque de la Concorde se dressait en bas, le drapeau accroché sous l'Arc de Triomphe flottait en haut, Jenny savoura

Paris. Elle souhaita de toute son âme que la réunion de ce soir se déroule bien et que ses craintes soient sans fondement. Elle espérait réussir cette épreuve haut la main.

On repérait facilement les étrangers à leurs chaussures : Nike souples pour les Américains, Valleverde en cuir pour les Italiens, et ce je ne sais quoi caractéristique d'un peuple, une façon de se tenir, de parler même si l'on n'entend pas la langue employée, le type de sac, la longueur du bermuda, la coiffure à la mode du moment, le modèle du téléphone portable. Mais il y avait trop de touristes et Jenny avait envie de France pur jus. Elle héla un taxi, se fit déposer dans la rue de Sainte-Agathe, régla en ajoutant les 10 % de pourboire d'usage aux États-Unis. Le café Au Trèfle à Quatre Feuilles faisait l'angle. Elles y passaient leur temps en dehors des cours, en terminale. Il était situé entre Sainte-Agathe et Saint-Pierre, l'institution privée pour garçons où étudiait Charles de Bergeac. Les hautes instances de Sainte-Agathe avaient décalé l'heure de la fin des classes pour que les garçons n'attendent pas les filles à la sortie, du coup c'étaient les filles qui faisaient le pied de grue devant Saint-Pierre ou bien s'installaient à la terrasse du Trèfle jusqu'à ce que les garçons les rejoignent.

La façade de verre et d'acier du café choquait dans la rue où s'alignaient de vieux hôtels particuliers et des résidences luxueuses. À midi, les élèves étant encore en cours, les tables étaient occupées par des mamans qui attendaient la sortie de la maternelle d'à côté, une vieille femme solitaire qui sirotait un alcool de poire, un groupe de représentants qui s'agitait autour d'une carafe embuée, un couple d'amoureux qui se buvait du regard. Jenny entra, s'assit à une table au hasard. Un serveur maigre et déjà chauve s'approcha, obséquieux. Il aimait parier sur les commandes des clients, cette petite rousse prendrait sans doute un café-crème.

— Madame ? fit-il en démasquant ses gencives.

À Rome Jenny aurait commandé *una bella spaghettata*, à Paris elle n'hésita pas.

— Une coupe de champagne, des olives et des chips.

— Une quoi ?

Mieux valait vérifier, une fois que la bouteille serait ouverte ce serait trop tard.

— Qu'est-ce qui pose problème ? fit Jenny, surprise. Champagne, olives, chips, les trois à la fois ?

De la sueur perla à sa lèvre supérieure, elle rongea l'ongle de son pouce droit.

— Rien, rien... Je vous apporte ça tout de suite.

Le serveur s'éloigna, intrigué. La cliente n'avait pas l'air portée sur la bouteille. Chagrin d'amour ? Elle n'avait pas d'alliance, il regardait toujours l'annulaire gauche des femmes. Du champagne alors qu'elle était seule... pour noyer sa peine ou pour arroser une bonne nouvelle ?

Jenny, les yeux mi-clos, se laissait bercer par les conversations des voisins. La coupe arriva, ébréchée, mais elle ne le fit pas remarquer au serveur. Le champagne était tiède, on ne lui avait même pas présenté la bouteille, mais les bulles familières la rassurèrent. Elle s'humecta les lèvres. Le couple d'amoureux l'observait avec curiosité. Les mères discutaient de marques de couches, d'éveil corporel pour tout-petits, d'un manège de chevaux de bois. Jenny n'appartenait pas à leur monde, leurs préoccupations lui étaient totalement étrangères.

Son minuscule portable argenté sonna, attirant l'attention sur elle. Floridiano y avait téléchargé *Nabucco*, le chœur des esclaves de Verdi.

— *Pronto ?* murmura Jenny.

Il était le seul à connaître son numéro, ce ne pouvait être que lui.

— *Amore*... Tu me manques. Où es-tu ?

— Dans le café où nous nous réunissions autrefois. Je suis venue respirer l'atmosphère du passé.

— Ne te laisse pas draguer par les Français, ce ne sont pas des gens sérieux, lui recommanda Floridiano.

Jenny sourit.

— Mon voisin dans l'avion voulait m'emmener dîner sur un bateau-mouche, dit-elle.

— Tu veux me rendre jaloux ? On ira dîner tous les deux sur le Tibre à ton retour, si tu veux. Comment te sens-tu, *amore* ? Tu n'as pas la voix heureuse.

— Tout va bien, prétendit Jenny.

Elle avala une gorgée de champagne. Le liquide pétilla sur sa langue. On ne rattrapait pas les années envolées. Pouvait-on rattraper les erreurs d'antan ?

8

Gwénola sortit de son hôtel une heure plus tard, redescendit la rue de la Gaîté, tourna avenue du Maine, se dirigea vers la tour Montparnasse, entra dans la gare pour acheter *Ouest-France* et vérifier que son dernier article avait été publié sans trop de coupes sauvages. Le vent sur l'esplanade chiffonna les pages dépliées, l'article figurait en bonne place. Elle prit une grande inspiration puis grimaça. Paris avait son odeur, elle ne l'avait plus humée pendant vingt ans, le choc était rude. Dans le quartier, des hôtels modernes et des immeubles futuristes avaient poussé entre des magasins surannés et des immeubles vétustes. La réunion allait bien se passer, les retrouvailles avec Axelle et Olivia ne seraient pas conflictuelles, elle se voulait confiante.

Les Parisiens se hâtaient vers la gare ou leur travail, marchant deux fois plus vite que les insulaires. À Groix, on avait le temps d'admirer l'océan, de s'adapter à la nature, de boire un café en évoquant la grande époque des thoniers à voiles ou en commentant les dernières nouvelles îliennes. Dans la capitale on courait après sa vie sans jamais la rattraper.

Gwénola était déjà fatiguée de Paris au bout de vingt-quatre heures, c'était trop grand, trop stressant, trop morose et ça puait. Elle se dirigea vers le métro, s'enfonça sous terre, patienta le long du quai. Des usagers qui n'avaient jamais vu la mer contemplaient les rails d'un regard vide. Le métro arriva enfin, Gwénola s'y engouffra, se cramponna à une barre verticale et se laissa ballotter jusqu'à sa destination. Elle émergea au niveau d'un carrefour plus bruyant que le port de Groix le 15 août, marcha vers son ancienne école.

Peu avant Sainte-Agathe, elle s'arrêta, étonnée de ne pas voir la devanture en bois du café de sa jeunesse. Le Trèfle à Quatre Feuilles était recouvert de verre et d'acier, ce qui lui seyait mal. Il était 13 h 30. Gwénola s'assit tout au fond à la seule table libre, les autres étant occupées par des groupes mixtes d'adolescents. Autrefois l'uniforme bleu marine et blanc de Sainte-Agathe se remarquait, maintenant les jeunes en jean et tee-shirt s'habillaient tous pareil. Les garçons péroraient, les filles ricanaient, Gwénola les trouva attendrissants. Elle effleura son portable au fond de sa poche, résista à l'envie d'appeler Loeiz qui déjeunait sans doute au restaurant universitaire de sa fac. Elle avait toujours peur de lui peser.

— Ma mère me tuerait si elle savait ! pouffa une fille au nombril à l'air et aux cheveux englués de gel.

Gwénola se demanda ce que la mère en question n'aimerait pas savoir. Loeiz était parti tôt comme tous les jeunes de l'île de Groix, après le collège il avait dû quitter la maison pour être pensionnaire au lycée de Lorient, il avait appris l'indépendance et elle avait appris la confiance. Gwénola était fière de lui, elle s'était démenée pour lui rendre la vie douce et qu'il pâtisse le moins possible de l'absence de son père.

Un serveur au front dégarni, la taille ceinte d'un tablier douteux, se matérialisa soudain devant elle, arrivé sans bruit sur des semelles de crêpe. Il attendit, des points d'interrogation plein les yeux. Elle n'avait pas faim mais il fallait bien manger.

— S'il vous plaît, commanda-t-elle, une omelette et un verre de vin rouge.

Elle regarda autour d'elle en se demandant si l'une de ses amies avait eu la même idée.

9

Axelle sortit de son appartement au même moment, descendit sur le Champ-de-Mars, leva la tête vers la tour Eiffel. Elle ne s'était jamais complètement habituée à vivre dans le Sud-Ouest, elle aimait la pollution, les encombrements, les avenues, les immeubles haussmanniens et le symbole de Paris, cette longue tour métallique que visitaient six millions de personnes par an.

Charles lui avait manqué cette nuit, elle détestait dormir loin de lui. La tendresse avait remplacé la passion au bout de vingt ans de mariage, Charles faisait souvent des allers et retours à Paris pour venir à l'Assemblée nationale, elle n'était pas certaine qu'il lui soit fidèle et au fond elle s'en fichait pas mal. Tout ce qui importait, c'était qu'il lui revienne. Il ronflait comme les Solex de leur jeunesse mais elle n'en avait cure. La nuit dernière, il n'y avait eu aucun bruit dans l'appartement et Axelle avait détesté ce silence.

Des gens promenaient leurs chiens, une jeune femme poussait un landau à l'ancienne, un SDF au regard flou s'avança vers elle. Elle coupa à travers la pelouse pour l'éviter, honteuse mais déterminée. Elle s'occupait déjà de ceux de son village, elle n'était pas Atlas, elle ne pouvait pas porter le monde. Le SDF la suivit des yeux, déçu.

Axelle s'éloigna à grands pas, traversa sans regarder, obligea un taxi à piler net. Elle pivota, se dirigea vers lui, ouvrit la portière arrière. Elle donna l'adresse de Sainte-Agathe et se laissa aller contre la banquette.

Un quart d'heure plus tard, le taxi la déposait devant le Trèfle. Elle régla la course, laissa un pourboire modeste, on ne roulait pas sur l'or au château, Jeanne et son mari Joseph étaient leur seul luxe, nourris, logés, blanchis mais payés une misère. Ils restaient par attachement, parce qu'ils faisaient partie de la famille, ils auraient gagné le triple ailleurs.

Quinze heures, le Trèfle était pratiquement vide. Elles y avaient tant de fois refait le monde. C'est là qu'elle avait rencontré Charles qui n'avait d'yeux que pour Gwénola. Là aussi qu'Axelle avait retrouvé Charles un soir, ivre et désespéré, et qu'elle l'avait remorqué jusqu'à sa voiture. La parfaite et discrète Axelle avait tellement provoqué son futur mari que la nuit s'était finie sur la banquette arrière de la vieille Dauphine. Qui l'eût cru ?

— Madame ? demanda le serveur en se penchant.

Cette cliente avait de la branche, décidément aujourd'hui n'était pas un jour ordinaire.

— Un Perrier rondelle et une salade niçoise, commanda Axelle, attentive à sa ligne, en plissant les yeux à cause du soleil qui l'éblouissait.

Elle s'assit en terrasse sans voir Gwénola qui se cachait derrière son journal. Elles restèrent une demi-heure à quelques mètres l'une de l'autre. Gwénola déglutit avec peine, rassembla son courage, c'était idiot, elle était venue aussi pour ça, elle devait se lever et s'approcher d'Axelle, c'était ridicule, elle était nulle, elle s'exhorta : « Qu'est-ce qui t'arrive ? Tu trembles, carcasse ? Tu as pourtant montré du courage autrefois, mené des batailles bien plus ardues, pourquoi reculer aujourd'hui ? »

Elle compta jusqu'à trois : un, deux...

Soudain Axelle se leva. Gwénola, bloquée dans son élan, se pétrifia. Axelle laissa quelques pièces sur la table, s'éloigna d'un pas souple. Gwénola pouvait encore la héler, lui courir après, renouer le contact, poser les questions qui lui brûlaient les lèvres. Pourtant elle resta là, les pieds collés au sol, la tête douloureuse, les mains moites, le cœur battant à grands coups.

10

Seize heures. Olivia, assise au premier étage du Café de Flore, donnait une interview à une filiforme journaliste d'un important magazine féminin. Le même scénario se déroulait chaque fois : la journaliste était jolie et sympa, elle pesait quarante kilos de moins qu'Olivia, elle n'avait pas eu le temps de lire son dernier roman, elle en recevait cinquante chaque semaine. Elle les offrait à l'hôpital, au club du troisième âge, au bibliobus, mais tous ces organismes exigeaient qu'elle coltine elle-même les livres jusqu'à eux et la journaliste tenait à ses vertèbres. Alors elle les laissait au bureau dans un endroit stratégique pour que les filles et les rares garçons qui travaillaient avec elle se servent. Et elle s'étonnait chaque fois de voir que ceux qui emportaient le plus de livres gratuits étaient ceux qui avaient le plus d'argent pour en acheter.

Olivia était une professionnelle, elle savait que la journaliste ferait un meilleur papier si elle livrait un peu de sa vie privée. Alors elle raconta Noé et ses rêves de télé réalité. Quand on la questionna sur Colin elle fut plus évasive, son ex-mari et elle étaient demeurés bons amis, vivre avec un écrivain n'était pas facile, elle se consacrait à ses lecteurs, elle avait une discipline de vie stricte.

La journaliste ne put s'empêcher de hausser les sourcils. Olivia réagit en lui dédiant le sourire reblanchi qu'elle devait à son génial dentiste.

— Je suis boulimique de vie, de lecture, d'écriture et de passion, lança-t-elle avec conviction.

La mince jeune femme hocha la tête en se demandant pourquoi Olivia s'obstinait à écrire des bluettes. Devenir Fred Vargas, d'accord, un style unique, des meurtres, de la psychologie, du suspense, quelle merveille. Mais elle n'avait pas de goût pour les romans populaires, alors que son magazine s'adressait à des lectrices qui en raffolaient.

— J'écris pour apporter du bonheur à mes lecteurs, les distraire, les arracher à leur vie quotidienne le temps d'un livre et les emmener avec moi dans une palpitante aventure de papier, conclut Olivia.

La journaliste hocha la tête. À son avis, les écrivains écrivaient parce qu'ils ne savaient rien faire d'autre au monde.

— J'ai été ravie de vous rencontrer, fit-elle en se levant pour mettre fin à l'entretien.

Olivia l'imita, affable. Comme après chaque interview, elle brûlait de demander quand l'article paraîtrait mais elle s'en abstint. Poser la question reviendrait à avouer qu'elle ne dévorait pas systématiquement chaque numéro du magazine.

— Merci de votre aide, dit-elle.

Elle récupéra sa petite Mercedes garée au parking devant chez Lipp. Après la mort de sa mère, l'année de terminale, son père avait pris l'habitude d'y déjeuner tous les jours de la semaine, à l'étage des habitués. Sole meunière accompagnée de pommes de terre rissolées et d'un château-petrus que le patron faisait venir spécialement pour lui.

La Mercedes jaillit du parking et s'inséra en force dans la circulation, provoquant la colère d'une maigre blondasse au volant d'une Mini Morris. Olivia résista à l'envie de lui faire un bras d'honneur, elle était devenue un personnage public, on connaissait son visage, elle n'avait pas envie de se retrouver à la une d'un journal à scandale en flagrant délit de vulgarité.

Elle descendit la rue Bonaparte, enfila les quais, emprunta le pont de la Concorde et tourna quatre fois de suite autour de l'obélisque pour attirer la chance.

Puis, sur un coup de tête, elle se dirigea vers son ancienne école.

Elle se gara sur un emplacement réservé aux livraisons. Une lectrice assidue qui travaillait à la préfecture de police lui faisait régulièrement sauter ses PV de stationnement.

C'était l'heure de la sortie des écoles, des mères chargées de poussettes s'agglutinaient sur le trottoir, des goûters surgissaient des poches, des bouts de chou hilares couraient vers les bras tendus, les biscuits fourrés et les barres de chocolat. Olivia sourit à ce spectacle en s'attablant à la terrasse du Trèfle. Un fils unique lui suffisait, elle n'avait jamais été tentée d'avoir un autre enfant et elle aurait détesté avoir une fille. Noé l'amusait, il était devenu l'homme de leur maison, leur couple la comblait. Bien sûr il partirait un jour, le plus tard possible, les jeunes d'aujourd'hui n'étaient plus si pressés de quitter le nid.

Un serveur aux cheveux rares s'approcha, il avait déjà vu cette tête quelque part, la cliente était trop grosse pour être une actrice, peut-être une animatrice télé ou une cuisinière célèbre ?

— Oui ? fit-il.

Elle allait sans doute demander un Coca Light ou un verre d'eau minérale.

— Dans le temps ici vous faisiez de magnifiques cafés liégeois. C'est toujours le cas ? Oui ? J'en voudrais un avec double ration de crème fouettée, fit Olivia avec un sourire gourmand.

Elle avait toute sa vie été en surpoids. Manger lui permettait d'être moins seule, de se sentir quelqu'un de lourd, donc de mieux exister. Se remplir la rassurait et la consolait de tout : de l'indifférence de son père, de la mort de sa mère, de la trahison de Colin, du prochain abandon de Noé. Au temps de la passion, lorsque Colin lui faisait l'amour plusieurs fois par jour, le plaisir sexuel lui donnait faim. Puis, parce que l'embonpoint de sa femme faisait une mauvaise publicité à la clinique, il était parti en faire jouir d'autres. Depuis, le manque de caresses affamait Olivia.

— Bon appétit, dit le serveur.

La glace couleur sable embuait le verre opaque, la crème neigeuse qui le chapeautait penchait vers la droite, saupoudrée de grains de café croquant sous la dent. Olivia décapita son dessert, lécha avec volupté sa petite cuiller, se sentit mieux. Elle se demanda ce que ses anciennes amies pensaient de ses livres, si elles allaient les apporter ce soir à la réunion pour qu'elle les leur dédicace. Jenny l'Américaine et Axelle la noble dame figuraient comme personnages secondaires dans deux romans. Elles n'avaient rien manifesté mais elles avaient sûrement apprécié.

Surprise, elle constata soudain qu'elle avait fini sa glace. C'était ça le problème, elle pensait à autre chose en mangeant, du coup elle n'était pas rassasiée. Elle hésita à commander un second dessert, y renonça. Elle ouvrit son portefeuille pour payer, caressa au passage le trèfle porte-bonheur plastifié qui ne la quittait pas depuis 1985. Axelle avait cueilli dans le parc du château normand de ses parents des trèfles à quatre feuilles la semaine précédant le bac et elles se les étaient partagés. Ils provenaient de classiques plans de *Trifolium repens L* ou trèfle blanc qui portaient trois feuilles d'habitude. Elles croyaient à l'époque que chaque feuille avait une symbolique : l'espoir, la foi, l'amour, la chance.

Annick, la mère de Gwénola, leur avait un jour confectionné du miel de trèfle en mélangeant quatre tasses de sucre, une tasse d'eau, douze fleurs de trèfle blanc, douze fleurs de trèfle mauve et les pétales d'une rose. Elle avait mélangé les ingrédients, les avait fait bouillir quatre minutes, avait filtré le résultat et l'avait versé dans des pots stérilisés qu'elle avait offerts aux amies de sa fille. C'était délicieux et magique.

Olivia avait souvent changé de portefeuille depuis 1985, y glissant chaque fois le petit carton. Le fétiche ne l'avait pas déçue.

— Je vous dois combien ? demanda-t-elle au serveur.

Elle régla, fit quelques pas sur le trottoir, s'immobilisa, revint vers le café.

— Vous fermez à quelle heure ?

— Ça dépend de la clientèle. Généralement les gens ont fini de dîner vers vingt-deux heures.

Elle sourit. Vingt-deux, deux + deux = quatre, un signe positif en faveur du passé.

— Où est le patron ? s'enquit-elle.

11

Plus tard au Trèfle le même soir, Paul regarda avec inquiétude sa main droite se crisper autour du ballon de rouge. Il avait beau tenter de serrer les doigts et de dompter leur tremblement, rien n'y faisait, il n'était plus leur maître. Il n'avait que quarante ans mais en accusait quinze de plus. Ses cheveux autrefois bouclés étaient tous tombés ; la boule à zéro lui durcissait les traits, faisait ressortir son nez droit, ses yeux noirs enfoncés dans leurs orbites, ses joues incongrûment ornées de fossettes. Un dur, ancien drogué, ex-taulard, joueur miteux et perdant chronique, avec des fossettes de petit garçon. Le petit Paul qui aimait tant jouer au Monopoly et aux petits chevaux était devenu cet adulte amer et cynique aux longues mains habituées à manier les cartes. Il battait les as, les rois, les dames et les valets avec respect et fanatisme entre ses doigts tremblants et jaunis par la nicotine. La fortune l'attendait en pique, en cœur, en carreau ou en trèfle. Il en rêvait la nuit, il en cauchemardait le jour. La fièvre le prenait à l'idée des carrés, des fulls, des brelans qui lui embraseraient bientôt les doigts. Il n'avait aucune considération pour les dés, il détestait le moment où la main les laissait échapper sur la piste pour jouer leur propre partie. Les dés n'avaient pas de visage, que des arêtes. Tandis que les cartes, rassurantes et plates, se lovaient au creux de ses doigts, moites de sueur, collantes, glissantes, humaines.

— Un autre ballon, fit-il de sa voix rauque de fumeur.

Même dans la dèche, même en manque, même en prison, même après une cure de désintoxication, il avait continué à cloper, à dompter le feu dans sa main, dans sa bouche et dans ses poumons. Il vida le verre cul sec, déplia son long corps, laissa un billet, sortit lentement, s'étira, regarda le ciel. Il ne s'habituait pas au fait qu'il pouvait aller et venir à sa guise, manger, dormir, pisser, courir, pénétrer dans un magasin, parler à une inconnue, sans en référer à personne. Aucun dealer, aucun maton, aucun médecin n'avait plus son mot à dire dans la vie de Paul. Il était redevenu responsable de lui-même. L'euphorie qu'il en éprouvait lui rappela les trips d'autrefois quand la drogue magique circulait dans ses veines, illuminant tout sur son passage. Il pouvait voler, flotter, tournoyer, vaincre la peur et la mort, il était plus puissant que les superhéros des bandes dessinées de son enfance, mille fois plus fort que son salaud de père, il avait toutes les femmes à ses pieds qui lui ouvraient leur corps et leur sexe, mille fois plus douces que sa salope de mère, il était un autre, magnifique, fabuleux, plus qu'humain.

En redescendant sur terre il en avait salement bavé. Dans l'aventure il avait perdu quinze ans de sa vie dont dix à errer dans la rue, d'un bout du pays à l'autre, avec une seule idée fixe : se débrouiller pour obtenir sa dose quotidienne. Il s'était prostitué, il avait volé, agressé des gens et vendu de la dope à des mômes mais il n'en avait aucun souvenir. Ensuite, on l'avait jeté en prison et le cycle avait recommencé, on l'avait violé, il s'était battu, mais il avait su se lier aux bonnes personnes et n'avait jamais manqué de crack. Jusqu'au jour où son protecteur avait été libéré. Alors il avait connu l'enfer. Pour la première fois il avait appelé sa famille au secours mais ils n'avaient même pas daigné lui répondre. Il s'était alors laissé lentement dériver et mourir, il y était presque quand on lui avait proposé une alternative : parler et être désintoxiqué puis libéré, ou crever comme un chien. Il avait hésité puis choisi de vivre. Pour un jour éprouver de nouveau un peu de bonheur, boire un verre de vin en regardant les jambes et les seins d'une femme, et surtout se venger. Ses lèvres minces s'étirèrent en un sourire extatique. Sa vengeance serait implacable et grandiose. Il n'aurait aucune pitié pour ceux qui l'avaient laissé tomber. Il avait juste voulu continuer à jouer comme autrefois, rafler la mise, être Superman, Tarzan et l'Homme-araignée, épater son père et plaire à sa mère. Il avait seulement encore voulu gagner... il n'y avait aucun mal à ça !

Celle qu'il allait châtier prendrait peut-être du bon temps ce soir à Sainte-Agathe, mais ce temps lui était compté.

12

Sainte-Agathe ressemblait à une école anglaise, c'était un long bâtiment au centre d'un jardin ombragé d'arbres, entouré par des grilles et un portail commandé par un digicode.

Ce soir, à cause de la réunion de la promo 1985, le portail était grand ouvert. Les anciennes pénétrèrent dans le vestibule, un peu gênées, elles trouvèrent les lieux plus petits que dans leur souvenir, oubliant que c'étaient elles qui avaient grandi. Une élève de terminale gardait la porte et les accueillit en espérant qu'elle n'aurait pas l'air aussi vieille dans vingt ans. Elle cocha leurs noms sur sa liste. Il y avait les noms de jeune fille, d'épouse, les divorcées, les remariées, il fallait barrer, corriger, réécrire tandis que les suivantes piétinaient. Elle tendit aux arrivantes une étiquette avec leurs noms et leurs classes, terminale scientifique, littéraire ou économique, à coller sur leur veste. Ainsi, si elles ne se reconnaissaient pas, il leur suffirait de lire l'étiquette pour se rafraîchir la mémoire.

Dûment étiquetées, les anciennes traversèrent ensuite le cloître, la salle de gymnastique qui avait désormais tous les aménagements modernes, le préau, puis elles descendirent par un escalier dans le nouveau réfectoire des grandes. Isabelle Bedier les attendait au pied des marches, joviale et enjouée. Elle avait toujours la même tête sympathique et la même silhouette ronde et avenante, comme si de vivre chaque année avec des terminales l'avait coincée dans une boucle du temps.

Elle était vêtue d'un chemisier fleuri, d'une jupe sombre sous le genou, et chaussée de confortables mocassins plats. Ses cheveux bruns étaient coupés court, son visage n'était pas maquillé, pourtant elle paraissait fraîche et pimpante. Elle avait à peine trente ans en 1985 et portait bien sa petite cinquantaine à présent. Les anciennes avaient trente-sept, trente-huit ou trente-neuf ans et il y avait de tout : des bimbos sexy, des mères de famille dignes, des bon chic bon genre, des citoyennes du monde moderne. Du cuir, du lin, du coton, du tweed, de la soie, de l'uni, des pois, des rayures, des fleurettes, des talons hauts, des talons plats, des escarpins pointus, des mocassins à bout rond, des modernes, des ringardes, des sans époque...

Isabelle voyait d'abord apparaître leurs jambes, puis au tournant de l'escalier elle découvrait leurs visages. Elle avait une seconde pour deviner l'identité du possesseur des pieds, des mollets, des genoux. Jupe longue ou minijupe collante, pantalon flou ou jean moulant, les anciennes avaient changé d'aspect et de vêtements mais pas d'âme. Autrefois elles portaient un sage uniforme bleu marine, maintenant elles avaient pris des couleurs comme un vieux film de Tati colorisé.

— Mademoiselle Bedier, vous n'avez pas changé ! s'écriaient-elles.

« Toi, si, et sacrément ! » se retenait de répondre le professeur.

Une ancienne qui avait l'air d'une jeune fille avait neuf enfants et cinq petits-enfants. Une autre était déjà veuve. Celle qui avait ostensiblement passé son bac enceinte jusqu'aux yeux sous l'opprobre général avait fondé un foyer stable et heureux. Une jolie femme avait été carmélite outre-mer pendant vingt ans avant de renoncer au voile. Une autre avait six enfants de quatre pères différents.

Un groupe déboula en gloussant. Une isolée rasa les murs, le feu aux joues. Quelques maris accompagnaient leurs femmes.

— Mademoiselle Bedier, je suis Olivia Ruben ! s'écria une grande et forte blonde au rouge à lèvres éclatant, vêtue d'un caftan noir à parements dorés.

Isabelle sourit. La première des quatre éléments était de retour et paraissait en pleine forme.

— J'adore vos livres, Olivia. Vous vouliez déjà écrire en terminale, vous avez réalisé votre rêve, c'est notre but à Sainte-Agathe, donner à chaque élève les moyens de choisir sa vie...

Une brune avec un foulard Hermès autour du cou s'interposa avec aplomb.

— Olivia, tu ne te souviens pas de moi ? Bénédicte Ravel-Dumat. J'espérais bien te voir, mon fils veut devenir écrivain, je t'ai apporté un de ses manuscrits, si tu pouvais le conseiller...

Elle tendait une grande enveloppe gonflée qu'Olivia repoussa d'un geste automatique.

— Je ne lis jamais les manuscrits, Bénédicte, dit-elle d'une voix qu'elle avait appris à rendre musicale à force d'interviews. J'y passerais ma vie, on m'en propose tous les jours ! Qu'il m'envoie, chez mon éditeur, un pitch de cinq lignes maximum.

— Mais il n'y a que cinq cents pages, c'est passionnant... Il t'adore, nous avons tous tes livres, tu sais, les dix !

— Un bon roman se résume en une phrase, fit Olivia. *Le Grand Meaulnes*, roman poétique de terroir : un écolier campagnard fait irruption par erreur dans une fête de mariage qui bouleverse sa vie. *Le Petit Prince*, conte ésotérique : un aviateur égaré dans le désert rencontre un enfant aux cheveux d'or qui prétend venir d'une étoile.

Bénédicte, désarçonnée, serra le manuscrit contre son cœur.

— Mon fils est dans un fauteuil roulant, ce qu'il écrit est poignant..., insista-t-elle.

Si en plus il avait été sourd et aveugle ça aurait fait un bon plan médiatique, pensa Olivia, cynique et réaliste.

— Pitch bref et intense. Cinq lignes poignantes. On lui répondra, je te le jure...

Olivia n'était pas une garce sans cœur, simplement elle n'était pas décideuse et elle répugnait à l'idée de juger le travail des autres, chacun son truc. Mais elle ferait passer le pitch du jeune homme à son éditeur.

— Je tiens toujours mes promesses, l'assura-t-elle avant de tourner les talons pour se diriger vers le buffet, son caftan flottant autour de son large corps.

Isabelle Bedier lança un regard compatissant à Bénédicte Ravel-Dumat. Olivia n'aiderait pas son fils, elle espéra que la jeune femme l'avait compris. Mais celle-ci, rouge d'excitation, dégainait déjà son portable pour appeler l'écrivain en herbe.

— Je lui ai parlé ! souffla-t-elle. Elle a eu l'air très intéressée, elle veut même que tu lui écrives un pitch, comme à la télé ! Cinq lignes pour résumer ton livre... Je ne lui ai pas parlé de ta sclérose en plaques, bien sûr que non, pour qui me prends-tu ?

Deux longues jambes fines descendaient l'escalier, surmontées d'une jupe rose ni trop courte ni trop longue et d'une élégante veste cintrée assortie qui ne venait pas de chez un couturier branché. Le sourire d'Axelle partait de ses yeux, s'étalait en cercles concentriques et prenait possession de son visage entier. L'élément terre réussissait le tour de force d'être à la fois chaleureuse et distante.

— Axelle, bienvenue !

La jeune femme avait une poignée de main ferme et un regard franc.

— J'ai apprécié la prise de position de votre mari à l'Assemblée nationale la semaine dernière, continua Isabelle Bedier pour prouver à Axelle qu'elle suivait l'actualité française et son actualité familiale.

— Moi aussi, intervint une petite jeune femme bronzée aux cheveux bouclés vêtue d'une robe noire discrète qui se matérialisa derrière la grande Axelle.

Isabelle n'hésita pas :

— Gwénola ! Je suis ravie de vous revoir !

Axelle pivota vers son ancienne amie, l'eau et la terre réunies, elle tenta de sourire mais n'y parvint pas, alors elle plongea ses yeux bleu glacier dans les yeux bleu turquoise de la petite Bretonne.

— Cela fait longtemps, dit-elle seulement.

— Vingt ans..., répondit Gwénola.

Isabelle, intriguée, aurait aimé s'attarder mais un pantalon Dolce Gabbana à la coupe sophistiquée descendait l'escalier, surmontant une paire de Malono Blahnik orange. Le haut suivit, une veste Versace crème portée par une jeune femme au teint diaphane et à la chevelure de feu. Les quatre éléments étaient au complet. Isabelle se dirigea vers l'arrivante, qui sourit et lui tendit la main.

— Jenny Lincoln...

— Bien sûr, je vous ai reconnue tout de suite ! Vous nous arrivez d'Amérique ?

— Je me suis installée à Rome depuis quelques années, répondit Jenny en balayant la pièce du regard.

— Olivia est au buffet, Axelle et Gwénola se trouvaient là il y a un instant... Tenez, les voilà !

Jenny regarda dans la direction indiquée.

— Vous devez avoir un million de choses à vous dire, affirma Isabelle.

Jenny hocha la tête.

Elles se toisèrent, se croisèrent, s'affrontèrent, se sourirent. Elles étaient quatre, s'étaient retrouvées seules, se rassemblaient à nouveau comme autrefois. Axelle était catholique, Olivia protestante, Jenny croyait en elle-même, Gwénola s'intéressait aux druides. Olivia et Gwénola étaient plutôt littéraires, Axelle et Jenny purement matheuses. Elles avaient planché ensemble sur leur chiffre fétiche pour le cours de philo. Olivia et Gwénola avaient recensé les expressions couramment employées : tiré à quatre épingles, se saigner aux quatre veines, la quadrature du cercle, entre quat'z'yeux, freiner des quatre fers, dire à quelqu'un ses quatre vérités, couper les cheveux en quatre. Il y avait les quatre points cardinaux, les quatre coins de la terre, les quatre vents, les quatre dimensions de l'espace-temps, les quatre Évangiles, les quatre saisons, les quatre talismans magiques de la mythologie celte. Pour Axelle et Jenny, le quatre représentait l'équilibre et la plénitude liés à la forme du carré, mais aussi la répétition et le développement liés à l'élévation au carré (deux élevé au carré = quatre), il symbolisait l'actif, le pouvoir matériel, la création, l'action. En numérologie, le chiffre quatre est équilibré, précis, honnête, loyal, fidèle et dévoué. Trois est la base de la pyramide mais quatre en est l'élévation.

Olivia rompit le silence la première.

— Nous n'avons pas changé, dit-elle.

D'un geste de prestidigitateur, elle tira de la poche de son caftan un papier qu'elle déplia. C'était une photocopie de leur photo de classe de 1985. On les avait séparées à cause de leurs tailles différentes : Gwénola la plus petite était au premier rang, Olivia et Jenny au milieu, Axelle la grande perche se tenait derrière. Elles souriaient à l'objectif et au futur, fortes de leur inébranlable amitié.

Toutes se penchèrent sur la photo où elles portaient le classique uniforme bleu de Sainte-Agathe avec des variantes propres à chacune. Gwénola avait un pull marin fermé par des boutons sur l'épaule, Olivia un somptueux cachemire, Axelle un élégant cardigan, Jenny un sweat-shirt typiquement yankee. Elles se mirent soudain à parler en même temps, excitées et ravies.

— Vous vous rendez compte que ça fait vingt ans ?

— Cette coiffure te va à ravir…

— Tu as pris quelques kilos, dis donc !

— Je suis si heureuse de vous revoir…

— Pourquoi sommes-nous restées si longtemps sans nous donner de nouvelles ?

— Vous savez quoi ? On a le même âge que nos parents quand on était en terminale…

— On est devenues des dames !

Elles éclatèrent de rire. Des dames, des femmes libres et de bonnes mœurs, responsables, payant leurs impôts, membres d'associations, participant à la vie de leurs cités respectives. Elles arrivaient au milieu de leur existence, se prenaient parfois au sérieux. Mais leur comportement social avait beau être policé et leurs visages porter déjà les marques du temps, dans leur for intérieur elles étaient restées des ados pleines d'espoir attendant leur prince charmant et vérifiant qu'elles n'avaient pas un bouton sur le nez le samedi soir avant d'aller danser.

— Je vous invite à dîner demain soir. J'ai réservé toute la salle du fond au Trèfle à Quatre Feuilles, ce sera comme autrefois ! annonça Olivia.

Il y eut un moment de flottement.

— Je dois retourner à Groix, j'ai mon billet de bateau pour demain, fit Gwénola sur un ton hésitant.

— Nous recevons un ancien préfet à dîner, s'excusa Axelle.

Olivia se tourna vers Jenny.

— Et toi ?

— Je suis libre comme l'air et j'accepte ! répondit l'Américaine.

Olivia eut un rire heureux et se tourna vers les deux autres.

— Qui sait quand nous nous reverrons ? Axelle est dans le Sud-Ouest, Gwénola en Bretagne, Jenny aux États-Unis…

— Plus maintenant, l'interrompit Jenny. Je vis à Rome.

Olivia corrigea :

— D'accord. Axelle à la campagne, Gwénola sur son île, Jenny en Italie, moi dans ma banlieue. Faites un effort, repoussez votre retour !

Axelle et Gwénola échangèrent un regard. Gwénola capitula la première.

— OK, je reste.

Axelle hocha la tête.

— Après tout, ce préfet en retraite vient voir Charles, pas moi. Le menu est déjà fixé : foie gras, confit de canard, salade de fruits rouges. Et de toute façon c'est Jeanne qui cuisine...

— Jeanne est chez vous maintenant ? Tes parents l'ont laissée partir ? s'étonna Olivia.

— Papa est mort, dit doucement Axelle. Mon frère a repris notre château en Normandie, ma mère vit là-bas. Je lui ai proposé de s'installer chez nous mais elle s'entend très bien avec ma belle-sœur. Ils ont six enfants, il y a plus d'animation, elle se sent utile.

— Comment va Charles ? demanda Gwénola.

Olivia et Jenny retinrent leur respiration. Axelle soutint le regard de Gwénola.

— Bien. Il est très pris par ses obligations d'élu, il est rarement là...

Un ange passa.

— Comment va Loeiz ? enchaîna Olivia.

Le visage de Gwénola s'éclaira.

— Il mesure un mètre quatre-vingt-dix, il vit à Rennes, il entre en deuxième année de médecine.

— Tu as dû te sentir terriblement seule quand il est parti ! fit Olivia. Noé va participer à une émission de télé réalité, je suis malade rien qu'à l'idée de ne plus le voir pendant un moment...

— Il n'y a pas de lycée à Groix, expliqua Gwénola. Il était déjà pensionnaire à Lorient en semaine, alors la transition s'est faite naturellement.

— Quelle émission de télé réalité ? s'enquit Axelle.

Olivia se rengorgea.

— *Tel père, tel fils* !

Jenny fronça les sourcils.

— Ils l'ont diffusée en Italie, là-bas ça s'appelle *Genitori Famosi*, parents célèbres. Ton mari est si connu que ça ?

Axelle et Gwénola ne purent s'empêcher de pouffer devant la mine déconfite d'Olivia qui, furieuse, pivota vers Jenny.

— Tu te paies ma tête ?

— Olivia est très connue en France, intervint Axelle, volant à son secours.

— Tu ne m'as jamais lue, Jenny ? dit Olivia, stupéfaite. Moi qui étais persuadée que vous me suiviez fidèlement... Je vous ai même casées Axelle et toi comme personnages secondaires dans deux de mes romans, j'étais persuadée que vous le saviez.

— Moi je te lis et j'adore, franchement ! dit Gwénola.

Olivia lui lança un regard étrange.

— Ils ont tes livres à la bibliothèque municipale, je les ai tous empruntés, assura Axelle.

Olivia leva les yeux au ciel.

— Ce n'est pas vrai ! Pas vous ! Je ne pensais pas que vous faisiez vos cadeaux de Noël avec mes livres, encore que... Mais au moins j'étais persuadée que vous les achetiez ! Jenny ne les connaît pas, Axelle les emprunte à la bibliothèque sans débourser un centime. Si tout le monde faisait ça je mourrais de faim !

— Tu as pris un peu d'avance, glousse Axelle. Apparemment tu manges de bon appétit.

Olivia la regarda, n'en croyant pas ses oreilles, puis elle renversa la tête en arrière et laissa échapper un rire sonore. Les autres l'imitèrent.

— On ne m'avait pas parlé comme ça depuis mon divorce, dit Olivia, hilare. C'est bon de vous revoir ! Oui je suis trop enveloppée, oui j'ai un ego surdimensionné. Mais c'est de votre faute, vous avez disparu de ma vie, je n'avais plus personne pour me rabattre le caquet !

— Moi, heureusement, j'ai Jeanne, enchaîna Axelle. Quand je suis stressée et cassante, elle me lance : « Souvenez-vous que je vous ai langée et que j'ai nettoyé vos fesses de comtesse... »

— Et moi Loeiz ne me fait pas de cadeaux, il déteste les gens qui se prennent au sérieux, renchérit Gwénola.

Jenny sourit.

— Personne n'est assez proche de moi pour tenir ce rôle. Mes parents ont disparu en 1999 au Moyen-Orient dans un attentat contre l'ambassade. C'est pour ça que j'ai quitté les États-Unis, je n'y ai plus personne.

— Et maintenant tu vis avec un beau Romain au regard de braise ? demanda Olivia.

Jenny secoua la tête.

— Non, je me suis installée dans un hôtel au cœur de la Rome antique. J'ai un... ami, mais il est marié et père de famille. On ne divorce pas si facilement dans la ville du pape. Ce n'est pas politiquement correct.

Elle se tourna vers Gwénola.

— Il y a un monsieur Gwénola ?

La Bretonne eut un petit rire.

— J'ai été échaudée, dit-elle. Une fois suffit. Il vaut mieux être seule que mal accompagnée.

— D'accord à cent pour cent, renchérit Olivia. Quand Colin m'a quittée pour cette pétasse de secrétaire efflanquée, j'ai d'abord été désespérée puis j'ai organisé mon existence autrement et je suis bien plus heureuse qu'avant...

— J'aime vous entendre parler de bonheur ! les interrompit Isabelle Bedier en arrivant et en posant les mains sur les épaules de Gwénola et de Jenny. Ne faites pas cavalier seul, mesdemoiselles... je devrais dire mesdames, maintenant. Allez parler avec les autres, vous êtes aussi venues pour ça.

— C'est vous qui le dites ! fit Jenny avec malice.

— Vous avez pris de l'assurance, Jenny, remarqua Isabelle. Autrefois vous l'auriez seulement pensé.

— J'ai grandi, dit Jenny.

La soirée passa vite, ensuite, à bavarder avec les unes et les autres et à picorer dans les plats du buffet. De bonnes âmes avaient préparé des grandes salades composées, des plats de viande froide et de blanc de poulet, un plateau de fromages et une appétissante jatte de mousse au chocolat. La nourriture était bonne mais le vin chiche, comme si elles étaient encore des gamines. Les quatre amies évoluèrent parmi les groupes en dessinant des figures compliquées, se mêlèrent aux clans. Les médecins, les avocates, les journalistes, les enseignantes se reconnaissaient à d'invisibles signaux, de même que les mères au foyer. Les célibataires sans enfants parlaient voyages, mode, informatique, façons de dépenser leur argent.

Gwénola quitta une table de journalistes au moment où Axelle abandonnait un groupe de châtelaines. Elles tombèrent nez à nez, seules pour la première fois. Gwénola posa la question qui lui brûlait les lèvres :

— Il ne demande jamais de nouvelles de Loeiz ?

Axelle secoua la tête avec gravité.

— Il ne m'en a jamais reparlé et j'ai respecté son choix.

Gwénola fit la grimace.

— Ça ne te gêne pas ?

Axelle hésita. Avec les années elle avait presque réussi à gommer le passé, et sa propre bataille pour avoir des enfants avait pris toute la place.

— Autrefois oui.

— Vous êtes heureux ? osa Gwénola.

— Nous ne sommes pas malheureux. Et toi ?

Gwénola eut un sourire bizarre.

— Avoir un fils a rempli ma vie, je ne l'ai jamais regretté.

— Je t'ai écrit plusieurs fois, dit Axelle, je voulais être sûre que tu t'en sortais financièrement…

— Je me suis débrouillée, dit fièrement Gwénola. J'ai jeté tes lettres sans les ouvrir. Tu les as écrites pour te donner bonne conscience, pour toi, pas pour moi.

Axelle haussa les épaules.

— Je suis heureuse de te revoir, murmura-t-elle. En fait c'est pour ça que je suis venue.

— Moi aussi, avoua Gwénola.

Marina, l'ancienne qui avait aidé Isabelle Bedier à tout organiser, les sépara en leur distribuant des questionnaires à remplir. Les feuilles étaient d'un beau jaune chaleureux, avec un titre en rouge : « Sainte-Agathe, les vingt ans du bac ! » Il y avait plusieurs rubriques à compléter : nom, prénom, adresse, téléphone, adresse électronique, date d'anniversaire, nombre et âge des enfants. Puis des questions plus personnelles : profession, occupation (associations, bonnes œuvres), passion. Le questionnaire se terminait par une question subsidiaire : « Un problème, une urgence ? » pour subtilement renouer le contact et faire jouer la solidarité. Les stylos et les feutres jaillirent des sacs ou des poches. Elles inscrivirent leurs noms et prénoms (avec une hésitation pour les divorcées), leurs adresses et les prénoms de leurs enfants (avec une hésitation pour les familles recomposées).

Les quatre de la bande d'autrefois regardèrent pardessus leurs épaules respectives. Olivia rendit sa copie la première, elle avait donné son adresse électronique mais pas son adresse personnelle et indiqué qu'elle était la mère de Noé, dix-sept ans, candidat à *Tel père, tel fils*. Profession : écrivain, occupation : raconter des histoires, passion : la littérature. Axelle la talonnait. Adresse : château de Bergeac. Elle avait tiré un trait rageur en travers de la ligne « nombre et âge des enfants ». Profession : sans, occupation : épouse d'homme politique, passion : impliquée dans la vie de son village (paroisse, culture, éducation, troisième âge). Elle avait répondu à la dernière question « ni problème ni urgence, si des anciennes s'installent dans le Sud-Ouest elles peuvent me contacter et je serai heureuse de les épauler ». Gwénola finit la troisième. Adresse : île de Groix, Morbihan, mère de Loeiz, dix-neuf ans, étudiant en médecine. Profession : journaliste, occupation : correspondante locale pour *Ouest-France*, passion : la nature. Dernière réponse : urgence à vivre pleinement. Enfin, Jenny amusa tout le monde par ses réponses cocasses. Adresse : sans, enfants : sans, profession : sans, occupation : sans, passion : sans, urgence : tenir mes promesses.

À l'issue du dîner, le silence se fit à la demande d'Isabelle Bedier tandis qu'on déroulait un écran de cinéma sur le mur au fond du réfectoire.

— Nous vous avons préparé un diaporama, annonça Marina sans préciser qu'avec Zaza, une autre ancienne, elles y avaient passé des semaines.

Les photos défilèrent dans l'obscurité, Sainte-Agathe à l'époque de leurs grands-mères puis de leurs mères, sans gymnase ni réfectoire mais avec la chapelle autour de laquelle l'école s'était étendue. Les photos de classe se succédèrent, chacune se reconnaissait au fur et à mesure que les années avançaient : petites filles coiffées de nattes ou de rubans avec des chaussettes tire-bouchonnées et des jupes plissées, filles au début de la puberté avec un appareil dentaire et le premier soutien-gorge, jeunes filles à la poitrine fière et aux longues jambes gainées de collants. En quelques clics, le passage de l'enfant à la femme. Certaines étaient dotées d'une grâce fragile à tous les âges, d'autres traînaient leur corps comme un boulet, d'autres grossières chenilles étaient devenues papillons.

Neuf d'entre elles étaient mortes, une statistique qui frappa les esprits. L'heure n'était pas à la tristesse mais on ne pouvait les passer sous silence, alors les organisatrices avaient décidé de faire défiler leurs portraits sans commentaire. Les neuf jeunes filles apparurent sur l'écran les unes à la suite des autres, sans musique funèbre ni trémolos excessifs, avec simplement leurs prénoms. Les survivantes retinrent leur souffle.

— J'ignorais...

— Elle a eu un accident de voiture, je crois ?

— Elle est morte d'un cancer un an après le bac...

— Ce n'est pas possible !

— Je lui ai encore envoyé mes vœux l'année dernière...

— Il paraît qu'elle s'est suicidée ?

Vinrent ensuite les professeurs disparus. Puis la lumière se ralluma à la fin de l'hommage. Après un instant de flottement le brouhaha reprit, les sourires revinrent, la vie l'emporta. Trois des membres de l'ancienne bande du Trèfle oublièrent et se remirent à bavarder. La quatrième demeura grave. Tôt ou tard, elle devrait dire la vérité aux autres. Alors elles s'écarteraient d'elle et ne l'aimeraient plus. En attendant, pendant qu'il était encore temps, elle se réchauffait au soleil de leur amitié.

13

Le soir était tombé sur les Yvelines. Noé, seul chez lui puisque sa mère assistait à sa fameuse réunion, se promenait dans sa tenue préférée, tee-shirt blanc et pantalon dont l'entrejambe lui arrivait presque aux genoux. Ses pieds nus foulaient avec assurance le sol recouvert de sisal. Ses cheveux blonds, dénoués, lui tombaient sur les épaules. Son regard vert effleura le décor zen. Il aimait la maison, l'absence de meubles, sa grande chambre et son cher ordinateur. Il n'entrait jamais dans le bureau de sa mère, un lieu aussi interdit que la chambre aux secrets véritables de Barbe-Bleue. Il se dirigea vers la cuisine en sifflotant, ouvrit le grand frigo argenté, en sortit le pain de mie, la mayonnaise et une canette de Coca. Il piocha dans le placard voisin une boîte de sardines et une plaque de chocolat. Sa mère ne le voyait jamais se nourrir ainsi, elle en aurait fait une attaque. Elle lui avait préparé un dîner sain, tournedos, haricots verts et melon. Noé disposa artistiquement quatre tranches de pain de mie dans une assiette carrée en céramique provençale. Il les tartina allègrement de mayonnaise, disposa sur chacune deux sardines dégoulinantes d'huile et deux barres de chocolat, recouvrit avec quatre autres tranches de pain. Il mordit dans le premier sandwich. Chacun ses goûts, il trouvait l'alliance subtile et intéressante. À *Tel père, tel fils* il devrait se serrer la ceinture, alors autant en profiter.

Son repas englouti et sa canette vidée, Noé cingla vers sa chambre et alluma son ordinateur PC. Il correspondait avec ses amis, participait à des discussions en ligne, piratait des disques et des films, visionnait des clips. Il pianota avec dextérité sur son clavier, mania en habitué la dernière génération de souris laser sans fil, attendit la réponse de la craquante Mona, fille d'un producteur de cinéma et d'une photographe. C'était elle qui l'avait proposé pour *Tel père, tel fils* et elle ferait partie de l'aventure.

Une petite sonnerie l'avertit que Mona lui avait répondu. Il cliqua sur l'icône, ouvrit le message électronique : « Un site non officiel sur l'émission est en train de se constituer, un de mes copains en est l'auteur, envoie-leur vite quelques photos déjantées et un CV absurde, y a urgence ! »

Mona lui indiqua l'adresse du site en question. Noé sourit et répondit : « Bien reçu, c'est comme si c'était fait ! » Il brancha son appareil photo numérique sur l'ordinateur, sélectionna trois portraits délirants, se rendit sur le site. Et son PC tomba en carafe.

— Tu ne vas pas me faire ça ! enragea-t-il.

Il redémarra la machine, retenta le coup. Cette fois, l'écran devint carrément noir, l'ordinateur ne se ralluma même plus lorsqu'il lui en donna l'ordre.

— Je le crois pas..., fulmina-t-il.

Il fourragea dans sa tignasse emmêlée, réessaya plusieurs fois, en vain. Le PC faisait le mort. Mona avait bien spécifié « y a urgence ». Il hésita à peine. C'était trop bête, l'occasion risquait de lui passer sous le nez s'il attendait demain. Dans le bureau de sa mère il y avait un ordinateur MacIntosh qui fonctionnait parfaitement, il suffirait d'y connecter l'appareil photo, de se rendre sur le site, d'expédier les photos puis d'effacer toute trace de son passage. Ni vu ni connu, sa mère n'en saurait rien...

Noé se dirigea vers le bureau, poussa la porte. Elle n'était pas fermée, sa mère avait confiance en lui, il n'avait jamais violé la règle, d'ailleurs à quoi bon ? Il avait l'argent de poche qu'il voulait pour aller au cinéma, s'acheter des livres, des fringues et des gadgets électroniques. Olivia ne lui avait défendu que trois choses depuis qu'il avait atteint l'âge de raison : fumer, boire et entrer dans son bureau en son absence. Noé allait bientôt avoir dix-huit ans. Transgresser les tabous parentaux serait excellent pour sa santé mentale.

La porte se referma derrière lui en grinçant comme dans les films d'horreur. Il se raidit, haussa les épaules. La pièce était fraîche grâce à la climatisation. Le long bureau en verre était couvert de papiers, d'articles, de cassettes, de petits cadeaux drôles envoyés à Olivia par ses lecteurs. L'ordinateur était en sommeil mais une petite lumière verte clignotait. Noé, impressionné, se traita d'andouille et s'assit sur le confortable fauteuil de cuir censé avoir appartenu dans les années cinquante à un maître du roman policier américain. Il fit craquer ses doigts pour les assouplir et réveilla la machine. Le MacIntosh bourdonna, renvoya à Noé son reflet.

— C'est parti ! murmura l'adolescent.

Il retrouva sans peine les photos choisies, les glissa virtuellement dans une enveloppe électronique et les expédia. Méfiant de nature, il décida d'attendre et de relever le courrier pour vérifier que sa lettre n'était pas revenue. Il parcourut le bureau des yeux en se demandant ce qu'éprouvait sa mère dans ce décor. L'existence d'Olivia était réglée comme du papier à musique : elle écrivait de sept heures à treize heures, sept jours sur sept, été comme hiver, vacances comprises. Après le déjeuner elle faisait la sieste et enfin elle émergeait à la lumière du jour comme une Eurydice libérée, les yeux papillotant, l'âme apaisée, la conscience tranquille.

Biiip ! Le son électronique troubla le silence. « Vous avez du courrier » s'afficha en haut à droite de l'écran. Machinalement, comme s'il était devant son propre ordinateur, Noé cliqua sur « OK ». Le message électronique venait de Gwénola Tonnerre, posté hier pour être délivré aujourd'hui, sujet « C'est fini ». Noé fronça les sourcils, intrigué. Fini où, quand, pourquoi, comment ? Gwénola Tonnerre, une amie de sa mère, habitait sur une île bretonne. Elle devait être en train de se gaver de petits fours avec les autres élèves de la promotion 1985.

Noé s'imagina, dans vingt ans, à ce type de réunion avec Mona et leur classe : certains garçons seraient chauves, moustachus ou barbus, certaines filles auraient des chignons et seraient mères de famille. Serait-il bouffé par le système, en costard-cravate, poussant un landau... ou drôle et talentueux, adulé des foules, habitué des plateaux de télévision, nanti d'un césar, d'un oscar, d'un prix Goncourt, Femina ou Médicis ? Il ne serait plus « Noé Nathan-Ruben le fils de la grande Olivia Ruben ». Olivia serait devenue « la mère du fameux Noé Nathan-Ruben »...

Il se demanda ce qui était fini pour Gwénola Tonnerre. Noé était bien placé pour le savoir, deux mariages sur trois rataient, peut-être qu'elle divorçait ? Ça ne le regardait pas, ce n'étaient ni ses oignons ni son ordinateur, le message ne lui était pas adressé. Mais ne pas savoir l'agaçait. Chercher un nom ou un mot qu'on a sur le bout de la langue peut vous gâcher la journée. Il s'imagina, claquemuré dans la maison truffée de micros et de caméras de *Tel père, tel fils* en train de hurler « Je veux savoir ce qui est fini » comme Patrick McGoohan le *Prisonnier* de la série télévisée culte des années soixante hurlant : « Si je suis le numéro 6 qui est le numéro 1 ? »

Noé soupira et double-cliqua sur le message de Gwénola. Il allait sans doute découvrir qu'il s'agissait d'un truc de bonne femme sans intérêt...

Les lettres apparurent, formant des mots qui s'articulèrent en phrases logiques, cohérentes, incroyables, démentes. Noé n'en crut pas ses yeux, il se racla la gorge, se frotta le nez, déglutit avec peine. Sur le fond blanc, les lettres noires dansaient la sarabande. « C'est fini, Olivia. J'ai réfléchi. J'arrête. Ma décision est prise. Mon fils est maintenant étudiant salarié, il gagne sa vie, il est indépendant, je n'ai plus besoin de ton argent. J'en ai assez d'être un fantôme et de voir mes livres publiés sous ta signature. On s'est mutuellement entraidées, on y a chacune trouvé notre compte pendant vingt ans, tu as été très généreuse, mais c'est fini. Ne m'en veux pas. Je t'envoie ce message en différé pour que tu le lises en rentrant de notre réunion, il y aura trop de monde pour qu'on puisse se parler là-bas. Personne d'autre que nous deux n'a su, personne d'autre ne saura, je te le jure. »

— Cette femme est dingue ! souffla Noé.

Tout écrivain médiatisé avait au moins une fois dans sa vie un fou hystérique qui l'accusait de l'avoir plagié. Il s'agissait généralement d'un inconnu, mais pourquoi pas une amie de classe ? Noé refusait de soupçonner sa mère, c'était impossible, la grande et talentueuse Olivia Ruben ne pouvait pas être un imposteur !

Fébrilement, Noé chercha dans les messages antérieurs ceux qui provenaient de Gwénola et en prit connaissance.

« Mars. J'en suis au dernier quart, aucun problème pour une sortie en octobre, tu peux t'engager vis-à-vis de ton éditeur. L'héroïne est une courageuse et dynamique jeune femme bien ancrée dans son époque, ce qui donnera une série télé familiale et sociale ancrée dans la réalité, avec secrets du passé, suspense, enjeux, menaces, passion et haine, enfin, tout ce qu'il faut ! Je compte sur toi pour le versement final fin juillet, comme convenu, quand je t'enverrai le texte. Kenavo ! »

— Kenavo, répéta stupidement Noé, le corps glacé.

Sa mère n'écrivait pas ses livres ! La célèbre Olivia Ruben avait un nègre qui vivait en Bretagne et écrivait ses romans depuis vingt ans. Deux décennies de mystification, de dissimulation, de tricherie. Comment avait-elle pu porter ce lourd secret seule pendant tant d'années ? Elle avait menti même à son fils unique. La colère envahit Noé, il eut envie de tout casser dans le bureau, de briser l'ordinateur et de lui faire rendre gorge. Le décor trop parfait de l'écrivain faussaire lui donnait envie de vomir. Il repoussa le fauteuil, sortit de la pièce en courant, se précipita dans la salle de bains où il régurgita son étrange dîner. Penché sur la cuvette des toilettes, il avait l'impression d'étouffer, la vérité sur sa mère l'empêchait de respirer. Il remplit le lavabo d'eau froide, y plongea la tête, se redressa, ruisselant et navré. Il l'admirait tant, à présent il était dégoûté et vaguement honteux. La mystification de sa mère l'éclaboussait au sens propre du terme, rejaillissait sur lui et l'exposait. Il se sentit sale. Une mauvaise petite voix sous ses cheveux mouillés lui souffla qu'il pourrait devenir aussi machiavélique qu'elle et tout révéler sur le plateau de *Tel père, tel fils* à la fin de la semaine. Ce serait un scoop génial qui ferait démarrer sa carrière sur les chapeaux de roues ! En direct, devant des millions de téléspectateurs, l'aveu scandaleux du fils de la grande Olivia Ruben : « Ma mère vous a bien eus ! » Il imagina les gros titres des magazines, les retombées en termes de ventes du livre qu'il écrirait ensuite en quelques semaines : Noé Nathan-Ruben, *La Vérité sur ma mère*, et qu'il adapterait en film. Il serait invité dans les émissions de radio et de télévision à la mode, il deviendrait à dix-sept ans la coqueluche du moment...

Il secoua la tête, écarta l'idée. Il n'était pas un traître, il ne s'abaisserait pas au même niveau que sa mère. Mais il ne parvenait pas à comprendre pourquoi elle avait triché. Son père était riche, elle n'avait pas eu besoin de se battre pour subsister. Si elle était incapable d'écrire, elle n'avait qu'à choisir un autre métier !

Accablé, il se laissa tomber sur son lit, un futon aussi zen que le reste de l'ameublement. Avant il appréciait le décor, maintenant il le trouvait faux et artificiel. Il ferma les yeux. Sa mère lui avait cent fois raconté cette histoire...

En terminale, Olivia et Gwénola avaient chacune écrit un roman. Leur amie Jenny les avait lus et, sans leur demander leur avis, elle était allée déposer les deux manuscrits chez un grand éditeur parisien. Quelque temps plus tard, Gwénola avait reçu une lettre la remerciant pour son envoi « qui malheureusement n'entrait pas dans le cadre des collections actuelles ». Et Olivia avait reçu un coup de fil lui apprenant qu'on allait la publier ! Richard Ruben, le grand-père de Noé, avait organisé une grande fête en conviant le Tout-Paris, il avait fait imprimer des cartons d'invitation imitant une couverture de livre avec le nom de sa fille, ç'avait été l'événement mondain de la saison. Un producteur ami avait acheté les droits, une grande chaîne nationale l'avait diffusé en feuilleton de l'été, la consécration était venue tout de suite...

Alors tout ça c'était du flan, du pipeau, une magistrale truanderie ? Noé ne comprenait plus rien. Olivia avait été publiée, pas Gwénola. Comment était-ce possible ? Pourquoi pas le contraire ? Pour quelle raison Gwénola aurait-elle accepté de jouer les fantômes ?

Il grimaça, les tempes prises dans un étau. Il venait de comprendre que si la vérité éclatait et qu'on apprenait que sa mère usurpait sa célébrité il n'aurait plus le droit de participer à *Tel père, tel fils*. Et il perdrait tout, y compris Mona.

Il avait envie de se saouler mais il n'aimait pas le goût de l'alcool. Il se fit pourtant violence et avala cul sec trois verres d'aquavit qui lui apportèrent bientôt un oubli éphémère et une migraine carabinée.

14

Mercredi 21 septembre

Comme chaque matin, le lendemain de la réunion d'anciennes de la promo 1985, Olivia se réveilla à six heures tapantes. Où qu'elle se trouvât, même en cas de décalage horaire au cours de ses tournées de promotion à l'étranger, son horloge interne était réglée sur le six. Elle s'étira, satisfaite de la soirée de la veille : la bande des quatre s'était reformée, tout était à nouveau possible !

Elle songea au nectar de café qui allait bientôt couler de sa machine, se dit qu'il serait temps de se mettre au régime. Mais pour qui, pour quoi ? Ses lecteurs avaient envie de la lire, pas de la déshabiller. Et de toute façon c'étaient des lectrices, elle était censée les divertir, pas les séduire.

Elle n'avait pas fait l'amour depuis longtemps mais bizarrement cela ne lui manquait pas. La notoriété aussi produisait des endorphines, c'était une autre forme de plaisir.

Dans une chemise d'homme XXL où chaloupait son vaste corps, elle se rendit dans la cuisine pour s'administrer sa première dose de caféine de la journée. En passant devant la chambre de son fils elle remarqua la porte ouverte. Elle risqua un œil, étonnée. Personne. Le lit défait prouvait qu'il n'avait pas découché. Son casque n'était plus là. Il était sorti sans lui laisser de mot, ce qui ne lui ressemblait pas. Cette émission de télé réalité le perturbait.

Olivia haussa les épaules puis marcha vers son bureau. Son fauteuil épousait parfaitement ses formes. Elle le fit pivoter pour embrasser la pièce familière du regard, sourit à son cher ordinateur, releva ses messages électroniques. La liste était longue, plus d'une dizaine. Ils émanaient d'un ami journaliste, d'une organisatrice de salon du livre, de lecteurs fidèles. Une association de femmes chefs d'entreprise la sollicitait pour faire une conférence. Un prof de français d'une école voisine l'invitait à venir dans sa classe. Gwénola lui écrivait de Groix.

Olivia sourit. Le message électronique avait été envoyé de l'île bretonne en différé. Elle l'ouvrit. Son cœur rata carrément un battement, la respiration lui manqua, les yeux lui sortirent de la tête.

« C'est fini, Olivia... »

Olivia relut plusieurs fois le texte pour être certaine d'en saisir la teneur. Gwénola ne pouvait pas la laisser tomber comme une vieille chaussette après tout ce qu'Olivia avait fait pour elle !

« Après tout ce qu'elle a fait pour *toi*, plutôt », murmura une petite voix dans sa tête. Olivia, affolée, tenta de se calmer. Sans elle, Gwénola n'était plus rien. Courrait-elle ce risque ? Olivia se mordit la lèvre inférieure. La réponse était évidemment oui. En fait, Gwénola s'en foutait, elle n'avait jamais eu d'ambition personnelle, elle voulait juste de quoi élever son fils. Elle avait mené à bien son projet. Loeiz avait grandi au propre et au figuré. Gwénola n'avait plus besoin de la manne financière que représentait Olivia pour elle. Aucun contrat ne les liait, l'éditeur n'avait jamais été au courant, seule la parole donnée valait entre elles. Gwénola revenait aujourd'hui sur son engagement. Il n'y avait aucun moyen de la fléchir. Olivia ne connaissait pas son numéro de portable, elle devrait attendre de la revoir au Trèfle ce soir.

Elle se leva, tellement agitée qu'elle devait bouger pour ne pas exploser. Elle arpenta son bureau en cherchant des solutions. Doubler, tripler ce qu'elle donnait à Gwénola ne changerait rien. Elle pouvait lui proposer de cosigner un livre avec elle pour lui mettre le pied à l'étrier ? De préfacer son prochain livre ? De la présenter officiellement à la presse ? Loeiz poursuivait des études de médecine, Olivia connaissait plusieurs grands pontes parisiens, elle pouvait leur recommander le jeune homme ? Non, il était à la fac de Rennes, tous les contacts d'Olivia se trouvaient à Paris, son réseau n'englobait pas la province. Colin connaissait peut-être des confrères là-bas ? Elle était si désespérée qu'elle envisageait même d'appeler son ex-mari à la rescousse.

Elle se laissa glisser par terre et s'adossa à la fameuse bibliothèque qui enthousiasmait les photographes et cameramen venus l'interviewer chez elle. Que lui importait aujourd'hui cet empilement de livres dédicacés, de traductions, de premières éditions, d'ouvrages rares ? À bientôt quarante ans elle n'était plus qu'une petite fille bouleversée sur le point d'être démasquée. Sans Gwénola la belle aventure était terminée. Elle était incapable d'écrire un livre seule. Son style était différent, ses idées compliquées, leur traitement ardu, personne ne la publierait.

Pourtant, elle n'avait pas voulu ce qui était arrivé. Il y avait eu une erreur à la base, le destin avait joué en sa faveur. Quand, en 1985, Jenny avait envoyé les manuscrits d'Olivia et de Gwénola à l'éditeur, quelqu'un s'était trompé. L'éditeur avait refusé le livre de Gwénola et annoncé à Olivia qu'il acceptait le sien. Cela se passait quelques mois après la mort accidentelle de la mère d'Olivia par overdose de médicaments. Une semaine après la fête donnée par son père en son honneur, Olivia avait découvert avec horreur qu'il y avait eu méprise et qu'il s'agissait du manuscrit de Gwénola. C'était trop tard, elle ne pouvait plus rectifier, la honte serait retombée sur son père. Les invités de la fête en auraient ri pendant des siècles. Les journaux auraient titré : « Le milliardaire Richard Ruben ridiculisé par sa propre fille », « La fille à papa impubliable », « Ruben au tapis, la folie des grandeurs ne paie pas dans l'édition », ce n'était même pas envisageable.

La mort dans l'âme, elle avait signé le contrat, effectué les corrections. La veille de la sortie du livre, Olivia avait rassemblé son courage et invité Gwénola à prendre le thé chez Angelina, rue de Rivoli. Là, devant un sublime Mont Blanc dégoulinant de calories, elle lui avait avoué la vérité.

« Il faut que je te dise... Ils se sont trompés, Gwénola. Je n'y suis pour rien. Je m'en suis rendu compte trop tard. Ils vont publier ton livre sous mon nom. »

D'abord Gwénola n'avait pas compris, puis elle avait souri, ravie :

« Il est sûrement encore temps de les prévenir et de corriger !

— Je ne peux pas, avait expliqué Olivia. Mon père ne le supporterait pas. Après la mort de ma mère il ne m'a pas adressé la parole pendant des semaines, maintenant j'existe à nouveau pour lui... Je t'en supplie, aide-moi ! À chacun de mes anniversaires mon père a versé dix mille francs sur mon plan épargne. Je te propose de t'acheter ton manuscrit cent mille francs cash, je les ai sur mon livret de Caisse d'épargne. C'est un chiffre honorable, tu ne trouves pas ? »

Gwénola, abasourdie, se taisait.

« Traitons ça comme un business. Dix patates pour prix de ton silence, c'est une sacrée somme. Je t'en prie, Gwénola, je saurai m'en souvenir, je ne suis pas une ingrate. Ce n'est qu'un livre ! Tu n'as qu'à en écrire un autre, ils l'éditeront, et tu oublieras. »

Mais Gwénola hésitait. Elle avait demandé vingt-quatre heures pour réfléchir en promettant à Olivia qu'elle n'en parlerait à personne.

Olivia n'avait pas dormi de la nuit, fourbissant ses arguments, imaginant des menaces : « Personne ne te croira si tu prétends qu'il s'agit de ton livre », « Tu te sens en position de te battre contre le pouvoir et la fortune de mon père ? ». Heureusement elle n'avait pas dû en arriver à de telles extrémités. La nuit avait porté conseil, le lendemain Gwénola avait accepté son offre.

Le livre était sorti et avait fait un tabac grâce à son charme propre mais aussi à la notoriété de Richard Ruben qui avait donné à sa fille un coup de pouce efficace. Un mois plus tard, quelques jours après le bac, Gwénola, enceinte, avait quitté la capitale pour s'installer dans son île bretonne. Olivia avait tenté d'écrire elle-même le roman suivant mais ça ne marchait pas, alors elle avait continué d'acheter les manuscrits de Gwénola et la magie avait de nouveau fonctionné. Gwénola, mère célibataire, était secrètement devenue son nègre. Elles ne s'étaient pas revues depuis vingt ans, tout se passait par courrier et par virements bancaires.

— Mon Dieu, je ne l'ai pas fait exprès, gémit la grande Olivia Ruben pelotonnée contre sa prestigieuse bibliothèque. Maman, aide-moi, tu le sais bien, toi, que je n'y suis pour rien...

Un craquement la fit sursauter. Qui va là ? Noé qui rentrait ? Le silence retomba. Olivia enserra ses genoux de ses mains et se balança en répétant : « Maman, pitié, reviens, maman, j'ai besoin de toi, ne m'abandonne pas comme il y a vingt ans, maman, au secours... »

Aucun photographe ou cameraman n'aurait jamais imaginé cette scène. La célèbre et arrogante Olivia Ruben en train de sangloter au ras du sisal en parlant à une femme hystérique et névrosée morte depuis deux décennies.

15

Noé, assis sur son scooter à l'arrêt, attendait depuis huit heures du matin que la maison d'édition qui publiait sa mère ouvre.

Olivia était restée fidèle à la même maison depuis le début malgré les propositions alléchantes des concurrents pour la débaucher. Chaque fois, elle restait de marbre et son éditeur s'alignait. Bertrand Guinness avait un flair de chien de chasse, une mémoire d'éléphant et une intelligence aiguë. Noé, qu'il avait fait sauter sur ses genoux quand il était bébé, l'appelait oncle Bertrand.

Noé le vit arriver, lui donna un quart d'heure pour régler ses affaires courantes puis, son casque à la main, entra en familier et salua la standardiste qui le reconnut.

— Bonjour Noé, ça fait plaisir de te voir !

— Moi aussi. Oncle Bertrand est disponible ?

Pendant qu'elle se renseignait, le jeune homme regarda le mur de gauche orné des photos des auteurs phares de la maison. Sa mère y figurait en bonne place et souriait en noir et blanc aux visiteurs. Noé détourna le regard, c'était Gwénola qui aurait mérité d'être accrochée là.

— M. Guinness vous attend dans son bureau, annonça la standardiste.

Noé grimpa les deux étages qui le séparaient de l'antre de l'éditeur. Il ne savait ni pourquoi il était venu ni ce qu'il allait demander, il naviguait à vue. Bertrand lui ouvrit la porte.

— Entre, Ruben, mon vieux…

Guinness appelait les hommes par leur nom de famille et les femmes par leur prénom, quel que soit leur âge.

— Qu'est-ce qui t'amène ?

Le bureau de l'éditeur croulait sous les manuscrits. Les visiteurs se démanchaient en vain le cou pour apercevoir une photo de sa femme et de ses fils, mais c'était chasse gardée, l'homme ne mélangeait pas vie publique et vie privée. Une grande bibliothèque où étaient présentés les livres de l'année occupait tout le mur de gauche. Les ouvrages de la mère de Noé trônaient en bonne place, ceints des bandeaux des prix qui les avaient couronnés. Noé grimaça.

— Oncle Bertrand, franchement, qu'est-ce que tu penses de maman en tant qu'écrivain ? Je veux dire… enfin…

Il s'interrompit, les mots coincés au fond de la gorge. L'éditeur était-il complice de la supercherie ? L'homme était honnête, il avait le regard franc et le rire généreux. Il se pencha vers l'adolescent.

— Tu t'en fais pour ton émission de télé réalité, c'est ça ? Ne t'inquiète pas, ta mère est une grande dame, tu peux être fier de son parcours. Elle aurait pu se tourner les pouces et vivre aux crochets de son père mais elle a choisi le travail et la discipline de l'écriture. S'atteler des heures, des jours, des mois à la tâche, aligner les mots, les apprivoiser, les séduire, se déchirer l'âme et les tripes pour mieux partager l'émotion, faire vibrer les phrases, c'est le plus beau choix du monde, Noé. Je suis heureux que tu t'engages sur cette voie.

Noé leva la tête, planta ses yeux dans ceux de l'éditeur. Guinness était sincère. Il ne savait rien.

— C'est vrai que vous faites travailler des nègres, des gens qui écrivent pour les autres ?

— Tu fais allusion à ce que les Américains appellent les *ghost writers*, des écrivains fantômes qui prennent la plume mais ne signent pas leurs livres. Je collabore avec des *rewriters*, des professionnels qui ont de l'expérience et savent donner à un ouvrage la forme qui lui conviendra le mieux. Ils interviennent surtout sur des témoignages ou des autobiographies de personnes médiatisées qui racontent leur propre histoire et dont écrire n'est pas le métier. Mais, au risque de te paraître redondant, les écrivains écrivent !

Noé sourit faiblement.

— Je sais que tu veux devenir écrivain et cinéaste. Ne t'imagine pas que tu pourras faire trimer les autres à ta place !

Noé rassembla son courage.

— Et maman ?

— Ta mère est logée à la même enseigne, Ruben. Du temps, de la sueur, de la patience et des mots. Un livre se construit comme une cathédrale, brique après brique. L'écrivain en est à la fois l'apprenti, le compagnon et le maître d'œuvre. Il représente tous les corps de métier du début à la fin de l'ouvrage. Quand le livre est terminé il ne s'élève pas dans la campagne, sa flèche dressée vers le ciel, c'est juste un rectangle de papier posé au milieu des autres sur une table de libraire. Mais tu sais ce qui est magnifique ? Les écrivains sont solidaires, pas concurrents. Ce n'est pas parce qu'un lecteur achète le livre de ta mère qu'il n'achètera pas le tien, ceux qui goûtent la lecture n'en ont jamais assez. Dans notre monde moderne il n'y a souvent qu'une place pour un seul poste et plusieurs prétendants. Mais en littérature et dans le cœur des hommes, il y a toujours place pour un vrai livre.

Noé, ému, hocha la tête. Il ne savait plus où il en était.

— Nous t'attendons, Ruben, poursuivit Bertrand Guinness. Tu as la chance d'être le fils de ta mère, tu seras donc lu plus vite qu'un inconnu, mais on ne te fera pas de cadeau. Ce sera à toi de prouver que tu mérites d'être publié. Travaille, mon vieux. Les écrivains demeurent tandis que valsent les étoiles.

Noé se leva. Il n'y avait rien à rajouter.

— Salue ta mère pour moi, j'attends avec impatience les corrections des épreuves de son dernier roman, conclut l'éditeur en le raccompagnant.

— Je le lui dirai, murmura Noé.

Il descendit les escaliers, salua la standardiste, émergea dans la lumière de la rue.

Bertrand Guinness consulta le calendrier. On avait adressé à Olivia Ruben son premier jeu d'épreuves, la mise en pages définitive de son nouveau roman. Elle avait quinze jours pour relire le texte, corriger les coquilles, rectifier des détails, signer le bon à tirer. Il composa son numéro de mémoire, s'adressa au répondeur téléphonique :

— Olivia ? Je viens de recevoir la visite de votre fils. Je le trouve perturbé par sa participation à cette émission. Ne lui dites pas que je vous en ai parlé, mais faites attention à lui cette semaine, donnez-lui du mou.

Il raccrocha. Il savait qu'il tomberait sur le répondeur. Olivia Ruben ne répondait jamais au téléphone le matin, elle travaillait.

16

Le soleil du Sud-Ouest éclaboussait les vallons cultivés en céréales, les bosquets et les prairies brillaient d'un vert tendre, les champs de tournesols éclataient d'un jaune d'or. De petits lacs qui servaient de réserves d'eau séparaient les parcelles. On apercevait au loin une ferme isolée. Charles de Bergeac, châtelain député et maire, savoura la lumière d'une beauté à couper le souffle. Il était fier d'avoir réussi à préserver son château, fier de sa femme, de sa carrière, de sa famille, de ses engagements. Plus jeune, il avait parfois eu la tentation de laisser tomber, d'abandonner les vieilles pierres à leur lente décrépitude, de succomber aux charmes de quelque craquante attachée parlementaire pour une joyeuse étreinte sans lendemain, une partie de jambes en l'air furieusement sexy, délicieusement inventive et vulgairement canaille, mais il avait résisté. Axelle ne le lui aurait pas pardonné. Elle avait du sang bleu et de bonnes manières, elle était parfaite en épouse de maire, de député, de futur ministre ou de futur sénateur. Chaque choix de notre vie nous interdit d'autres choix, Charles vivait à l'endroit auquel il appartenait, sa place était prévue en ce lieu depuis la nuit des temps.

— Monsieur le comte ? dit Jeanne à haute voix, le tirant de sa rêverie. Monsieur le préfet viendra accompagné, ce soir ?

Charles rit doucement.

— Oui, Jeanne. Le préfet est veuf, il prospecte.

Les yeux de Jeanne pétillèrent à l'idée des frasques du notable. Tant qu'il s'agissait d'étrangers, elle trouvait cela cocasse.

Charles résista à l'envie d'appeler Axelle à Paris. Elle avait dû se coucher tard, elle dormait sans doute encore. Il brûlait de savoir si elle avait revu Gwénola et ce qu'elles s'étaient dit. Il n'avait pas abordé le sujet avec Axelle avant son départ, ils n'échangeaient jamais leurs émotions, leur éducation les en empêchait. Ils avaient été élevés selon le fameux précepte *never explain, never complain*, ne jamais expliquer ni se plaindre. Mais il avait entendu Axelle se retourner dans leur lit la nuit précédente sans trouver le sommeil. Ils étaient restés couchés à vingt centimètres l'un de l'autre, nerveux et agités, sans s'adresser la parole.

L'un des films cultes de Charles était *Jules et Jim* de Truffaut parce qu'il avait vécu la même chose, mais à l'envers. En terminale, il était tombé éperdument amoureux de deux jeunes filles : Axelle et Gwénola. Il éprouvait pour chacune un sentiment unique, Axelle était une rose rare et désirable, Gwénola un camélia sauvage et envoûtant. Il avait trouvé la femme de sa vie : hélas elles étaient deux et il était incapable de choisir !

Jusqu'à ce jour maudit où, peu après le bac, Gwénola avait fui en Bretagne sans explication. Il avait attendu longtemps de ses nouvelles, trop bouleversé pour chercher à la joindre. Puis il avait fini par se dire que le destin avait tranché à sa place et il avait épousé Axelle. Il l'aimait infiniment, mais une moitié de lui-même était morte avec le départ de Gwénola, dont il était sans nouvelles depuis vingt ans et qu'Axelle avait revue hier…

Le téléphone sonna. Il décrocha, sûr de l'identité de son interlocutrice.

— Je n'osais pas te sortir des bras de Morphée…, commença-t-il gaiement.

— Euh… monsieur le maire ? C'est Maurice. Nous avons un gros problème…

Charles se raidit. Maurice, son adjoint, son bras droit, un type raisonnable et solide, haletait.

— Je t'écoute ?

— Monsieur le maire, vous vous souvenez de Dumont, l'entrepreneur dont vous avez refusé le devis pour le nouveau gymnase ?

Charles hocha la tête puis, réalisant que Maurice ne pouvait pas le voir à l'autre bout du téléphone, il grommela un « mmmoui » sans conviction. Il se souvenait vaguement que l'homme était présomptueux et beaucoup trop cher.

— Sauf votre respect, ce con nous fout dans la merde jusqu'au cou, monsieur le maire !

Charles fronça les sourcils.

— Explique-toi ?

Maurice soupira.

— C'est un truand à la petite semaine. Il a accumulé les conneries et distribué des pots-de-vin, il s'est fait prendre la main dans le sac, maintenant il implique votre femme et il vous implique aussi. Il prétend que tous les deux vous en avez croqué.

— Que j'ai quoi ?

— Qu'il vous a acheté, que vous avez accepté du fric de sa part !

Charles sourit avec assurance.

— C'est stupide, personne ne le croira, Axelle n'a rien à voir avec les affaires de la mairie et, tu viens de le dire, nous n'avons pas retenu sa candidature...

Maurice toussota.

— C'est plus compliqué que vous ne croyez, monsieur le maire. En fait, vous avez choisi l'entreprise de son beau-frère qui a sous-traité avec lui.

— D'accord, fit Charles. Mais ça ne prouve pas qu'il nous a versé un dessous-de-table. La mairie lui a commandé officiellement un travail, point, barre. Et je ne vois pas en quoi ma femme est concernée !

— Il jure qu'il vous a graissé la patte à chacun. Allez prouver qu'il ment. Les gens diront qu'il n'y a pas de fumée sans feu, que les politiciens ont tous un cadavre dans le placard, que votre femme vous a influencé. Vous avez l'air trop poli, trop lisse et trop heureux… ça fait des jaloux !

Trop heureux ? Charles manqua bondir, se reprit.

— Il suffit de vérifier sur nos comptes bancaires, je n'ai rien à cacher.

Maurice se racla la gorge.

— Le toit de votre château… Il vient d'être réparé par son frère. Vous n'avez pas remarqué que votre couvreur s'appelait Dumont aussi ?

Charles fit la grimace.

— C'est Axelle qui s'occupe de ça.

— Justement. Dumont affirme qu'il vous a remercié en travaillant gratuitement pour elle. Il s'agit d'une grosse somme, personne ne croira qu'il vous en a fait cadeau sans rien en échange.

— Mais Axelle l'a sûrement réglé, je vais lui téléphoner tout de suite !

— Il n'a pas touché le chèque, monsieur le maire, donc c'est comme si elle n'avait pas payé. Dumont prétend aussi que votre femme a bénéficié d'un emploi fictif à la mairie.

Charles laissa échapper une exclamation :

— N'importe quoi !

— En fait, soupira Maurice, comme l'adjointe à la culture est en congé de maternité, nous avons subventionné Mme de Bergeac pour réorganiser la bibliothèque et préparer la fête du village. En plus la vieille Germaine qui collecte les chèques pour le fonds de solidarité et le banquet du quatrième âge s'est cassé le col du fémur. C'est donc votre femme qui a collationné les dons. Elle n'avait pas la signature sur le compte de la mairie, alors pour aller plus vite elle a touché les chèques sur son compte personnel. Ça ne va pas chercher loin, peut-être dans les quatre mille euros en tout, mais avec votre réparation de toit qui s'élève à huit mille euros ça fait douze mille et ça tombe mal, d'autant qu'il affirme qu'il vous a aussi versé un paquet en liquide. En vous chargeant tous les deux, Dumont espère passer entre les mailles du filet. Il n'est qu'un tout petit poisson, vous êtes un grand méchant requin, sauf votre respect... Bref, c'est le bordel.

— C'est la merde noire, tu veux dire ! lâcha Charles, atterré. Comment es-tu au courant ?

Maurice avala sa salive.

— Par les journaux, monsieur le maire. Vous êtes tous les deux en première page des quotidiens régionaux.

— Quoi ! rugit Charles.

— Demain, s'il n'y a pas d'événement majeur dans le monde cette nuit et que les journalistes n'ont rien d'autre à se mettre sous la dent, vous aurez les honneurs de la presse nationale, les gens aiment bien les aristocrates qui piochent dans les caisses de l'État. Votre prédécesseur, l'ancien maire Pierre Bados... Dumont est son cousin, ajouta Maurice en lui portant le coup de grâce. J'aurais dû me méfier, Bados a fait profil bas quand vous avez été élu, ça ne lui ressemblait pas. Il a tranquillement préparé sa vengeance. C'est un type méthodique, il n'a rien laissé au hasard.

Charles secoua la tête, incrédule. Axelle et lui n'avaient rien fait d'illégal, ils étaient victimes d'une machination qui allait se transformer en erreur judiciaire s'il ne réagissait pas très vite.

— J'ai pris la liberté de prévenir maître de La Futaie, il sera à la mairie à onze heures.

Charles regarda sa montre.

— Tu as bien fait. J'arrive !

Il regarda machinalement par la fenêtre. Cette vue qui le remplissait tout à l'heure d'une merveilleuse sérénité lui serrait à présent le cœur. Tout risquait de s'écrouler. Même s'il faisait valoir leur innocence et qu'on les blanchissait, leur honneur serait entaché à jamais. Il songea à Axelle qui lui faisait confiance et son estomac se tordit. Qu'on l'attaque, elle, le mettait en rage. Il attrapa sa veste, dévala les escaliers, cria à Jeanne :

— Je pars à la mairie ! Appelez le préfet pour annuler notre dîner, dites-lui que j'ai un empêchement.

— Un empêchement ? s'inquiéta Jeanne qui avait entendu le téléphone sonner. Madame la comtesse est souffrante ?

Mais Charles avait déjà bondi dans son jouet, une antique Alfa Romeo rouge. Il démarra, fit crisser les pneus, s'éloigna vers l'entrée du parc. L'ancien préfet était un chic type, il aurait pu se décommander, il avait laissé à Charles le soin de s'en charger.

Alors que Jeanne s'interrogeait sur ce brusque revirement le téléphone sonna à nouveau. C'était Axelle.

— Monsieur le comte vient de partir pour la mairie, il avait l'air préoccupé... Ce n'est pas vous qui l'avez appelé il y a cinq minutes ?

— Non, Jeanne.

— Le dîner de ce soir est annulé, je dois prévenir le préfet...

Axelle, toujours angoissée, se raidit.

— Je vais l'appeler. Je te tiens au courant.

C'était normal. Jeanne faisait partie de la famille.

17

À la mairie, maître de La Futaie n'y alla pas par quatre chemins avec Charles.

— C'est mauvais, monsieur le maire, très mauvais, vous vous êtes fait piéger en beauté par Bados via Dumont. Je sais que vous n'y êtes pour rien parce que je vous connais, mais les faits sont les faits et ils vous incriminent.

— Nous n'aurions pas été bêtes à ce point, maître, si nous avions mangé de ce pain-là nous aurions effacé nos traces, vous ne pensez pas ?

— Parfois les gens agissent stupidement parce qu'ils se sentent protégés par leur statut social et l'immunité parlementaire.

— Je ne possède que mon nom et un vieux château qui s'écroule… et mon mandat me donne des devoirs, pas des droits ! protesta Charles, piqué au vif.

L'avocat lui toucha le bras pour l'apaiser.

— Calmez-vous, je vous crois. Mais il va falloir nous battre et agir exactement comme je vous le dirai. Accordez-moi votre confiance et tout ira bien.

— Il faut avant tout protéger ma femme, elle ne doit pas être éclaboussée par…

— Confiance, confiance, coupa l'avocat. Elle est déjà éclaboussée, demain elle nagera dans le grand bain. Elle est au courant ?

— Pas encore, elle est partie à Paris hier.

— Parfait. Qu'elle y reste ! Tranquillisez-la et laissez-moi travailler.

Ils se quittèrent sur une poignée de main franche. Dès que l'avocat fut sorti, Charles leva le masque. Les coins de sa bouche s'affaissèrent, son front se plissa, son dos se voûta, il était atteint au plus profond de lui-même. Quand on entre en politique il faut avoir le cuir épais, il avait été l'objet de campagnes de dénigrement avant les élections, on avait prétendu qu'il n'était pas le fils de son père, qu'il avait une maîtresse. C'était de bonne guerre, il n'avait rien réfuté, ça faisait partie de la bataille. Mais l'accusation d'aujourd'hui le prenait de plein fouet parce qu'elle touchait Axelle et la ferait souffrir. Elle l'avait épousé, il devait la défendre.

Sa secrétaire entrouvrit la porte.

— Monsieur le maire, votre femme au téléphone...

— Je la prends, merci.

Charles se redressa, sourit dans le vide, adopta un ton enjoué.

— Chérie ?

Axelle respira mieux.

— Je m'inquiétais, j'ai appelé au château mais tu venais de partir, Jeanne m'a dit que tu semblais préoccupé et que tu avais annulé le dîner de ce soir...

Charles réussit à rire.

— Tu t'inquiètes trop vite, j'ai un empêchement à cause de cet oublieux de Maurice qui m'a collé un vin d'honneur à la même heure, je suis coincé, c'est tout.

— Alors ça ne te gêne pas si je ne reviens pas aujourd'hui ? fit Axelle, soulagée. Olivia a organisé un dîner au Trèfle comme autrefois.

Charles remercia mentalement le destin.

— Au contraire, chérie, reste à Paris, amuse-toi avec tes amies ! Jeanne te remplace, elle s'occupe de moi comme une mère.

— Je rentrerai vendredi, si tu n'as pas besoin de moi avant ?

— J'ai toujours besoin de toi mais je me ferai une raison. Comment ça s'est passé hier ? demanda Charles, n'y tenant plus. Vous étiez toutes là ?

— Tu veux savoir si Gwénola est venue ? La réponse est oui. Elle est journaliste en Bretagne. Elle ne portait pas d'alliance mais de nos jours ça ne signifie rien.

Axelle ne mentionna pas Loeiz exprès, inutile de remuer le couteau dans la plaie. Gwénola avait réussi là où Axelle avait échoué, elle avait donné un enfant à Charles. Mais Charles, jeune homme racé et faible qui rêvait d'une carrière politique, avait choisi de ne pas reconnaître ce fils né hors mariage. Axelle s'en était étonnée mais ils n'avaient jamais abordé le sujet ensemble.

Tout s'était joué en une semaine, peu après le bac. Charles sortait avec Gwénola et Axelle quand Gwénola s'était aperçue qu'elle était enceinte. Elle en avait d'abord parlé à ses trois amies. Jenny avait pris les choses en main et proposé de servir de médiatrice. Elle avait annoncé la nouvelle à Charles en tête à tête et lui avait demandé ce qu'il comptait faire et s'il assumait ses responsabilités. Axelle venait d'une grande famille aristocratique comme Charles alors que Gwénola était la fille bâtarde de l'infirmière bretonne de l'école. Charles avait répondu à Jenny qu'il proposait à Gwénola de l'argent pour avorter. Jenny l'avait transmis à Gwénola qui, horrifiée, avait refusé de le revoir. Elle était alors partie se réfugier dans son île pour y élever Loeiz seule.

Axelle avait été infiniment choquée de la réaction de Charles, mais elle l'aimait trop pour le lui reprocher. Ils s'étaient fiancés quelques mois après, mariés l'année suivante. Gwénola n'avait pas été invitée, elle l'avait su par Olivia. Hier, c'était la première fois qu'Axelle et elle se retrouvaient face à face.

— J'espère que vous passerez un bon moment ce soir, dit Charles à Axelle. Embrasse-les de ma part.

Il continuait à ne pas comprendre pourquoi Gwénola avait disparu de la circulation après le bac. La veille elle lui parlait d'amour, le lendemain, pfuit, elle s'était volatilisée. Elle n'appartenait pas à son milieu social mais c'était sans importance, elle avait assez de grâce et de charme pour être aimée de tous, et si la famille de Charles y trouvait à redire il couperait les ponts avec eux, son amour pour elle était plus fort que ces conventions archaïques ! Mais elle s'était enfuie et il était resté là, comme un imbécile malheureux, terrassé par son absence. Axelle l'avait consolé, elle avait su trouver les gestes et les mots pour panser ses blessures.

— Je t'aime, murmura Charles à sa femme en baissant la voix à cause de sa secrétaire.

Axelle entendit mal, n'osa pas le faire répéter.

— Bon courage avec ton vin d'honneur ! lança-t-elle gaiement.

Il raccrocha, le cœur serré. Il avait su faire illusion, elle ne se doutait de rien. Dans sa jeunesse, il avait souvent joué dans les pièces de théâtre de fin d'année. Il avait un talent certain pour la comédie. Maître de La Futaie lui avait conseillé de tranquilliser sa femme, il avait obéi.

Une heure plus tard, Maurice déboula dans la mairie, pâle et en sueur.

— Monsieur le maire, je sais de source sûre par un type qui me doit un service que Bados a passé la vitesse supérieure, les journaux nationaux vont reprendre l'affaire demain et en rajouter une couche. Il faut préparer vos arrières, vous risquez tous les deux d'être mis en examen pour complicité d'abus de biens sociaux. Vous avez des rendez-vous importants dans les jours qui viennent ?

Charles ferma les yeux et, de mémoire, tourna les pages de son agenda. C'était ainsi qu'il avait réussi le concours de l'ENA, il avait une prodigieuse mémoire photographique qui lui permettait de feuilleter mentalement un document à condition de l'avoir lu deux fois.

— Les chasseurs… les agriculteurs… un mariage… le conseil municipal… une réunion au conseil départemental… un vote à l'Assemblée nationa…

Il s'arrêta, pétrifié.

— Je dois prévenir Axelle avant qu'elle l'apprenne.

— Téléphonez-lui, suggéra Maurice.

— Non, je veux la regarder quand je lui expliquerai, lui promettre que je la protégerai…

— Mais elle est à Paris, vous n'allez pas quitter la région aujourd'hui, ça ferait très mauvais effet !

— Je prends le prochain train, décréta Charles.

Le temps n'était plus aux tergiversations. Axelle seule comptait. Elle serait au Trèfle ce soir. Il y serait aussi.

18

Gwénola détestait décidément le métro. Elle sortit de terre dans la rue où elle avait vécu dix-huit ans avec sa mère, marcha du pas lent mais sûr des Groisillons vers l'immeuble gris, leva les yeux vers le cinquième étage sans ascenseur. Les nouveaux locataires avaient des rideaux rouges. À l'époque, pour recréer un univers breton, la mère de Gwénola avait tapissé leur petit deux pièces de turquoise, la moquette était bleue, les meubles avaient des poignées de cuivre, la vaisselle était décorée d'ancres. C'était naïf mais joyeux. Olivia, Jenny et Axelle venaient souvent goûter et travailler. Annick dormait dans le salon pour laisser l'unique chambre à sa fille. Gwénola sourit. Olivia devait maintenant avoir lu son message électronique. Elle avait dû se mettre en colère, tempêter, mesurer son impuissance. Elle en était sans doute arrivée au stade des larmes. Gwénola n'éprouvait aucune animosité envers elle, elles s'étaient aidées mutuellement mais le temps était venu d'aller chacune son chemin.

Une des fenêtres du cinquième étage s'ouvrit, un bras apparut, on secouait un drap jaune. Gwénola se rappela : un jour, en agitant la nappe pour aider, Jenny avait balancé dans la rue les lunettes d'Annick Tonnerre qui n'avaient pas résisté au choc. Les lunettes coûtaient cher, Annick voulut demander aux parents de Jenny de faire jouer leur assurance responsabilité civile, Gwénola l'avait suppliée de s'en abstenir et avait insisté pour payer les nouvelles lunettes avec ses heures de baby-sitting. Elle avait honte et Annick s'en était rendu compte.

— Il n'y a aucun déshonneur à travailler pour gagner sa vie, avait-elle expliqué à sa fille. Les parents de tes amies aussi vont au bureau et touchent un salaire à la fin du mois.

— Pas le même, maman. Chez elles le salon est plus grand que tout notre appartement. Elles ont chacune leur télé. Elles vont en week-end en Normandie ou sur la Côte d'Azur, en vacances aux Seychelles ou aux Maldives.

— Toi, tu as la chance d'aller en vacances sur l'île de Groix, avait rétorqué sa mère d'une voix changée. Je ne peux pas m'aligner sur les parents des autres. J'ai peut-être eu tort de te mettre à Sainte-Agathe mais je voulais t'offrir le meilleur avenir possible !

Gwénola s'était jetée dans ses bras et l'avait suppliée de lui pardonner...

Le drap jaune disparut à l'intérieur de l'appartement, la fenêtre se referma, le rideau rouge retomba. Gwénola s'éloigna. Annick croyait bien faire. Il y avait un marché deux rues plus loin, les ménagères parisiennes s'y rendaient en serrant leurs cabas contre elles. Dans l'île, à la même heure, les Groisillonnes convergeaient vers le bourg pour y faire leurs courses. Gwénola avait entendu un jour une Parisienne demander si on pouvait trouver un certain article « en ville ». On l'avait assurée que oui et la Parisienne avait cherché en vain au bourg, parce qu'à Groix dire « la ville » c'était parler de Lorient, de l'autre côté de l'eau.

Gwénola regarda sa montre qui indiquait inutilement les heures de marée. Hier elle s'était crispée en retrouvant Axelle qui manifestement était aussi mal à l'aise qu'elle. Elle était heureuse de renouer les fils du passé, de revoir les autres ce soir. Axelle n'était pas responsable de ce qui était arrivé, elle et Charles n'avaient toujours pas d'enfant, Gwénola en était secrètement soulagée. Ce n'était après tout que justice : Loeiz n'avait pas de père, Charles n'avait pas de fils.

19

Loeiz Tonnerre, assis dans la bibliothèque de la faculté de médecine de Rennes, s'étira et se massa les cervicales. Les cheveux noirs bouclés qui auréolaient son visage lui donnaient un air romantique que son regard turquoise de myope accentuait, il était « long comme un jour sans pain » disait sa grand-mère, il avait une gueule et plaisait aux filles. Malgré son jeune âge, dix-neuf ans, il avait déjà rencontré la femme de sa vie : Morgane Gwenadu, une Parisienne d'origine bretonne. En breton, *Gwenadu* signifiait blanc et noir. Du coup il l'appelait Yin et Yang. Elle était aussi blonde qu'il était brun, aussi frêle qu'il était massif, aussi amoureuse de lui qu'il l'était d'elle. Il voulait devenir chirurgien, elle pédiatre.

— Eh, Loeiz !

Le visage du garçon s'éclaira. La voix de Morgane, basse, sensuelle, sexy, lui remuait les tripes.

— Alors ?

Il attendait sa réponse depuis ce matin. Si c'était oui, une autre vie commencerait pour eux. Si c'était non, ils continueraient comme avant.

— Je sais, dit-elle.

— Tu veux bien partager cette révélation avec moi ?

— Qu'est-ce que j'y gagne ?

— Mon amour.

— Je l'ai déjà, non ?

Loeiz se pencha vers elle et la regarda avec tendresse.

— Dis-moi, Yin et Yang, souffla-t-il. J'ai hâte !

Elle eut un sourire d'une douceur infinie.

— J'ai pris ton courrier, dit-elle en lui tendant une enveloppe.

— Je m'en fous, réponds ! supplia-t-il.

Elle secoua la tête, désigna l'enveloppe.

— Qu'est-ce que c'est ?

— Ouvre !

Il la déchira, en sortit un petit carton blanc, ouvrit la bouche comme ces poissons que les pêcheurs vendaient sous le marché couvert du bourg de Groix. Une petite photo était agrafée à l'intérieur du carton, une échographie en noir et blanc. Il y avait aussi un résultat d'analyse affirmant la présence dans l'urine de la patiente Morgane Gwenadu de l'hormone HCG.

— Le diagnostic est formel, murmura-t-elle.

Loeiz lâcha le carton qui voleta jusqu'au sol, il l'entoura de ses bras et la fit tournoyer, puis il se rendit compte qu'elle était plus fragile maintenant et il la posa délicatement.

— Merci, dit-il avec ferveur.

— Tu ne m'en veux pas ?

Il éclata de rire.

— Nous allons avoir un bébé... c'est géant ! Quand il sera grand il passera son permis de conduire sur une soucoupe volante, il ira en vacances sur Mars et il nous traitera de vieux cons dépassés... ça va être magnifique !

— On va galérer pour ne jamais être de garde ensemble, soupira-t-elle.

— Tu tiens vraiment à devenir le docteur Gwenadu ? demanda brusquement Loeiz.

Elle s'immobilisa. Les ennuis commençaient. Elle avait toujours pris Loeiz pour un homme tolérant, ouvert, moderne, merveilleux. Il était manifestement ravi qu'elle soit enceinte. Et voilà qu'il osait remettre en question son rêve de devenir pédiatre pour la cantonner à la maison dans les couches-culottes ?

— Plus que tout au monde, répondit-elle d'un ton sec. Je m'étonne que tu poses la question.

Il écarquilla les yeux, surpris, puis comprit. Le quiproquo était savoureux.

— Je te demande, dit-il calmement, si tu tiens tant que ça à devenir le docteur Gwenadu ?

Elle haussa le sourcil droit, s'énerva parce qu'elle l'aimait et qu'il la décevait.

— Tu veux savoir si j'ai l'intention de poursuivre mes études de médecine alors que je vais avoir un bébé ? Comment peux-tu en douter ?

Il rit, entoura le visage de Morgane avec ses deux paumes et la força à le fixer au fond des yeux.

— Non, Yin et Yang, tu ne m'as pas bien écouté. Bien sûr que tu vas être une pédiatre encore plus célèbre que George Clooney ! Pour la troisième fois, je te le demande : Tu tiens absolument à être le docteur Gwenadu ? Parce que, moi, je te propose de devenir le docteur Tonnerre. Enfin, si tu es d'accord ?

Elle fondit. Il la demandait en mariage et elle l'engueulait.

— Je suis désolée, souffla-t-elle.

— Pas moi. Alors, tu es d'accord ?

Elle hocha la tête.

— Yin et Yang Tonnerre, ça sonne juste.

Il ramassa le petit carton blanc, attrapa ses livres, les fourra dans son sac, entraîna Morgane hors de la bibliothèque.

Beaucoup plus tard, ils se retrouvèrent étendus sur le lit de sa chambre d'étudiant, les membres emmêlés, dans l'abandon qui suit l'amour. Il caressa son ventre avec tendresse.

— J'ai un peu peur, admit-elle.

— Moi aussi, mais ça va être géant. On était deux, on sera trois. Tu as envie de quoi, dans le genre caprice débile de femme enceinte ?

— Un kilo de caviar et de la vodka au gingembre.

— J'y vais !

Elle l'empêcha de se lever, roula sur lui. Ils oublièrent l'heure.

Encore plus tard, alors qu'elle était sous la douche, le portable de Loeiz sonna. Il répondit :

— Salut, Gwénola ! Tu es où ? À Paris ? Alors, cette glorieuse réunion, ça s'est bien passé ?

Morgane sourit en se savonnant avec du gel douche à la menthe fraîche. Gwénola avait joué pour Loeiz le rôle de ses deux parents, il l'appelait tantôt maman tantôt Gwénola, il ne s'en rendait même pas compte.

— Tu restes à Paris encore quelques jours ? Vous allez dîner ce soir au Trèfle ? Non, ici rien de spécial, je bosse... Morgane va bien, oui. Nous aussi on t'embrasse.

Il reposa le téléphone, la rejoignit, entra carrément dans la cabine de douche tout habillé et continua à lui parler comme si de rien n'était tandis que l'eau cascadait sur ses vêtements.

— Tu comptes le dire à tes parents quand ? Je t'accompagne à Paris pour te demander officiellement en mariage à ton père ? proposa-t-il, les cheveux et les habits ruisselants.

— Je préfère leur parler seule d'abord. Prenons le train ce soir. J'irai passer la nuit chez mes parents, toi tu iras avec ta mère, et demain on déjeunera tous ensemble. Ça te va ?

Il acquiesça, sortit de la douche et inonda le carrelage.

— Je vais faire la surprise à Gwénola de la rejoindre au Trèfle, elle va adorer !

20

Jenny, dans sa chambre d'hôtel, s'octroya une douche parfumée à la cannelle puis, face à la fenêtre, fit vingt minutes de Qi Gong. Elle exécuta la classique série des « huit pièces de brocart » que le général Yen Fei, de la dynastie Song, avait composée pour renforcer le physique des soldats chinois qui se battaient contre les Japonais.

Elle enfila ensuite une robe Prada en lin rouge à l'épaule asymétrique et sortit. Elle descendit vers la Seine, un instant distraite par un jeune Français aux cheveux blonds coiffés en catogan qui, assis sur un scooter à l'arrêt, parlait dans un téléphone portable et semblait furieux. Place de l'Alma, une sculpture dorée en forme de feu surplombait le tunnel où lady Diana avait trouvé la mort. Un bateau-mouche passa sur la Seine en contrebas, Jenny courut au milieu du pont et se pencha vers l'eau. Des touristes agitèrent la main pour la saluer, elle leur répondit en se demandant si Corrado était à bord. L'étrave du bateau fendait le ruban liquide comme un ciseau aiguisé, elle aperçut son nom, *La Patache*, se demanda ce qu'il signifiait. Elle avait beau parler français couramment, certains termes lui échappaient encore. On disait que pour connaître l'âme d'une ville il fallait en toucher le cœur, son fleuve. Elle chercha à se repérer, mais quelle était la rive droite et quelle était la rive gauche ? Certaines personnes savent tout, dans quelle direction un fleuve se jette dans la mer, de quel côté il faut s'asseoir dans un train pour être placé dans le sens de la marche. Jenny appartenait à la catégorie de ceux qui ne savent jamais et s'adaptent. Elle aurait aimé accepter l'invitation de Corrado mais elle était là en mission et ne devait pas se laisser déconcentrer par un homme aux yeux pers, même si ses mains s'étaient faites douces pour remplir de mauvais vin son gobelet en plastique ou lui tenir la portière d'un taxi polluant.

Elle accéléra le pas, finit de traverser le pont, remonta l'avenue Bosquet et tourna à gauche dans une rue qui filait vers les Invalides. Les magasins se succédaient, petites boutiques accolées les unes aux autres. La mère de Jenny lui avait raconté un jour que sa grand-mère, qu'elle n'avait jamais connue, y vendait des fleurs dans le temps. Jenny ignorait à quel numéro, elle était venue là accomplir une sorte de pèlerinage, les siens étaient tous morts maintenant, il ne restait plus qu'elle. Hier soir, Axelle parlait de sa mère, de son frère Enguerrand et de ses six neveux et nièces ; Gwénola de sa mère Annick et de son fils Loeiz ; Olivia de son père Richard et de son fils Noé. Jenny s'était tue, gênée. Être seule au monde frisait l'impolitesse. Floridiano la trouvait jolie et exotique mais il avait sa femme, ses enfants, ses parents, sa brochette de frères et sœurs, son palais familial à Venise sur le Grand Canal, sa tour génoise en Toscane, son appartement *via* Condotti à Rome. Jenny n'était qu'une action de plus dans son portefeuille, ils n'étaient pas liés par le sang.

Un fleuriste coincé entre un bar et une boutique de vêtements débordait sur la rue. L'air sentait le jasmin, un olivier et un citronnier voisinaient, des roses multicolores trempaient dans une grande bassine. Jenny hésita, entra.

— Bonjour, dit-elle avec son léger accent américain, ce magasin existe depuis quand ?

La vendeuse rigola :

— Depuis deux ans et on rame comme des malades. Avant on avait une boutique de tatouages, ça rapportait un max. Les fleurs c'est périssable, comme dit la chanson...

Jenny ignorait à quelle chanson elle se référait, elle acheta une rose rouge, continua sa route et réitéra sa question dans un autre magasin. Celui-là datait de cinq ans. La grand-mère de Jenny avait vécu là quarante ans plus tôt, son histoire s'était effacée. Quand elle déboucha sur l'esplanade des Invalides, Jenny était munie de quatre roses. Décidément le chiffre la poursuivait. Elle descendit jusqu'au fleuve, y jeta les fleurs, traversa puis continua vers le Louvre, jusqu'à la pyramide de Ieoh Ming Pei. Jenny la découvrit dans sa pureté, réfléchissant la lumière de septembre.

Tout s'était bien passé hier, tout irait bien ce soir. Jenny sourit à son image et se récita les noms des protagonistes : Axelle et Charles, Olivia et Noé, Gwénola et Loeiz. Elle ne risquait pas de les oublier. Elle rêvait d'eux toutes les nuits.

21

Noé n'était pas rentré chez lui de la journée, il n'aurait pas supporté de croiser sa mère. Il avait envie de lui jeter à la figure son imposture et de lui hurler sa déception.

Il essaya de joindre son père à sa clinique, réussit à passer plusieurs barrages, se heurta enfin à la surveillante du bloc opératoire.

— Je suis le fils du docteur Nathan, je dois lui parler d'urgence, plaida-t-il.

— Vous avez un problème de santé ? s'enquit la voix sèche de la surveillante.

— Euh… non…

— C'est une question de vie ou de mort ?

— Pas exactement…

La surveillante avait les ados en horreur, elle avait consacré sa vie à la clinique, aux patients et aux médecins. Tout ce qui venait de l'extérieur nuisait à l'harmonie qui régnait dans son sanctuaire. Aucun gamin ne ferait la loi chez elle.

— Il est en pleine liposuccion, après il enchaîne sur un lifting, des implants capillaires et une reprise mammaire. Il vous rappellera dès qu'il sortira du bloc. Puisque vous êtes son fils, il sait où vous joindre ?

Noé gémit :

— Vous ne comprenez pas. J'ai juste une toute petite question à lui poser. C'est à propos de ma mère. Elle a… de gros ennuis.

C'était sorti tout seul, Noé n'avait pas prévu de mentir mais il avait trouvé le sésame. La surveillante accepta de le brancher sur le haut-parleur du bloc.

Noé respira à fond, il allait enfin savoir.

Les murs du bloc étaient jaunes, comme les tenues opératoires. Colin Nathan avait des yeux bruns pailletés d'or qui brillaient par-dessus le masque. Il tenait fermement la canule qui aspirait les adipocytes de la patiente. Façon médicale et plaisante de dire qu'un tuyau de plastique avalait la graisse de l'imposante personne allongée sur la table. Colin, lui-même ancien boulimique, avait passé son enfance à se faire chambrer par ses camarades de classe parce qu'il n'arrivait ni à courir ni à monter à la corde à nœuds et que sa mère était forcée de l'habiller au rayon adulte. À dix-huit ans, il s'était imposé un régime draconien et n'avait jamais plus dérogé. Désormais svelte et athlétique, il gardait son secret et avait fait disparaître toutes ses photos d'enfance. Mais il avait épousé une femme ronde parce que au fond il aimait ça. Il transformait ses patientes en créatures maigrelettes mais les femmes plates devant et derrière ne l'intéressaient pas, il ne les désirait pas. Il avait une véritable tendresse pour ses clientes et se sentait leur complice. Quand il s'observait dans le miroir de son bureau il voyait toujours le gamin trop enveloppé d'autrefois.

— Docteur, votre fils au téléphone, sa mère a de gros ennuis, il veut vous poser une question...

Nathan affermit sa prise sur la canule et hocha la tête.

— Branchez-le...

— Vous pouvez parler, dit la surveillante à Noé.

— Merci... papa ? Tu m'entends ?

Colin Nathan renversa la tête en arrière et fit signe à l'instrumentiste du bloc de baisser son masque afin qu'il puisse parler.

— Je t'écoute... Qu'est-ce qui arrive à ta mère ?

Noé se jeta à l'eau.

— On dit qu'elle n'écrit pas ses livres...

— Quoi ?

— Quelqu'un prétend qu'elle utilise un nègre, que ce n'est pas elle qui écrit...

— Et tu m'appelles au bloc pour ça ? rugit Colin. Elle n'est pas morte, tu n'es pas mort, vous n'êtes mourants ni l'un ni l'autre ?

— C'est crucial, papa, protesta Noé. Si elle a triché pendant toutes ces années…

— Écoute-moi bien, mon fils. Ta mère m'a emmerdé tout le temps que nous sommes restés mariés parce qu'elle écrivait ses fichues histoires à l'eau de rose. Tu te fous du monde de me déranger en pleine opération pour me poser une question aussi grotesque !

Il fit signe à la surveillante de raccrocher et à l'instrumentiste de lui remettre son masque. La surveillante s'exécuta, furieuse :

— Je suis navrée, docteur, il m'a menti, il a prétendu que votre ex-femme…

— C'est un baratineur-né, il vous a piégée. Il tient de moi. *Tel père, tel fils*…

Colin Nathan rit de sa plaisanterie sous son masque. La surveillante et l'instrumentiste ne comprirent pas pourquoi mais il détenait cinquante pour cent des parts de la clinique alors elles l'imitèrent.

Noé, vexé et blessé, referma son portable d'un geste rageur. Il haïssait ses parents du plus profond de son cœur. L'appareil se mit à sonner. Il espéra que son père s'était ravisé ou que Mona l'appelait mais la puce électronique du portable convertit les dix chiffres du numéro appelant en cinq lettres : MAMAN. Il décida de ne pas répondre, attendit la petite musique qui indiquerait qu'on avait laissé un message. Il composa le code pour avoir accès à son répondeur, écouta : « Chéri, j'espère que tu vas bien, je ne serai pas là ce soir, je dîne avec mes anciennes amies au Trèfle, je rentrerai tard, je t'embrasse ! »

Noé resta un moment planté au milieu de l'avenue, téléphone en main, la colère au cœur, à suivre du regard une jolie femme rousse en robe de lin rouge à l'épaule asymétrique qui descendait vers la Seine le sourire aux lèvres.

La voix de sa mère était enjouée, elle se réjouissait de sa soirée. Noé avait souvent entendu parler du Trèfle. Olivia y serait donc ce soir avec Gwénola. Jenny aussi était sûrement au courant de la tricherie puisque c'était elle en 1985 qui avait lu les manuscrits de ses amies avant de les proposer. Axelle la châtelaine était probablement également au parfum. Ce serait l'occasion rêvée pour les confondre. Olivia avait réussi à tromper son mari et l'oncle Bertrand, mais Noé allait crier la vérité à la face du monde !

22

Olivia raccrocha après avoir laissé son message. Elle n'avait pas eu de nouvelles de Noé depuis la veille mais elle avait décidé de suivre le conseil de Bertrand Guinness et de ne pas contrarier son fils. Il allait être enfermé, il avait besoin de liberté.

Elle avait repris ses esprits avant d'affronter Gwénola. Depuis vingt ans, elle vivait dans la peur d'être confondue. Maintenant au moins cela n'arriverait plus ! Qu'allait-elle devenir si Gwénola persistait dans sa décision ? Comment expliquer à ses lecteurs, à son éditeur, à son fils, qu'elle cessait d'écrire ?

Elle arriva la première au Trèfle, régla au patron la somme convenue puis s'installa et attendit les autres. Elle avait revêtu un tailleur-pantalon noir fluide qui bruissait joliment quand elle marchait et des sandales Ferragamo d'un surprenant vert clair.

— Bravo pour les chaussures couleur trèfle ! la félicita Axelle.

N'ayant pas prévu de rester à Paris, elle portait encore son ensemble rose à la veste cintrée agrémenté ce soir d'un foulard vert.

— Je vois que nous avons eu la même idée. Les acteurs prétendent que le vert porte malheur, quelle sottise !

— Vous êtes très chic, mesdames, moi j'ai jeté l'éponge, je n'avais plus envie de me déguiser, dit Gwénola qui était en jean et polo.

— Et la touche verte ? lança Olivia.

Gwénola descendit un peu son pantalon au niveau de ses hanches.

— Marquée à la culotte... c'est tout ce que j'ai trouvé !

Les deux autres éclatèrent de rire.

— Bonsoir, fit Jenny en les rejoignant.

Elle avait sa robe rouge Prada et un ruban vert disciplinait ses boucles rousses.

— Nous sommes au complet, c'est parfait. Puisqu'il est l'heure, commençons. J'ai gardé le mien, annonça Olivia en sortant son trèfle plastifié de son portefeuille.

— Moi aussi, s'écria Axelle en exhibant le sien inséré dans un porte-clefs transparent.

— J'en suis, fit Gwénola en montrant le sien glissé dans son porte-cartes.

Toutes les trois se tournèrent vers Jenny.

— Si tu l'as oublié tu es impardonnable, menaça Olivia.

— Elle a des circonstances atténuantes, elle arrive de par-delà les mers, objecta Axelle.

— Lui aussi, fit Jenny en tirant de son sac une enveloppe qui renfermait le quatrième trèfle séché et collé sur une feuille de papier jauni.

— Elle est des nôôtres, elle a dégainé son trèfle comme les ôôtres, chantonna Olivia. Champagne pour tout le monde !

Le serveur chauve apporta quatre coupes et une bouteille dans un seau. On porta un toast.

— À l'amitié ! décréta Olivia.

— À la vie ! dit Jenny.

Gwénola et Axelle entrechoquèrent leurs verres avec gravité.

— Je vous préviens, dit Olivia, ne vous attendez pas à du homard, j'ai commandé notre menu préféré de jadis : croque-monsieur et crème caramel.

— Double ration de cholestérol, dit Jenny. Aux États-Unis tu serais accusée de harcèlement nutritionnel.

— Tu es gentille mais je fais attention à ma ligne..., commença Axelle.

— Aujourd'hui peut-être. Ce soir tu es revenue vingt ans en arrière et à l'époque on se nourrissait comme ça.

Tu devrais être contente que je n'aie pas choisi de vous inviter au McDo ! lança Olivia avec gaieté.

Le serveur apporta les croque-monsieur. Elles n'en avaient pas mangé depuis belle lurette et les trouvèrent délicieux.

Comme la veille, il y eut un moment de flottement. Elles avaient tant à se dire, mais ce soir il n'y avait aucune Isabelle Bedier, aucune Marina, aucun diaporama, aucun questionnaire à remplir. Elles étaient au pied du mur. Elles échangèrent leurs coordonnées.

— On a du retard à rattraper, fit Jenny. Quel a été le plus beau jour de votre existence ?

— Celui de la naissance de mon fils, dit Gwénola sans hésiter.

— Le jour de mon mariage, fit Axelle après un temps.

— Le jour où j'ai appris qu'on allait me publier, dit Olivia.

— Pas celui où ton premier livre est sorti ? s'étonna Axelle.

Olivia prit soin de ne pas regarder Gwénola.

— Non, celui où j'ai reçu le coup de fil de l'éditeur. Rien n'égalera jamais la pure joie de ce matin-là.

— Et toi ? demanda Gwénola à Jenny.

— Sincèrement, je crois que je ne l'ai pas encore vécu.

Les autres protestèrent.

— Tu es forcée de répondre ! insista Olivia. La première fois que tu as fait l'amour ? Le jour où tu es rentrée aux États-Unis ? Celui où tu as découvert l'Italie ? Creuse-toi la tête !

Mais Jenny eut beau chercher, elle ne trouva pas.

— Décrivons nos décors, suggéra Olivia. J'habite une maison hyper-moderne au décor dépouillé.

— Magnifique château classique avec fuites dans la toiture, lits à baldaquin, tableaux des ancêtres et chauffage défectueux, enchaîna Axelle.

— Maison de pêcheur sur île bretonne typique, renchérit Gwénola.

— Nulle part et partout, dit Jenny. Chambres d'hôtel de luxe, pas de responsabilités, pas de fil à la patte, c'est enivrant.

— Mais un peu triste, non ? dit Axelle. En somme, tu n'as pas de chez-toi ?

— Au contraire, je suis partout chez moi. Le monde m'appartient, il suffit que je tape le code de ma Visa platine pour qu'on me donne une clef. Vous vous limitez à un ou deux endroits, moi j'ai la terre comme résidence principale.

— Pourquoi nous sommes-nous perdues de vue ? demanda Olivia.

— Je suis partie en Bretagne, dit Gwénola.

— Je me suis mariée et j'ai émigré dans le Sud-Ouest, suggéra Axelle.

— J'ai suivi mon père après le bac quand on l'a nommé au Moyen-Orient, expliqua Jenny.

— Excuses acceptées. Allons-nous nous revoir ?

Les trois autres la dévisagèrent.

— Tu vas trop vite en besogne, Olivia, dit Axelle. Cette question se résoudra d'elle-même. Passe à la suivante.

— OK. Avons-nous rencontré le prince charmant de nos rêves d'autrefois ?

Les autres pouffèrent.

— Moi non, poursuivit Olivia. Je l'ai cru mais c'était un leurre. Il paraît qu'on a droit à une seconde chance mais je ne rencontre que des princes bandants d'un soir.

— Moi aussi je l'ai cru mais c'était celui d'une autre, dit Gwénola. J'en ai rencontré depuis mais ils ne lui arrivaient pas à la cheville.

Axelle la regarda bien en face.

— Celui dont tu parles est un prince souffrant. Nous nous aimons et nous souffrons de concert, c'est noble, ça nous va bien au teint...

— Le mien est un prince trompant et adultère, je ne suis pas mieux lotie que vous, conclut Jenny. De toute façon le vrai prince charmant des contes de fées est homosexuel, on n'avait aucune chance !

Elles avaient résumé leur vie avec sincérité, ce qui ne leur était encore jamais arrivé, affrontant leurs failles et leurs échecs.

Nous avons tous des rêves de jeunesse. Et puis un jour on se retourne sur le chemin parcouru et on compare. On veut prouver aux autres qu'on a réussi, qu'on ne s'est pas trahi, qu'on a fait quelque chose au monde. On retrouve ses anciennes camarades de classe pour le grand déballage, on se dit ses quatre vérités. Ce jour-là, tout peut arriver.

— Tu as changé, Jenny, dit Olivia. Tu es plus grave qu'autrefois, plus folle aussi.

— Et plus orpheline, dit tranquillement Jenny. Ça fait évoluer.

— Je connais, j'ai déjà donné, rétorqua Olivia.

Le fait de s'être trouvées ensemble quand elles avaient découvert la mère d'Olivia sans vie dans la salle de bains avait rapproché les deux adolescentes. Olivia croyait sa mère absente et voulait lui emprunter son maquillage. La porte résistait, alors elles avaient poussé fort. Derrière gisait le corps enveloppé d'un peignoir aux armes de l'hôtel Ritz de la femme du grand Richard Ruben, les yeux grands ouverts et fixes, le visage crayeux, de la bave séchée au coin des lèvres. Olivia avait poussé un cri, Jenny avait pris les choses en main :

— Je reste avec elle, cours chercher quelqu'un, vite !

Olivia, terrifiée, avait dévalé l'escalier en appelant au secours. Le majordome, la cuisinière et la femme de chambre s'étaient précipités et avaient prévenu le SAMU mais c'était trop tard.

— Elle est morte depuis longtemps, avait dit Jenny à Olivia. Je suis désolée. Viens, laissons-les faire.

Et elle avait poussé son amie hors de la chambre. Avant d'être nommé à Paris le père de Jenny avait été en poste à Calcutta, elle avait déjà été confrontée à la mort, elle était en pays de connaissance…

— Vous vous rendez compte que ma mère est morte depuis vingt ans ? dit brusquement Olivia. Il me semble que c'était hier.

1985 avait été une année étrange et bouleversante : la mort de la mère d'Olivia, la publication de son premier livre, la rupture de Charles et de Gwénola, la naissance de Loeiz, le départ de Jenny au Moyen-Orient, les fiançailles de Charles et d'Axelle.

— Donnons une note à notre existence en terminale et à notre existence maintenant, sur une échelle de 1 à 10, proposa Axelle.

— 9 autrefois, 5 maintenant, et encore, les bons jours, dit Olivia.

— 10 autrefois, 5 maintenant, dit Axelle.

— 10 autrefois, 6 maintenant, dit Gwénola. Je ne suis ni riche ni célèbre mais j'aime ce que je fais, je fais ce que j'aime et je vis là où mon cœur m'a portée.

— Et moi 4 maintenant, fit Jenny. La solitude me pèse.

— Il y a quelque chose qui cloche, grogna Olivia. Nous ne sommes ni moches ni bêtes, nous venons de familles aisées…

— Parle pour toi, coupa Gwénola.

— Elle veut dire de familles aimantes…, dit Axelle pour arranger les choses.

— Parle pour toi ! coupa Olivia.

Jenny leva les mains pour quêter leur attention.

— Pouce ! Stop ! Nous vivons dans des pays où il n'y a ni guerre ni famine, nous sommes en bonne santé, nous devrions profiter de la vie avec délectation… et nous nous plaignons comme des gosses de riches gâtées.

— Parle pour toi ! coupa Axelle, vexée.

— Je sais pourquoi nous nous sommes perdues de vue, dit Jenny. Nous étions trop occupées à jouer nos rôles caricaturaux.

— C'est-à-dire ? la défia Gwénola.

L'atmosphère était électrique. Le serveur, qui revenait pour demander s'il fallait apporter une seconde bouteille de champagne, battit en retraite.

— Tu le sais bien, dit Jenny. Tu joues à la courageuse fille mère bretonne. Axelle est la châtelaine résignée et stérile. Olivia est bouffie d'orgueil et de kilos.

— Des portraits efficaces et précis, tu devrais écrire des romans, dit Olivia.

— Et moi, conclut Jenny, je suis arrogante et antipathique.

— Tu as raison, dit Gwénola à Olivia, elle décrit bien les gens. Sauf qu'au lieu d'antipathique j'aurais employé le mot odieuse.

— Quand on est amies, on peut tout se dire, non ? Je nous ai caricaturées exprès, fit Jenny avec douceur. Je vous aime, vous êtes rares et précieuses. Nous n'aurions jamais dû nous quitter des yeux ni nous lâcher les mains. Mais nous pouvons encore revenir en arrière, repartir du bon pied...

— Eh bien alors, vous nous oubliez ? reprocha Olivia au serveur qui observait la scène derrière son bar. J'espère que vous avez une autre bouteille au frais ?

La nuit était comme une araignée tissant sa toile au centre du Trèfle. De partout convergeaient les insectes destinés à jouer un rôle dans l'histoire.

Loeiz et Morgane sortirent de la gare Montparnasse où les avait déposés le TGV de Rennes et descendirent dans le métro.

Un quart d'heure plus tard, Charles émergea de la même gare où l'avait conduit le TGV d'Agen et se dirigea vers la station de taxis.

Au même moment, Noé penché sur son scooter traversait le pont de Chatou en direction de Paris.

— À l'amitié ! répéta Olivia en brandissant son verre à nouveau plein.

Charles arriva le premier. Le nouveau look du café de sa jeunesse le déçut, ce verre et ce métal dénaturaient l'endroit. Le Trèfle semblait à première vue vide, mais en plissant les yeux il distingua le groupe attablé dans la salle du fond. Gwénola était là, la femme qu'il n'avait jamais cessé d'aimer en silence et qui l'avait plaqué. Charles se moqua de lui-même. Il portait une chevalière qui parlait de batailles, de courage, de loyauté et de fidélité à un idéal. L'alliance qui brillait à son annulaire gauche était le symbole d'une union respectueuse et tendre avec une femme merveilleuse. Il était maire de son village, député d'une importante circonscription. Mais il tremblait comme un gamin le soir de son premier baiser avec la langue.

Il entra d'un pas ferme. Le serveur se précipita pour lui bloquer le passage :

— Nous sommes fermés, monsieur, c'est une soirée privée...

— Je suis invité, expliqua Charles.

Axelle et Jenny tournaient le dos à l'entrée mais Olivia et Gwénola lui faisaient face.

Gwénola l'aperçut et tressaillit. Il avait la figure dans l'ombre mais elle connaissait par cœur la forme de son visage, la courbe de ses épaules, le tombé de ses éternelles vestes de tweed, la souplesse de sa silhouette.

— Qu'est-ce qui t'arrive ? s'étonna Jenny en la voyant pâlir.

— Charles..., murmura Gwénola.

Axelle se retourna, stupéfaite, vit son mari et repoussa sa chaise.

— Qu'est-ce que tu fais là ? s'écria-t-elle.

Charles avait reçu de plein fouet le choc du turquoise indescriptible des yeux de Gwénola. Ses boucles emmêlées, sa bouche sensuelle, rien n'avait changé. Il s'arracha au charme de cette vision, s'adressa à sa femme :

— Il fallait que je te parle, dit-il.

Il sourit aux trois autres.

— Bonsoir... Olivia... Jenny... Gwénola...

Il l'avait gardée pour la fin. Elle avait quelques petites rides en plus au coin des yeux. Elle le regardait d'un air de défi.

— Bonsoir Charles, s'empressa Olivia. Assieds-toi, ne reste pas planté là.

— Je devais voir Axelle d'urgence, je ne veux pas gâcher votre soirée...

— Alors il ne fallait pas venir, lâcha Gwénola.

Les autres, sidérées, se turent. Axelle vint au secours de son mari.

— Sortons, dit-elle en l'entraînant.

Dès qu'ils furent dehors Olivia attaqua :

— Si j'avais écrit cette scène tu aurais eu une attitude plus élégante, Gwénola...

La Bretonne la fixa, farouche.

— Les gens sont gentils et pardonnent dans les fictions, là c'est la réalité. Il m'a abandonnée, enceinte, sans un mot d'explication. Il voulait bien me payer pour avorter, par l'intermédiaire de Jenny en plus, il n'a même pas eu le courage de me le dire en face ! Ces filles-là on les baise mais on ne les épouse pas ! dit-elle avec colère.

— Tais-toi, souffla Olivia en lui donnant un coup de coude, il revient...

Charles, près du bar, écoutait leur conversation.

— Il a changé de veste ? s'étonna Jenny.

Gwénola regarda vers le bar et les couleurs refluèrent à nouveau de son visage.

— Tu te sens mal ? s'inquiéta Jenny.

— Je me suis trompée, décréta Olivia d'un ton surpris. Ce n'est pas Charles !

L'homme s'approchait de leur table. Même silhouette, même démarche, même expression, avec dix centimètres de plus et vingt ans de moins.

— Maman ? fit Loeiz avec inquiétude. Ça va ?

Les tables et les chaises se mirent à tourner puis à s'effacer lentement du champ de vision de Gwénola, son front se couvrit de sueur, son cœur ralentit, sa tension chuta, elle se sentit partir. Ce n'était ni le moment ni l'endroit. Elle battit des paupières, tenta de sourire pour rassurer son fils, se raccrocha à l'idée que tout ça n'était qu'un cauchemar et qu'elle allait se réveiller dans son île loin de Charles. Mais le visage de Loeiz devenait de plus en plus flou...

— Elle tombe dans les pommes, dit Olivia comme une évidence.

Loeiz rattrapa sa mère et, avec l'aide des autres, l'étendit sur la banquette. Le serveur se précipita :

— J'appelle le SAMU ?

— Elle a juste besoin de se reposer, décréta Loeiz.

— Il est étudiant en médecine, précisa Olivia.

Loeiz n'ajouta pas qu'il commençait juste sa deuxième année. Le serveur regarda ostensiblement sa montre. Axelle et Charles entrèrent, les aperçurent penchés sur le corps de Gwénola. Charles les rejoignit à grandes enjambées, abandonnant sa femme qui venait d'apprendre qu'elle risquait d'être mise en examen.

— Qu'est-ce qui lui arrive ? s'affola-t-il, oubliant ses griefs, son chagrin et toutes ses bonnes résolutions.

— Ma mère a un malaise vagal, résuma Loeiz qui avait pris des cours de secourisme. Il faut la laisser allongée et lui lever les jambes pour que sa tension remonte et que le sang revienne à son cerveau.

Ils ne firent pas attention l'un à l'autre, préoccupés qu'ils étaient par la santé de Gwénola. Mais ils se ressemblaient tant que pour toutes les personnes présentes l'évidence était flagrante.

— Il faut appeler le SAMU, décréta Charles.

— C'est exactement ce que je viens de dire à votre fils ! intervint le serveur.

Charles le regarda avec étonnement, se dit qu'il avait trop picolé, voulut prendre à témoin ce fils de Gwénola dont il venait d'apprendre l'existence. Leurs regards se croisèrent, acérés. Ils surent au premier instant, se raidirent. Loeiz voyait pour la première fois le père qui avait lâchement abandonné sa mère. Charles se trouvait pour la première fois face à son fils. Ils étaient le portrait l'un de l'autre.

— Elle revient à elle, dit brusquement Jenny.

Les deux hommes cessèrent de s'affronter du regard. Gwénola ouvrait les yeux, sourit faiblement.

— Tu nous as fait une sacrée peur ! s'écria Olivia d'un ton trop enjoué. Ça va mieux ?

— Je suis... journaliste..., murmura Gwénola. Je suis là pour... témoigner... pas mon genre... de m'évanouir...

Olivia eut un rire forcé.

— On ne choisit pas toujours. Tu as fini de jouer à la dame aux camélias, on peut continuer à boire des bulles ?

Loeiz aida sa mère à s'asseoir, par paliers, en la soutenant. Gwénola se retrouva devant Charles qui la fusillait du regard.

— Tu aurais préféré que je ne vienne pas... Je partage ton sentiment, mais hélas je suis venu, siffla-t-il avec rage.

Il ne savait plus où il en était. Ce matin il était encore un homme respectable, en paix sinon heureux, marié sans enfant. Ce soir il se retrouvait suspecté d'escroquerie et père d'un fils dont Gwénola l'avait sciemment privé. Axelle l'observait avec une expression triste et douloureuse. Gwénola lui balançait des missiles Scud avec ses yeux. Le jeune homme le toisait avec mépris. Olivia semblait fascinée par la situation. Jenny, seule, avait de la compassion au fond de ses iris bruns.

— Il vaut mieux que tu partes, Charles, conseilla-t-elle.

Il hocha la tête, fixa une dernière fois Loeiz avec une expression égarée, puis il tourna les talons et sortit du Trèfle. Axelle se précipita à sa suite.

— Loeiz, tu vas t'asseoir et boire une coupe avec nous, proposa Olivia.

Mais Loeiz ne l'écoutait pas.

— Qu'est-ce qu'il foutait là ? demanda-t-il à sa mère.

— Il a épousé Axelle. Il ne devait pas venir. J'ignore...

Ses yeux se remplirent de larmes. Elle aussi accusait le coup, revoir Charles l'avait vidée de son énergie, elle avait beau le détester de tout son être depuis vingt ans, il exerçait toujours le même pouvoir sur elle.

— Quel salopard..., gronda Loeiz.

Jenny aperçut alors à travers la devanture un très jeune homme qui les observait. Blond, coiffé en catogan, un casque à la main, il plissait les yeux pour scruter l'intérieur du café. Elle eut l'impression de l'avoir déjà vu quelque part.

— On nous espionne, dit-elle pour détendre l'atmosphère. Peut-être un paparazzi pour Olivia ?

— Je suis pourtant venue incognito, fit Olivia en regardant dans la direction indiquée.

Elle reconnut Noé, fronça les sourcils.

— Tu ne crois pas si bien dire, c'est mon fils !

Elle lui fit signe d'entrer. Noé s'exécuta et s'approcha tandis que le serveur s'écartait avec fatalisme.

Quelque chose n'allait pas. Noé, d'habitude souriant, pinçait les lèvres et marchait les épaules voûtées.

— Je vous présente le plus beau des Noé du monde, annonça Olivia avec tendresse.

— Je vous présente ma mère, le grand écrivain Olivia Ruben, fit-il d'un ton sec en se demandant où il avait déjà croisé la jolie rousse en robe rouge.

— Mon chéri, continua Olivia, tu as entendu parler de Gwénola... voilà Loeiz, son fils... et Jenny qui a quitté les États-Unis pour s'installer en Italie...

Noé fut désarçonné par la présence du fils de Gwénola. Faisait-il aussi partie de la conspiration ?

— Nos mères sont très liées, fit-il pour voir sa réaction.

Mais Loeiz, bouleversé d'avoir rencontré son père, était plongé dans ses pensées.

— Vous avez lu les livres de ma mère ? insista Noé. Vous devriez, c'est instructif. Votre mère écrit aussi, vous le saviez ?

Loeiz se demanda ce que lui voulait ce gamin bizarre. À leur âge, avec trois ans de différence, ils n'appartenaient pas à la même génération.

— Elle est journaliste, marmonna-t-il.

— Pas seulement. Elle a d'autres talents !

Olivia, sur ses gardes, retint sa respiration. Noé paraissait furieux contre elle et fuyait son regard. Elle lança un coup d'œil interrogateur à Gwénola qui secoua la tête pour signifier qu'elle n'y était pour rien.

— N'est-ce pas, maman ? attaqua soudain Noé en défiant Olivia. Gwénola a de l'imagination à revendre... et à vendre !

— Tu veux bien t'expliquer ?

— Mon PC était en carafe, il fallait que j'envoie un message en urgence, j'ai allumé ton MacIntosh, j'ai fait une mauvaise manipulation et je suis tombé sur le message électronique qu'elle t'a envoyé hier...

Il s'interrompit, étouffé par l'indignation, puis reprit :

— Je ne voulais pas être indiscret mais je l'ai lu. Maintenant je sais.

Olivia frémit. Sa plus grande crainte se réalisait. Elle chercha à toute vitesse une échappatoire.

— Gwénola m'aidait pour un passage de mon prochain livre, nous travaillons ensemble la psychologie des personnages..., prétendit-elle.

— Non, coupa Noé. Tu mens encore, arrête ! C'est fini, tu as trompé ma confiance, je ne te crois plus.

— Écoute-moi..., implora-t-elle en lui touchant le bras.

— Non, cria Noé en se dégageant. Tu t'es foutue de moi. J'étais si fier de toi ! Je t'aurais protégée, j'aurais gardé ton secret. Mais tu m'as trahi !

— Pas ici, dit fermement Olivia. Rentrons à la maison, mon chéri, je vais t'expliquer...

Elle lui tendit la main mais Noé recula, incapable de supporter son contact.

— Cette maison aussi est une imposture. Je vais dormir chez papa jusqu'à samedi. Je ne sais même pas si je vais participer à cette foutue émission... Je ne veux pas devenir un escroc moi aussi, c'est lui qui devrait y aller ! dit-il avec rage en montrant Loeiz qui ne comprenait rien à ce qui se passait.

Jenny se leva et contourna la table.

— Il te manque des éléments pour juger, dit-elle à Noé. Suis-moi.

Elle lança un regard à Olivia pour la convaincre de ne pas intervenir, et sortit en poussant Noé.

— C'est un cauchemar, balbutia Olivia à Gwénola. Je t'en supplie, dis-moi que tu n'es pas là, que tu n'as pas écrit ce message électronique, que mon fils ne l'a pas lu...

— Quel message électronique ? De quoi parlez-vous ? dit Loeiz.

Gwénola se tourna vers lui, émergeant du flot de sentiments complexes qui l'assaillaient.

— Je te croyais à Rennes. Qu'est-ce que tu fais à Paris ?

Loeiz eut pour elle un sourire d'une tendresse folle.

— Je suis venu t'annoncer une nouvelle merveilleuse, maman. Morgane est enceinte. Nous allons avoir un enfant !

Gwénola vacilla. Elle venait d'affronter le père de son fils et voilà qu'elle allait être grand-mère. Le futur bébé aurait un père fantastique. Loeiz était radieux.

— C'est une fabuleuse nouvelle, fit-elle en l'étreignant.

— Morgane est allée l'annoncer à ses parents. Je l'ai demandée en mariage, elle a dit oui !

Il rit de bonheur et Gwénola l'imita. De mieux en mieux, le bébé aurait même un livret de famille en bonne et due forme.

— Vous allez être très heureux, balbutia-t-elle.

Loeiz hocha la tête. Il savait que sa mère comprendrait, qu'elle ne pousserait pas de hauts cris en objectant qu'ils étaient trop jeunes et qu'ils commençaient à peine leurs études.

— Nos projets n'ont pas changé pour autant, je serai chirurgien et Morgane pédiatre, on n'aura même pas besoin de consulter un confrère quand notre enfant sera malade.

Gwénola hocha la tête.

— Aujourd'hui est un grand jour, dit-elle.

Olivia réagit au quart de tour. Elle était égoïste mais elle savait s'adapter.

— Ça s'arrose ! fit-elle en désignant la bouteille couchée dans le seau. Il reste justement du champagne… et j'ai grand besoin de me saouler !

Ils se partagèrent ce qui restait. Le serveur rassembla son courage et s'approcha.

— C'est l'heure de la fermeture, fit-il en montrant la pendule.

Alors qu'Olivia le dévisageait, ses larmes se mirent à couler sans qu'elle puisse rien y faire.

— Je ne suis pas si pressé que ça, dit précipitamment le serveur. Restez encore un peu si vous voulez !

Et il s'esquiva en maudissant cette soirée.

23

Jenny avait entraîné Noé plus loin dans la rue. Ils passèrent devant Sainte-Agathe, tournèrent au carrefour, avisèrent un bar d'où sortait une musique de jazz.

— On boit un verre ? proposa Jenny.

Noé secoua farouchement la tête.

— Je n'ai pas soif.

— Moi, si. Et il y a des choses que tu dois savoir. Tu ne vois que la partie émergée de l'iceberg.

— Elle m'a menti, dit Noé avec humeur. Je n'ai jamais été aussi déçu par quelqu'un...

— Tu es jeune et tu n'as pas beaucoup vécu. Tu te rendras compte plus tard qu'être déçu n'est pas grave. Ce qui est pire, c'est de ne pas aimer. Elle t'aime, c'est pour ça qu'elle ne t'a rien dit.

Ils s'assirent à la dernière table libre.

— Je prendrai un Alexandra, commanda Jenny. Et toi ?

— Un Coca...

La serveuse, une délicieuse créature dont le tee-shirt à l'effigie de Brad Pitt dévoilait le nombril où brillait un diamant, s'éloigna pour aller chercher les boissons.

— Elle est jolie, apprécia Jenny.

— Je vous trouve mieux, lâcha Noé en haussant les épaules. Alors vous avez toujours été au courant ? Vous avez suivi en rigolant l'ascension de la grande Olivia Ruben, une baudruche gonflée de son importance ?

— Il y a eu une erreur au début. Les manuscrits ont été inversés, quand l'éditeur a annoncé à ta mère qu'elle allait être publiée elle n'avait aucune raison de penser qu'il parlait du texte de Gwénola.

Noé fronça les sourcils, incrédule.

— C'est ainsi que ça s'est passé, assura Jenny. Ils ont reçu deux manuscrits, ils ont dit oui à l'un et non à l'autre en se trompant d'auteur.

— Mais, objecta-t-il, quand maman s'en est rendu compte, il suffisait de rétablir la vérité !

— Ton grand-père venait de perdre sa femme récemment, pourtant il avait dominé sa peine et donné une soirée prestigieuse pour fêter le roman de sa fille. Elle ne pouvait plus revenir en arrière, elle aurait ridiculisé son père...

— Je comprends pour celui-là, fit Noé, ébranlé. Mais les neuf romans suivants ?

— Ta mère a essayé d'écrire toute seule et a proposé son manuscrit sous la signature d'une amie. Son éditeur le lui a rendu en décrétant que son amie ferait bien d'oublier ses ambitions littéraires.

Noé frémit.

— Et elle a continué la supercherie ? Je serais mort de honte !

— Gwénola et elle étaient prises à leur propre piège. Olivia avait besoin de reconnaissance et de l'admiration de son père, Gwénola d'argent. Chacune y trouvait son compte. Elles n'avaient rien fait pour se retrouver dans cette situation.

— Elle aurait quand même pu me le dire...

Ils s'interrompirent, le temps que la serveuse pose les verres sur la table.

— Quand ? fit Jenny. Quand tu étais petit et que tu risquais de tout répéter à tes copains d'école ? Les enfants ne savent pas garder les secrets. Après, elle a eu trop peur de te décevoir.

— Eh ben c'est réussi, dit Noé en sirotant son Coca.

Jenny trempa ses lèvres dans son Alexandra et en but une gorgée.

— Je suis descendue à l'hôtel Raphaël, près de l'Étoile.

Noé se souvint brusquement où il l'avait vue.

— Je t'offre l'hospitalité jusqu'à samedi, poursuivit Jenny.

— Dans votre chambre ?

Jenny éclata d'un rire vexant.

— Je suis trop jeune pour avoir un gigolo, Noé. Tu te crois si irrésistible ? Je vais prendre une chambre pour toi pendant trois nuits, le temps que tu te calmes. Ensuite tu iras dormir sur nos écrans de télé.

— Je ne sais pas, bougonna Noé.

Jenny lui sourit.

— Arrête de te plaindre. Tu veux rentrer chez toi ?

Il secoua vigoureusement la tête.

— Tu veux aller chez ton père ?

Jenny ne connaissait pas Colin Nathan mais elle était fine psychologue et avait senti un flottement tout à l'heure quand Noé avait décrété que son père l'hébergerait.

— Encore faudrait-il qu'il veuille bien de moi, maugréa Noé.

— Moi, je veux bien de toi.

Il esquissa un sourire triste.

— J'ai la dalle, avoua-t-il. Je n'ai ni déjeuné ni dîné.

— On demandera au service d'étage de te monter un plateau, dit-elle, prenant son aveu pour un accord.

Une heure plus tard, Jenny réintégra sa chambre après avoir installé Noé dans la sienne, assisté à son dîner et répété mille fois les mêmes arguments.

Elle se dirigea aussitôt vers le téléphone pour appeler Olivia qui devait se faire un sang d'encre. Olivia décrocha à la seconde sonnerie, haletante :

— Noé, tout va bien ?

— C'est Jenny. Rassure-toi, il est avec moi, je lui ai pris une chambre dans mon hôtel, il est comme un pacha. Je n'ai pas pu te prévenir plus tôt. Je lui ai tout expliqué.

La voix d'Olivia se brisa.

— Et alors ? coassa-t-elle.

— Il a compris mais il est furieux que tu ne l'aies pas mis dans la confidence. Ça lui passera.

— Je l'ai déçu..., murmura Olivia, anéantie.

Que Gwénola ne veuille plus écrire pour elle ne figurait plus au premier rang de ses préoccupations. Que Noé lui en veuille était tellement plus grave !

— Tu le récupéreras. À son âge il est pur et tranchant comme un diamant mais il apprendra à composer.

Olivia poussa un long soupir.

— Merci pour ton aide, Jenny, souffla-t-elle. Cette soirée a été un enfer pour tout le monde. Quand j'ai vu Charles et Loeiz face à face, j'ai cru que j'allais hurler. Tu as vu comme ils se ressemblent ?

— Noé aussi te ressemble, tu le sais ?

— Moins les kilos, heureusement. Mais il ira beaucoup plus loin, il est sensible et il a de l'humour.

Jenny haussa les sourcils.

— Tu es en progrès, Olivia, tu deviens presque modeste ! Tu n'écris pas tes livres mais tu en es l'ambassadrice et tes lectrices t'aiment. Elles apprécient ta personnalité, ta joie de vivre, ton sourire, ton énergie. Tu n'es peut-être pas un écrivain mais tu es une formidable actrice !

— Merci.

Jenny, allongée sur le lit, envoya ses chaussures valdinguer à travers la luxueuse chambre d'hôtel et s'étira voluptueusement.

— Bon, je vais te laisser dormir...

— Non ! Je t'en prie, j'ai besoin de parler, ne m'abandonne pas !

La requête était si inattendue, venant d'Olivia, que Jenny obtempéra.

— Je t'écoute.

— Tu as toujours su, n'est-ce pas ? Tu avais lu nos deux manuscrits, mais quand le livre est sorti tu m'as félicitée comme si de rien n'était. Alors j'ai cru que toi aussi tu t'étais mélangé les pinceaux et que tu m'en croyais vraiment l'auteur. Mais tout à l'heure j'ai vu ton expression quand Noé m'a provoquée. Tu savais ?

— Oui.

Un long silence suivit, qu'Olivia rompit la première.

— J'avais des excuses, tu es bien placée pour le savoir, ma mère venait de mourir…

Jenny prit une grande inspiration. Le moment était venu de faire à Olivia cadeau d'une de ses vérités.

— Tu avais des excuses, en effet. Pas moi.

— Pardon ?

— Ta mère aussi en avait. Il ne faut pas lui en vouloir d'avoir baissé les bras…

Olivia crut avoir mal entendu.

— C'était un accident, rappela-t-elle.

— Ce n'est pas ce qu'elle a écrit dans sa lettre d'adieu, dit calmement Jenny.

Olivia tressaillit.

— Quelle lettre d'adieu ?

— Celle que j'ai subtilisée pendant que tu courais chercher du secours.

Olivia, pétrifiée, en bégaya.

— Qu… Quoi ?

Elle avait tout de suite eu des soupçons, mais à l'époque elle n'était qu'une gamine et les adultes présents semblaient si sûrs de leur fait.

— Pou… Pourquoi ? continua-t-elle, éperdue.

Jenny se sentit mieux. C'était plus facile au téléphone qu'en tête à tête.

— Tu étais jeune et égoïste, tu aurais cru que ta mère t'abandonnait parce qu'elle ne t'aimait pas assez. En réalité son geste n'avait rien à voir avec toi !

Olivia avait l'impression que Jenny parlait d'un personnage de roman.

— J'étais jeune et égoïste… maintenant je suis vieille et altruiste ?

— Tu es adulte et égoïste. Tu peux donc comprendre qu'on puisse à la fois être fou d'amour et vouloir tirer sa révérence. Tu adores Noé, ça ne t'empêche pas de déprimer et de vouloir parfois que tout s'arrête. Je me trompe ?

Olivia resta silencieuse un moment, que Jenny occupa à se déshabiller et à se glisser sous les draps.

— Tu dis qu'elle a laissé une lettre...

— Parce qu'elle s'est suicidée, dit Jenny avec douceur. Elle a pris des somnifères exprès. L'existence était devenue trop lourde. Tu n'y étais pour rien, on ne peut pas vivre à la place des gens.

Olivia encaissa le choc.

— La lettre d'adieu était pour mon père, ou pour moi ? fit-elle d'une petite voix.

Jenny sourit, Olivia s'était reprise.

— Pour vous deux.

— Tu l'as gardée ? supplia-t-elle.

— Je me souviens de chaque mot par cœur.

— Dis-les-moi !

Olivia avait crié. Jenny étendit le bras pour attraper le dossier où tout était consigné. Elle avait recopié le texte sur une feuille quadrillée.

— « Pardon, je vous aime tous les deux mais je ne peux plus continuer, vous serez plus heureux sans moi. »

La lettre parvenait avec vingt ans de retard à l'un de ses destinataires. Olivia en eut le souffle coupé.

— Tu n'aurais pas compris et tu te serais mise en cause, reprit Jenny. Tu étais ma meilleure amie, j'ai voulu te protéger. Mais il est temps que tu saches.

Olivia se sentait comme un boxeur sonné. Sa mère s'était donc suicidée. À l'époque on avait envisagé cette hypothèse, bien sûr, mais l'enquête avait conclu à un abus involontaire de somnifères parce que le fait que la victime n'ait pas laissé de lettre d'adieu était, selon la police, décisif.

— Tu peux répéter ? murmura-t-elle.

— « Pardon, je vous aime tous les deux mais je ne peux plus continuer, vous serez plus heureux sans moi. »

— Elle s'est trompée, dit Olivia. On a été beaucoup moins heureux sans elle...

Une idée lui vint.

— Il ne faut surtout pas que papa l'apprenne !

— Je ne compte pas lui dire, c'est à toi seule de décider.

Olivia eut un rire sans joie.

— Il est vieux et moins égoïste que moi, il souffrirait plus. Ne rouvrons pas ses blessures.

— Je ne t'ai pas dit la vérité pour remuer le fer dans la plaie mais pour te donner de la force ! dit Jenny avec conviction. Ta mère ne parvenait plus à profiter de la vie. Tu dois vivre pour vous deux et jouir de chaque seconde. On apprend vite, tu verras, je le fais depuis la mort de ma mère il y a des années...

Olivia s'étonna.

— Tu étais plus proche de ton père, non ?

— C'est une manière de parler.

— Tes parents sont morts en 1999, ça ne fait pas si longtemps ?

— Le temps m'a paru plus long, dit Jenny.

24

La nuit était tombée, projetant des ombres étranges sur le Champ-de-Mars. Charles et Axelle ne songeaient guère à se coucher. Ils avaient quitté le Trèfle, hélé un taxi, réintégré leur appartement sans quasiment s'adresser la parole. Charles, prostré, demeurait assis sur le canapé de velours, bras ballants, lobotomisé. Axelle allait et venait dans la cuisine parce qu'elle ne parvenait pas à tenir en place. La menace d'une mise en examen pour détournement de bien public n'était rien en face des bouleversements qui agitaient son couple. Elle rentra dans le salon.

— Je t'ai laissé le temps de te remettre, dit-elle en s'asseyant près de son mari. Maintenant il faut qu'on parle. Tu as reçu un fameux choc.

— Je suis... suffoqué... bouleversé, lâcha Charles. Ce garçon était là, à quelques mètres de moi...

— C'est ton portrait craché, admit Axelle.

Il hocha la tête, les yeux dans le vague.

— J'avais l'impression d'avoir reculé dans le temps et de me regarder dans un miroir !

— Tu ne t'attendais pas à le voir. Lui non plus. Moi non plus. La surprise a été totale pour tout le monde.

Il la dévisagea avec stupeur. Il venait d'apprendre qu'il avait un fils de vingt ans et elle prenait cette incroyable nouvelle à la légère.

— C'est tout ce que ça te fait ?

— Il est ton fils, murmura Axelle. Pas le mien.

Il baissa la tête. Elle avait raison, comme toujours. Elle réagissait avec élégance et éducation. Elle aurait pu être furieuse, lui faire une scène, se sentir flouée. Non, elle restait maîtresse d'elle-même.

— Je t'admire, souffla-t-il.

Elle ne répondit pas. Il l'admirait parce qu'elle n'avait pas pu lui donner de postérité ?

— Qu'est-ce que nous…

Il se reprit.

— Qu'est-ce que je vais faire ?

— Je ne sais pas. En rester là, je suppose. À moins que tu n'aies changé d'avis ?

La réponse de sa parfaite épouse le choqua au plus haut point. Il venait d'apprendre qu'il avait un fils et elle lui suggérait d'en rester là ?

— Je ne te comprends pas, Axelle. Il doit porter mon nom, il est de notre sang, de notre famille !

— De la tienne, précisa douloureusement Axelle.

Il songea à toutes les étapes de la vie de son fils qu'il avait manquées. Gwénola lui avait volé l'enfant, elle l'avait gardé pour elle seule. Il comprenait à présent pourquoi elle avait disparu… Elle ne l'avait jamais aimé, sinon elle n'aurait pas agi ainsi. Elle s'était tout simplement servie de lui. L'amour qu'il n'avait cessé d'éprouver pour elle se mua en une haine si intense qu'il en tremblait.

— Je vais la tuer, gronda-t-il.

Axelle, incrédule, le fusilla du regard.

— Tuer Gwénola ? Il me semble au contraire qu'elle a montré beaucoup de courage et d'indépendance…

Il balaya d'un grand geste la pile de magazines qui trônait sur la table basse. Ils s'écrasèrent sur le plancher ciré avec un bruit mat.

— Merde, Axelle ! Je ne te reconnais plus ! Comment peux-tu penser ça ?

— Moi non plus je ne te reconnais plus, murmura Axelle. Je suis restée vingt ans mariée avec toi et aujourd'hui tu te comportes comme un étranger et un goujat… Gwénola, qui n'est pas née avec une particule, a plus de noblesse que toi !

La réaction de Charles la scandalisait. Gwénola aurait pu faire pression sur lui, exiger de l'argent, l'obliger à s'impliquer. Non, elle était restée dans l'ombre, avait élevé son enfant avec amour et discrétion.

— C'est insensé, enfin, Axelle ! Tu défends ton amie à cause du passé mais elle n'a aucune circonstance atténuante. Et lui, il avait l'air de me haïr..., poursuivit-il d'une voix sans timbre. Pourtant je suis son père !

— Tu n'as pas choisi d'être présent dans son existence, tu imaginais bien les conséquences... Tu ne pouvais pas t'attendre à ce qu'il te tombe dans les bras !

Charles se tourna vers elle, il était d'une pâleur extrême.

— Qu'est-ce que tu oses dire ? s'écria-t-il.

Ses yeux lançaient des éclairs. Effrayée, Axelle se leva du canapé.

— N'élève pas la voix contre moi, Charles ! Tu réagis d'une manière illogique. Tu n'as pas voulu assumer tes responsabilités... et tu voudrais qu'il t'aime ? Tu es fou à lier !

Il se leva à son tour, hors de lui.

— Qu'est-ce que tu racontes ? Que je n'ai pas voulu de cet enfant ? C'est toi qui es à enfermer, ma parole !

Elle le regarda avec un mépris non dissimulé.

— Tu croyais que je n'étais pas au courant, n'est-ce pas ? Détrompe-toi, tout le monde savait. Je ne t'en ai jamais parlé parce que j'attendais que tu fasses le premier pas. J'ai respecté ton silence parce que je le prenais pour de la souffrance.

Charles ferma les yeux, les rouvrit.

— Attends, dit-il. Ça va trop vite pour moi. Je suis largué. Tout le monde savait... quoi ?

Elle haussa les épaules.

— Nous savions toutes que Gwénola était enceinte, que tu étais le père, que tu lui as proposé de l'argent pour avorter.

— J'ai... quoi ?

Elle trouva qu'il jouait mal, qu'il en faisait trop.

— Elle n'était pas de ton milieu, tu voulais faire carrière, il te fallait une épouse présentable. Tu m'as choisie moi, plutôt qu'elle. Je n'allais quand même pas te le reprocher...

Charles, ahuri, secoua la tête.

— Je n'ai choisi personne, Axelle ! Je t'aimais profondément mais j'étais fou amoureux d'elle... et elle est partie ! J'ai attendu de ses nouvelles, elle ne m'en a jamais donné...

Axelle chancela. C'était terriblement clair. Si Gwénola ne s'était pas enfuie Charles l'aurait épousée.

— Tu voulais qu'elle avorte et qu'elle reste avec toi ? fit-elle d'une voix rauque.

Charles la contempla avec effarement.

— Je n'ai voulu que personne avorte. Gwénola ne m'a jamais dit qu'elle était enceinte ! Tu dois me croire !

— Bien sûr que je te crois. Ce n'est pas Gwénola qui te l'a dit, c'est Jenny.

Charles lui jeta un regard halluciné.

— Je n'étais... pas... au... courant ! fit-il en martelant bien chaque mot. Je ne savais pas, je te le jure sur tout ce que j'ai de plus précieux !

Elle écarquilla les yeux, décontenancée.

— C'est impossible. Jenny a proposé de jouer les médiateurs, elle t'a tout raconté. Et tu as offert de l'argent pour payer l'avortement de Gwénola.

Charles se sentit anéanti, vidé.

— Non, ma douce, dit-il avec tristesse. Jenny ne m'a rien dit. Si elle l'avait fait je n'aurais pas eu cette réaction.

Les yeux d'Axelle s'embuèrent.

— Tu te serais marié avec Gwénola ?

— En tout cas j'aurais reconnu cet enfant, je l'aurais élevé, aimé. Comment as-tu pu croire que je m'en désintéressais ? Tu me connais donc si mal ?

Axelle baissa les yeux.

— Je t'aimais, murmura-t-elle. Il vaut mieux être aimée d'un salaud qu'être plaquée par un chic type. Gwénola avait perdu, j'avais gagné… Je ne suis pas une sainte, Charles. Juste une femme amoureuse.

Il la regarda, lui ouvrit les bras. Elle s'y jeta en sanglotant. Ils demeurèrent enlacés jusqu'à ce que les larmes d'Axelle se tarissent. Elle se calma enfin et s'écarta. De l'autre côté de la fenêtre, la tour Eiffel s'illumina soudain et scintilla dans la nuit pendant dix minutes. Ils restèrent à l'observer, tout près l'un de l'autre, agités de sentiments contradictoires, attirés par les lumières.

— Ce n'est pas Gwénola que je vais tuer, affirma Charles d'une voix sourde. C'est Jenny !

25

Jeudi 22 septembre, premier jour de l'automne

Quand Jenny s'éveilla dans sa chambre d'hôtel le lendemain matin elle crut une brève seconde être encore à Rome. Puis un peu amène « Bouge ta caisse, mémé ! » arriva dans la pièce par la fenêtre ouverte et elle se souvint qu'elle se trouvait à Paris. Elle se rappela alors qu'elle avait charge d'âme et décrocha son téléphone pour appeler Noé et lui donner rendez-vous sur la terrasse de l'hôtel.

Elle picora pour le petit déjeuner, il s'empiffra joyeusement. Sa colère s'était muée en fringale.

— Super, ces œufs au bacon… Vous ne mangez pas votre deuxième croissant ? Je peux ?

Il avança la main, mordit avec entrain dans la viennoiserie encore tiède.

— Je ne sais pas s'il y aura du Nutella à *Tel père, tel fils*. Je leur ai demandé pendant le casting mais ils n'ont pas voulu me répondre… De toute manière, je n'ai pas encore décidé si j'y participerai ou pas.

— J'ai prévenu ta mère que tu étais là, dit Jenny.

La phrase fit à Noé l'effet d'une douche froide. Il cessa de mâcher, faillit s'étrangler, darda sur Jenny un regard lourd de reproche.

— Moi qui avais confiance en vous… J'aurais dû m'en douter, lâcha-t-il en repoussant sa chaise et en se levant.

— Attends ! fit-elle en lui attrapant le poignet. Tu es mineur, Noé. Je ne pouvais pas faire autrement. Je lui ai demandé de te laisser tranquille et de ne surtout pas venir. Elle m'écoutera. Je voulais la rassurer, elle était très inquiète pour toi.

— Je m'en contrefiche ! gronda Noé.

— Rassieds-toi, s'il te plaît...

Elle souriait en penchant la tête sur le côté, ses soyeuses boucles rousses brillaient dans le soleil.

— Je ne suis pas très douée avec les ados, je les côtoie peu, je n'ai pas d'enfants... Je t'en prie, reste. J'aurais pu me taire, j'ai préféré ne rien te cacher, on t'a assez menti.

Elle avait su trouver les mots justes. Noé se rassit en soupirant.

— Tu es inscrit à cette émission, tu dois honorer ton engagement, enchaîna Jenny d'un ton qu'elle voulait persuasif.

— Mais elle rassemble les enfants de gens célèbres et ma mère a triché. Si j'y vais sans rien dire je deviens, comme elle, un imposteur. Si je n'y vais pas on pensera que j'ai eu la trouille. Je peux aussi me désister en expliquant pourquoi.

— Tu veux trahir ta mère ? s'étonna Jenny.

— Telle mère, tel fils...

Jenny ne répondit pas, gênée par le regard insistant d'un inconnu dont les yeux noirs étaient rivés sur elle. Sec et grand, la boule à zéro, les lèvres minces, vêtu d'un ensemble en jean noir et de santiags fatiguées, il détonnait sur la terrasse du luxueux hôtel. Il ne s'asseyait pas aux tables recouvertes de nappes blanches où l'argenterie étincelait, il restait là, à les fixer. Il n'y avait pas d'autres clients, les hommes d'affaires avaient déjà pris leur petit déjeuner depuis longtemps et les amoureux n'étaient pas encore réveillés.

— Ça vous intéresse pas, ce que je dis ? grogna Noé en se rendant compte qu'elle ne l'écoutait plus.

Jenny secoua la tête et chuchota :

— Il y a un homme qui nous regarde, là-bas.

Noé se retourna mais l'inconnu avait disparu. Il haussa les épaules.

— À mon avis c'est vous qui l'intéressiez. On ne drague pas, en Amérique ? Ici c'est un sport national...

Jenny l'assura que ses compatriotes n'étaient pas en reste mais que les Italiens étaient spécialistes. Pour preuve de ses dires, elle lui parla de son voisin dans l'avion Rome-Paris.

— Il m'a proposé de m'emmener dîner sur la Seine.

— Vous avez accepté ?

— Quand même pas, dit Jenny en riant.

Elle redemanda un troisième espresso qu'on lui apporta comme en Italie, savoureux, serré et intense.

— Je dois voir mon amie Mona, dit brusquement Noé. Je peux ?

— Tu n'es ni mon prisonnier ni ma dame de compagnie, la journée t'appartient !

Noé parut sur le point d'ajouter quelque chose puis choisit de se taire.

— Bon, ben, bonne journée...

— À toi aussi !

Il quitta la terrasse, craquant et pataud, sous le regard amusé de Jenny. Avant de retourner dans sa chambre elle fit un crochet par le hall de l'hôtel afin de demander un renseignement au concierge. L'homme lui décocha un sourire professionnel.

— Votre mari est arrivé, madame Lincoln, lui apprit-il.

Jenny fronça les sourcils.

— Mon quoi ?

— Votre mari, répéta obligeamment le concierge. Il est monté directement dans votre chambre, vous avez dû vous croiser.

Floridiano – ce ne pouvait être que lui – l'avait donc rejointe à Paris ? Il avait sans doute réussi à se débarrasser de sa famille en expédiant femme et enfants *al mare* sur une des nombreuses plages proches de Rome. Et il s'octroyait quelques jours de repos du guerrier. Jenny prit l'ascenseur, incapable de savoir si l'arrivée de son amant la rendait heureuse ou contrariait ses plans. Elle se recoiffa machinalement dans le miroir de la cabine, parcourut le corridor en chantonnant, frappa à la porte de la chambre 33.

— Floridiano ?

Personne ne répondit. Il était sans doute sous la douche pour se rafraîchir après le voyage. Elle ouvrit, entra, le sourire aux lèvres, écarquilla les yeux. Les tiroirs de la commode, de l'armoire et de la table de nuit étaient béants, vêtements et objets personnels gisaient par terre pêle-mêle, tout était sens dessus dessous.

— Floridiano ? répéta stupidement Jenny en poussant la porte de la salle de bains, évidemment vide.

On l'avait cambriolée. Un homme se faisant passer pour son mari était entré dans sa chambre pour la dépouiller. Heureusement, en bonne Américaine, Jenny était montée à la terrasse avec sa ceinture portefeuille contenant son passeport, ses cartes de crédit et une grosse liasse d'euros. Elle vérifia fébrilement qu'ils étaient bien à l'abri contre son ventre puis tendit la main vers le téléphone pour prévenir la réception. L'instrument bourdonna soudain, la faisant sursauter.

— Allô ? fit-elle d'une voix étranglée.

— Jenny ? C'est Axelle.

La dernière personne que Jenny avait envie d'entendre.

— Écoute, ce n'est pas le moment, on vient de me...

— Je t'appelle pour te prévenir, enchaîna Axelle sans l'écouter. Charles est sorti, il est hors de lui et n'a qu'une idée : se venger. Il m'a demandé dans quel hôtel tu es descendue, il risque de débarquer pour faire un scandale. Méfie-toi !

Jenny se laissa tomber sur son lit et regarda avec humeur la pièce dévastée. Axelle continuait :

— Il y a vingt ans tu étais censée le prévenir que Gwénola était enceinte... Et aujourd'hui Charles prétend que tu ne lui as jamais rien dit !

— Il dit la vérité, soupira Jenny. Il ne savait pas, jusqu'à hier soir.

— Mais... pourquoi ? Pourquoi nous avoir... (elle se corrigea) lui avoir fait ça ?

Quelle raison avait pu pousser Jenny à mentir sur un sujet pareil ?

— Trop long à t'expliquer maintenant, murmura Jenny.

— Je comprends sa colère, fit Axelle. Mais j'ai préféré te mettre en garde.

Ce fut au tour de Jenny d'être surprise.

— Pourquoi ?

Axelle eut un rire triste.

— Je suppose que je te suis reconnaissante. Après tout, je te dois mon mariage. D'après ce qu'il m'a raconté cette nuit, il aurait assumé ses responsabilités et épousé Gwénola. Il l'aimait.

Sa voix se brisa.

— Sois sur tes gardes, il t'en veut terriblement, il est vraiment capable de venir...

— Il sort d'ici, dit sèchement Jenny. Tu aurais dû m'appeler plus tôt.

Elle raccrocha au nez d'Axelle. D'un certain côté, elle était rassurée de connaître l'identité de son visiteur. Mais de l'autre, elle devinait que les représailles ne faisaient que commencer. Charles de Bergeac était persuadé qu'elle avait sciemment brisé sa vie. Il y avait de quoi rendre un homme fou.

Une idée l'effleura. Elle se dirigea vers la porte, constata qu'elle n'avait pas été forcée, crut comprendre.

Elle dévala les escaliers, déboucha dans la réception, le visage fermé, marcha sur le concierge.

— On a fouillé ma chambre, violé mon intimité, jeté mes affaires par terre, c'est de votre faute ! accusa-t-elle.

Le concierge, impassible, répondit avec calme :

— Je ne vois pas...

— Vous avez donné un double de mes clefs à un inconnu qui se prétendait mon mari, vociféra-t-elle, faisant se retourner les clients présents dans le hall. Je ne suis pas mariée, vous entendez ! N'importe qui vous dit n'importe quoi, et vous le croyez ?

Ils étaient devenus le point de mire. Les touristes en tenue décontractée, les hommes d'affaires en costume-cravate, le portier, le voiturier, le bagagiste, un serveur en veste blanche, tout le monde les observait.

— Calmez-vous, madame Lincoln, dit le concierge. Bien évidemment, j'ai demandé à ce monsieur de prouver son identité.

— Et alors ? lança Jenny.

— Il m'a montré son passeport.

Jenny chancela.

— Il vous a… quoi ?

— Présenté son passeport. Il s'agissait de monsieur Lincoln, citoyen américain. Le même nom que vous. Je n'avais aucune raison de douter de son identité…

Jenny recula de quelques pas sous le choc.

— Monsieur Lincoln ?

Le concierge acquiesça.

— Il savait que vous aviez une chambre chez nous, il portait votre nom, pourquoi me serais-je méfié ?

Jenny hocha mécaniquement la tête, admettant qu'il avait raison.

— Voulez-vous que je prévienne la police ? demanda le concierge, tendant la main vers son téléphone.

— Non, non…

Jenny tourna les talons, se précipita vers l'ascenseur et s'y engouffra. La cabine se referma sur elle. Le concierge soupira, encore une querelle d'amoureux, de nos jours on voyait de tout dans les palaces parisiens. Il consigna l'épisode dans le carnet rouge à spirale qui ne le quittait jamais, quand il serait à la retraite il aurait de quoi écrire un livre.

À l'issue de la scène, comme dans une comédie musicale, tous les figurants, les touristes, les hommes d'affaires, le portier, le voiturier, le bagagiste et le serveur s'éparpillèrent et le calme revint.

Jenny se réfugia dans sa chambre, accrocha le panneau « Ne pas déranger » à l'extérieur, et referma soigneusement la porte derrière elle. Le même désordre indescriptible régnait. Elle attrapa au hasard un vêtement, le pendit sur un cintre. Elle ramassa un des romans américains qui gisaient à terre. Elle passa dans la salle de bains, disposa en ligne sur la tablette les produits de beauté qui avaient roulé dans le lavabo, redressa la corbeille. Qui était ce M. Lincoln ? Elle n'avait pas songé à demander au concierge son âge. Un million de possibilités s'offraient à l'imagination : ex-mari, père, fils, frère, cousin, oncle, neveu...

Elle marcha vers le téléphone, composa le numéro parisien d'Axelle.

— Pardon de t'avoir raccroché au nez tout à l'heure, s'excusa-t-elle.

Axelle n'en avait cure, elle ne songeait qu'à son mari.

— Charles est venu ? Comment ça s'est passé ?

— Je me suis trompée, ce n'était pas lui. J'ai besoin de ton aide...

— Oui ?

Jenny chercha comment tourner sa question sans avoir l'air d'être atteinte de la maladie d'Alzheimer.

— Si on te dit M. Lincoln, tu penses à qui ?

— Euh... Abraham ?

En d'autres circonstances, Jenny aurait ri.

— Non, Axelle, aujourd'hui, 22 septembre 2005, qui est M. Lincoln ?

— Tu nous as dit que ton père était mort, je n'ai pas rêvé ? Alors ce ne peut être que Paul...

— Paul ?

— Paul.

Jenny se tut, espérant que son amie allait poursuivre. Mais comme Axelle restait silencieuse, elle alla à la pêche aux renseignements :

— Pourquoi Paul ?

— Mais je ne sais pas, moi, tu m'embêtes avec tes questions ! Si c'est toujours un sujet tabou, ne m'oblige pas à l'aborder.

Jenny retint sa respiration. On y était presque.

— J'ai peur, dit-elle, et cette fois elle ne mentait pas.

À l'autre bout du fil, la voix d'Axelle se fit inquiète.
— Il a réapparu ? Il est donc vivant ?
— Il faut croire que oui, dit prudemment Jenny.
— Ton père l'a chassé de chez vous en... 1980, c'est ça ? Il avait combien de plus que toi ? Cinq ans ?
— À peu près, dit Jenny, marchant sur des œufs.
— Quand ton père a fait des recherches en 1983 Paul était en prison. Et en 1985, l'année de terminale, il vous a affirmé que Paul était mort, non ?
— Oui, pataugea Jenny.
Axelle eut un petit rire.
— Toi qui te croyais seule au monde, ce n'est plus le cas. Qu'est-ce qui te prouve qu'il est vivant ?
— Il s'est présenté à mon hôtel.
— Comment a-t-il su que tu étais là ?
— Aucune idée...
Jenny frissonna.
— Tu n'as pas forcément raison d'avoir peur, voulut la rassurer Axelle. Il a eu des problèmes de jeu et de drogue quand il était jeune, mais vingt années ont passé, il peut avoir changé et s'être amendé. C'est sans doute un bon père de famille avec une grosse voiture, une femme, des enfants, un barbecue et une pelouse bien tondue ?
— Peut-être, dit Jenny, paniquée.
— Tiens-moi au courant si tu le revois ou si Charles vient.
— OK, promit Jenny pour se débarrasser d'elle.
— Tu ne m'as pas répondu : pourquoi as-tu fait ça à Charles et à Gwénola ?
Jenny soupira.
— Il n'arrivait pas à se décider entre vous deux. Je lui ai donné un coup de pouce.
— Tu... quoi ?
— J'ai aidé le destin. Tu lui convenais mieux. Tu m'en veux ?
— Moi, non, dit lentement Axelle.
— Alors remercie-moi au lieu de me demander des comptes ! dit Jenny avec humeur.

Et elle lui raccrocha au nez pour la seconde fois en une heure.

Jenny se roula en boule sur le lit défait et resta un long moment à cogiter, agitée de pensées confuses. Tout devenait compliqué, pour la première fois elle réalisait qu'elle courait un danger. Elle se raidit quand on frappa à la porte, ne répondit pas. On frappa de nouveau. Jenny tendit la main vers le téléphone, décrocha sans bruit le récepteur, prête à appeler au secours.

— Jenny, c'est Noé ! Je vous dérange ?

Elle se leva, défroissa ses vêtements, recoiffa ses cheveux avec ses doigts, ouvrit la porte.

— Je peux ? demanda-t-il en lorgnant vers l'intérieur de la chambre. J'ai pris ma décision pour samedi soir. Je vais confondre ma mère en direct à la télé, ça va dépoter un max ! Je voulais vous en parler.

Il entra, remarqua le désordre.

— Vous déménagez ?

— Je me cambriole, répondit Jenny sans rire.

Il remarqua ses traits tirés. Sur la terrasse elle semblait gaie et pleine de vie, à présent elle avait perdu tout son éclat.

— Ça ne va pas ?

Elle allait répondre quand le téléphone sonna à nouveau. Elle foudroya l'appareil du regard.

— Tu peux répondre ? souffla-t-elle à Noé. Demande qui est au bout du fil.

— Allô ? fit calmement Noé. Oui, c'est bien la chambre de Jenny Lincoln. Qui la demande ? Ne quittez pas.

Il sourit, tendit le récepteur à Jenny.

— C'est votre frère.

Jenny, la mort dans l'âme, approcha le récepteur de son oreille.

— Allô ?

— Tu as aimé ma surprise ? fit une voix masculine rauque dans un français parfait.

— C'était toi ? eut-elle la présence d'esprit de balbutier.

— Il faut qu'on se parle. J'étais venu pour exiger ma part mais j'ai changé d'idée. Tu ne me demandes pas pourquoi ?

Jenny frémit.

— Pourquoi ? fit-elle, obéissante.

— Parce que j'ai droit à beaucoup plus. Tu n'es pas d'accord ?

Jenny ne répondit pas.

— Je t'attendrai à quinze heures sous l'Arc de Triomphe, reprit la voix. Tu as intérêt à venir.

— Quinze heures sous l'Arc de Triomphe, répéta mécaniquement Jenny.

Elle n'osait pas lui demander à quoi il ressemblait.

— Tu me reconnaîtras facilement puisque tu es ma sœur ! fit-il avec un gros rire.

Et il raccrocha. Jenny resta figée sur place, l'appareil à la main.

— Qu'est-ce qui se passe ? s'inquiéta Noé. C'était vraiment votre frère ?

— Je ne sais pas, dit Jenny.

À la grande surprise de Noé, les yeux de l'Américaine se remplirent de larmes.

— Je ne sais vraiment pas, répéta-t-elle.

26

Dans la salle à manger du petit hôtel de la rue de la Gaîté, Loeiz tendit la main vers le beurre et en tartina généreusement son pain. Il avait dormi dans la chambre de sa mère, le fait qu'il soit devenu un homme ne les avait gênés ni l'un ni l'autre, ils étaient trop proches pour se compliquer la vie. Et il était bien trop bouleversé pour parler de son père. La veille, Gwénola avait voulu aborder le sujet mais Loeiz était tombé sur le lit comme une masse et s'était mis à ronfler au bout de cinq minutes. Gwénola, elle, avait passé la moitié de la nuit, les yeux grands ouverts, à se repasser le film de la soirée et à décortiquer leurs dialogues.

— Tu as déjà rencontré les parents de Morgane ? s'enquit Gwénola en reprenant un troisième café. Comment sont-ils ?

— RAS, rien à signaler. Lui est dermatologue et a une maîtresse, elle est ophtalmologue et joue au golf. Ils ne font pas de vagues, Morgane les aime bien.

Les beaux-parents sont un mal nécessaire, pensait Loeiz. Si Morgane avait été orpheline, elle en aurait souffert. Il se réjouissait du fait qu'elle ait un père et une mère d'autant plus qu'ils vivaient à trois cent cinquante kilomètres de Rennes.

— Pour hier soir..., commença Gwénola.

— Tu préfères de la confiture de fraises ou d'abricots ? coupa Loeiz.

Gwénola soupira.

— Je suis désolée. Je le croyais dans le Sud-Ouest où il est député-maire.

— Il a eu l'air plutôt surpris de me voir, fit Loeiz d'un ton neutre. Et moi j'ai eu l'impression de me regarder dans une glace avec vingt ans de plus, c'était étrange. Je ne peux pas te dire qu'il a une gueule de salaud, j'ai la même ! Moi qui pensais te ressembler…

Il laissa échapper un petit rire triste.

— Il m'en voulait, remarqua Gwénola. Il était en colère contre moi, ce qui est un comble vu la lâcheté dont il a fait preuve. Je l'aimais, Loeiz. Tu es arrivé trop tôt, mais sûrement pas par accident. Je rêvais d'avoir un enfant de lui et je ne l'ai jamais regretté ! Mais je croyais le connaître et je me suis trompée sur toute la ligne.

— Il t'a larguée, exactement comme si aujourd'hui je laissais Morgane se dépatouiller seule. C'est drôle… Je me retrouve dans la même situation que mon géniteur.

— Mais tu agis autrement.

— Encore heureux ! s'écria Loeiz. Quel fumier, quel nul, quel minable, pourri de chez pourri…

Il ne trouvait pas de mot assez fort pour qualifier l'attitude de cet homme qu'il ne pouvait appeler son père.

— J'adore Morgane et je trouve ce qui nous arrive génial, mais même si ce n'était pas le cas ma première réaction serait de la protéger… pas de m'enfuir comme un pleutre !

— Je nous croyais juste un homme et une femme alors que nous appartenions à des castes différentes.

— Il a osé te le dire en face ?

Gwénola secoua la tête.

— Je ne l'ai jamais revu. C'est Jenny qui a servi de trait d'union entre nous et qui lui a annoncé que j'étais enceinte. Il a été très clair : il lui a proposé de l'argent pour me faire avorter. Il n'a même pas demandé ce que j'en pensais ni si j'étais d'accord, il n'a pas non plus envisagé de m'accompagner chez le médecin. Il voulait bien s'abaisser à payer, pas plus.

— J'aurais dû lui casser la figure hier, gronda Loeiz.

Gwénola sourit.

— Au bout de vingt ans il y a prescription. Il a eu l'air furieux en me voyant. Je n'étais pourtant pas sur ses terres… Je crois qu'il avait honte de moi. Paris ne lui appartient pas, que je sache !

Elle s'échauffa.

— Il faudrait que je reste bien planquée dans mon île pour ne pas perturber sa carrière ? Je fais mauvais effet ?

Elle avait élevé la voix. Des clients aux tables voisines se retournèrent.

— Plus bas, maman, souffla Loeiz. Laisse tomber.

— Comme il m'a laissée tomber, tu as raison, fit Gwénola, baissant d'un ton. Il n'a pas changé. Cela m'a fait un choc de le revoir. Il ne ressemble pas à un homme heureux.

— Pauvre garçon, persifla Loeiz. Il devrait consulter un psychiatre. La résilience est à la mode de nos jours, c'est très branché de rebondir après un traumatisme. Faire un enfant à sa petite amie, s'en brosser le nombril avec le pinceau de l'indifférence et continuer sa petite vie pépère comme si de rien n'était. Il a réussi, bravo !

Gwénola ne l'écoutait plus. Elle était penchée vers la table voisine où un homme barbu prenait son petit déjeuner en lisant un journal.

— Maman, ça ne t'intéresse pas ce que je raconte ? Hé, Gwénola ! Tu m'écoutes ?

Elle se tordait le cou pour lire un article.

— Maman ? insista Loeiz. Je t'offrirai le même si tu es sage. Et même *Ouest-France* en plus, je me suis laissé dire qu'ils ont des correspondants talentueux.

Pas de réponse. Gwénola, les sourcils froncés, avait les yeux rivés sur les lignes imprimées.

— Il s'est passé quelque chose ? s'inquiéta Loeiz.

Elle abandonna sa lecture, le regarda, médusée.

— C'est le pompon, murmura-t-elle.

Elle s'adressa au barbu.

— Monsieur… s'il vous plaît, je peux vous emprunter votre journal une minute ? Il y a un article sur quelqu'un que je connais…

L'homme eut envie de refuser mais les yeux turquoise de Gwénola suppliaient. Il lui tendit *La Dépêche du Midi*. Elle le remercia d'un signe de tête, le posa devant Loeiz, désigna le bas de la page.

— Lis ça.

Loeiz s'exécuta et les lettres lui sautèrent au visage : *Le député Charles de Bergeac et son épouse Axelle impliqués dans une affaire de pots-de-vin et d'emploi fictif, une enquête est en cours*.

— Merde, lâcha Loeiz.

— Comme tu dis.

Ils fixaient l'entrefilet d'un air hébété. Le barbu se leva.

— Je m'en vais, dit-il. Je peux récupérer mon journal ?

Loeiz sortit son portefeuille et en tira cinq euros.

— On vous l'achète, gardez la monnaie. Ma mère vient de lire dedans que mon père va faire de la prison.

Le barbu eut un mouvement de recul et s'éloigna en haussant les épaules.

— Je ne connais mon père que depuis hier soir mais on ne s'ennuie pas avec lui ! commenta Loeiz.

— Ça ne leur ressemble pas..., marmonna Gwénola.

— Ça lui ressemblait de t'avoir plaquée ? Ton cher Charles paraît loin d'être un saint.

Ils foncèrent gare Montparnasse acheter d'autres journaux. Les quotidiens reprenaient la même information avec des variantes : un scandale de plus dans la majorité, encore une affaire de pots-de-vin, l'aristocratie des voleurs, la comtesse monte-en-l'air. Gwénola ne put s'empêcher de rire en imaginant la tête d'Axelle.

— C'est sûrement une erreur, Axelle est incapable...

— De t'avoir piqué ton amour ? Ça n'a pas eu l'air de trop la gêner il y a vingt ans, répliqua Loeiz. Arrête de les encenser, maman.

Gwénola et son fils descendirent à pied la rue de Rennes puis la dernière portion de la rue Bonaparte jusqu'aux quais, longèrent la Seine avant de la traverser et cinglèrent vers le seizième arrondissement et la rue de la Tour.

Autant Morgane était fière d'être bretonne, autant son père s'en fichait éperdument. Quant à sa mère, parisienne de souche, elle détestait le crachin, les vagues, les bruyères et les légendes celtiques. Elle était accro au soleil du Midi, aux piscines chlorées, au mimosa et aux contes provençaux. Morgane était pour elle un ravissant mystère issu d'une autre planète. Quand la jeune fille avait décidé de poser son sac sur la terre de ses ancêtres ses parents n'avaient pas compris, surtout son père qui s'enorgueillissait d'avoir quitté sa Bretagne profonde.

Les Gwenadu habitaient un loft branché dans une résidence luxueuse peuplée de nouveaux riches, entourée à bâbord et à tribord d'immeubles vieillots où vivaient les anciens habitants de l'arrondissement. Ce ne fut pas Morgane qui leur ouvrit mais Constance, la maman. Morgane était enfermée dans sa chambre comme une adolescente punie.

Loeiz tendit à Constance le bouquet de tulipes rouges fraîches et élancées qu'il avait acheté pour elle, elle remercia à peine et les posa sur une console où trônaient d'immenses glaïeuls méprisants dans un vase de cristal aux arêtes acérées.

— Jean-Joël vous attend au salon, dit-elle d'une voix aiguë.

Loeiz leva un sourcil. Morgane lui avait dit que son père s'appelait Yann et que Joël était son second prénom.

Jean-Joël était assis dans un affreux canapé de cuir blanc. Son ventre débordait du polo Lacoste rose au-dessus de la ceinture Hermès. Il se leva pour serrer la main de Gwénola et se contenta d'un hochement de tête à l'adresse de Loeiz. Un monumental écran de télé 16/9 extra-plat occupait le mur du fond, la télé était allumée, c'était l'heure des informations.

— Asseyez-vous, Constance nous apporte les apéritifs.

Loeiz balaya la pièce du regard.

— Morgane ne nous rejoint pas ?

— Je l'appellerai quand nous aurons un peu discuté entre hommes… (il se reprit, regarda Gwénola) je veux dire, entre adultes.

Il sourit à Gwénola qui frémit. Elle détestait ce genre de personnage mais, pour l'amour de son fils, elle était prête à tout supporter, même les futurs Noëls avec ces imbéciles autour de l'enfant à naître.

— Morgane nous a annoncé la nouvelle hier soir, dit Jean-Joël d'un ton sec. Je ne vous cache pas que nous n'avons pas sauté au plafond !

Loeiz pencha la tête d'un côté, Gwénola reconnut le geste de Charles lorsqu'il était décontenancé. La télévision continuait à égrener son lot habituel de catastrophes, de guerres et d'horreurs.

— Quand on est étudiant il est bien normal de vivre des amourettes… mais vous êtes allé trop vite en besogne, jeune homme ! continua Jean-Joël.

Il lui faisait la leçon, maintenant, et devant Gwénola. Loeiz démarra au quart de tour.

— Trop vite en besogne ? Moi j'appelle ça faire l'amour, monsieur. Et je vous garantis que je ne suis pas éjaculateur précoce… la preuve !

Constance, qui arrivait avec un plateau chargé de bouteilles, s'immobilisa au seuil du salon, horrifiée. Gwénola se mordit l'intérieur des joues pour ne pas rire. Jean-Joël avait les yeux hors de la tête.

— Nous nous aimons, Morgane et moi, poursuivit Loeiz avec calme. Je suis venu aujourd'hui vous demander sa main.

Jean-Joël était cramoisi.

— Vous vous aimez ? Qu'est-ce que c'est que cette connerie ! Vous venez de commencer vos études, la concurrence est féroce, il n'y a pas une minute à perdre. J'ai été interne à vingt-quatre ans dans le plus grand service de dermatologie de Paris, j'étais obsédé par la réussite et j'ai réussi. Ma fille était brillante avant de vous connaître, vous avez tout fichu en l'air !

— Votre fille sera une excellente pédiatre, monsieur.

— Avec un fil à la patte ! gronda Jean-Joël Gwenadu. Il faut être responsable, avoir un plan de carrière, gravir les échelons du succès. Je suis non conventionné et pourtant mon cabinet ne désemplit pas, vous pouvez me croire. Ma femme a prescrit des lunettes à tout le gouvernement français ! Si je vous citais les ministres qui la consultent…

— J'adorerais mais vous ne pouvez pas, coupa Loeiz. Secret professionnel. Ma mère est journaliste, elle risquerait d'en faire un scoop.

Jean-Joël, interrompu dans sa tirade, papillota des yeux.

— Ah ? J'ignorais…

Il se reprit.

— Morgane nous a interdit de vous questionner à propos de votre père. C'est paraît-il un sujet brûlant…

Loeiz se raidit. Sur l'écran, derrière le père de sa future femme, une pub vantait les bienfaits d'une boisson gazeuse. Des jeunes étanchaient leur soif sous un soleil de plomb au bord d'une cascade. Loeiz en avait la bouche sèche.

— Je suis certain que vous comprendrez mon intérêt pour votre famille, dit Jean-Joël avec un rire gras. Tant que vous étiez seuls concernés je ne me mêlais pas de vos petites histoires. Mais à présent il y a un bébé, enfin, si vous décidez de le garder. Nous avons conseillé à Morgane d'avorter.

Loeiz tressaillit.

— Quoi ?

— Réfléchissez, jeune homme. Vous ne pourrez plus revenir en arrière. Vous aurez des gardes, des examens, des stages. Vous voulez vous coincer pour les quinze prochaines années ? C'est un problème, vous pouvez le solutionner et repartir du bon pied.

— Le… solutionner ? s'étrangla Loeiz. Mais il ne s'agit pas d'un accident de capote ! On ne s'y attendait pas mais on va l'aimer, ce gosse. Et arrêtez de m'appeler jeune homme, nous sommes presque confrères.

Son calme apparent fit sortir l'autre de ses gonds.

— Dans ma famille on ne met pas la charrue avant les bœufs. On fait des études, on se marie, et alors seulement on se reproduit !

— Bonjour le romantisme, grimaça Loeiz. Faire un enfant ce n'est pas se reproduire mais créer.

— Foutaises ! rétorqua Jean-Joël.

Gwénola assistait à ce duel à fleurets mouchetés sans y prendre part, appréciant la façon dont son fils s'en sortait.

— Comme je vous l'ai dit, j'ai l'honneur de vous demander la main de votre fille Morgane, répéta Loeiz.

— Il n'en est pas question ! Morgane va avorter, continuer ses études à Paris, rencontrer un type bien, d'une bonne famille médicale...

Gwénola n'y tint plus. Toutes les sottises que cet imbécile proférait, Charles et sa mère les avaient pensées si fort autrefois qu'elle les avait entendues depuis son île plantée trois lieues au large de Lorient. Annick avait bien réagi quand Gwénola lui avait appris qu'elle était enceinte. « Si tu es heureuse, je le suis aussi, avait-elle dit en serrant sa fille dans ses bras. J'aurais préféré pour toi une existence plus facile avec un homme qui te protège, mais je t'aiderai, tu pourras compter sur moi ! »

— Que représente pour vous le fait d'être père ? demanda-t-elle abruptement. Quel est l'intérêt ?

La question ne démonta pas le dermatologue.

— C'est un prêté pour un rendu, on s'occupe des enfants quand ils sont petits, ils s'occupent de nous quand on vieillit. C'est un investissement à long terme avec capitalisation. La famille stimule et pousse à se dépasser professionnellement. Et puis les femmes ont besoin d'être mères pour se sentir équilibrées.

Gwénola ne put s'empêcher de rire.

— Le pire, c'est que vous êtes sérieux. Alors c'est tout ce que ça signifie ? Vous avez oublié des mots-clefs : amour, tendresse, espoir...

— Tu perds ton temps, maman, dit Loeiz.

Jean-Joël se retourna vers lui, cramoisi.

— Et vous me faites perdre le mien ! Je refuse que vous épousiez ma fille même si vous lui avez fait un gosse. On ne connaît pas la contraception en Bretagne ? Vous portez le nom de votre mère, n'est-ce pas ? C'est de famille, alors ?

L'insulte gifla Gwénola qui se dressa.

— En voilà assez ! s'écria-t-elle. Je plains la pauvre Morgane...

Constance, qui servait les cocktails pour se donner une contenance, sursauta et rata le verre. Le liquide orangé dégoulina sur la table de marbre puis sur la moquette blanche.

— Je vous demande pardon ? glapit-elle en épongeant frénétiquement avec les serviettes en papier.

— Vous devriez, intervint Loeiz. Pardon de nous accueillir de cette manière, pardon de votre manque de confiance et d'amour.

Le dermatologue toisa Loeiz avec dédain.

— Je vous ai tout de suite jugé, vous n'êtes qu'un petit crétin de Breton, bâtard par-dessus le marché...

Une cloison coulissa brusquement et Morgane fit irruption, belle et furieuse.

— Je suis navrée, Loeiz. On s'en va.

Jean-Joël s'interposa.

— Je te l'interdis ! Si jamais tu passes le seuil de cette porte...

Loeiz prit Morgane par le bras.

— Si elle franchit ce seuil, monsieur, vous aurez perdu quelqu'un de précieux par votre seule faute. Maman s'est trompée, ce n'est pas Morgane qui est à plaindre, mais vous. Nous voulions que ça se passe bien, vous avez tout gâché.

— Écoute ton père, ma chérie ! supplia Constance en s'avançant. Tu vois bien que ce garçon n'est pas pour toi ?

Morgane la fixa avec tristesse.

— Parce qu'il n'est pas riche ? Tu as oublié que ton père était charcutier à Belleville, maman ? Et que celui de papa était facteur dans un village perdu du Finistère ?

— Nous voulons ton bonheur, ma chérie... Enfin, tu ne sais même pas qui est son père !

Sur la télévision, derrière le dermatologue, un champ de tournesols fut remplacé par un imposant château à tourelles, puis le portrait d'un homme élégant et racé qui ressemblait à Loeiz envahit l'écran.

— Le voilà, son père ! dit Gwénola d'une voix fatiguée. Charles de Bergeac, député, maire, aristocrate, énarque.

L'œil de Jean-Joël Gwenadu se mit à briller. Constance cessa d'éponger la table, la gêne se mêlant au soulagement sur son visage.

— Ne vous réjouissez pas trop vite, conseilla Loeiz, il passe à la télé parce qu'il va être mis en examen. Il vaut mieux pour vous que je porte le nom de ma mère, au moins elle n'a pas de casier judiciaire !

Constance jeta un regard éperdu vers son mari qui, anéanti, secouait la tête comme ces chiens qu'on voit parfois sur la plage arrière des voitures.

— Kenavo, conclut Morgane en se dirigeant vers la porte.

Loeiz lui prit son sac des mains et s'effaça pour laisser passer sa mère.

— Tu ne peux pas nous quitter comme ça, Morgane, s'écria Constance qui en oublia le nouveau prénom de son mari. Yann, empêche-la ! Madame, je vous en prie...

Dans son désarroi elle quêtait l'aide de Gwénola.

— Nous sommes partis sur de mauvaises bases, il vaut mieux nous en tenir là pour aujourd'hui, dit Gwénola. Réfléchissez, ce bébé ne va pas naître demain, vous avez le temps de changer d'attitude. Désolée pour votre moquette.

La porte se referma sur eux.

Une fois dans la rue, ils se regardèrent, bouleversés.

— Ils sont bornés, intolérants et stupides, gémit Morgane. Moi qui les croyais ouverts et aimants !

— Ils ont peur, dit Gwénola.

— Je ne leur pardonnerai jamais ! protesta Morgane.

— On n'a pas besoin d'eux, renchérit Loeiz. Tu as entendu comment ils t'ont parlé, maman ?

Gwénola réussit à lui sourire.

— Avec tout ça nous n'avons toujours pas déjeuné... Vous n'avez pas faim ?

— On va au Trèfle ? proposa Loeiz. Pour montrer l'endroit à Morgane ?

Gwénola secoua la tête.

— N'importe quoi, n'importe où, mais pas là.

— Je connais un bon restaurant indien, ça vous dit ? suggéra Morgane.

Dix minutes plus tard, ils étaient attablés devant un poulet tandoori, un agneau tikka et un poulet madras. Gwénola leva son verre de lassi à la rose.

— À vous et à votre bébé ! dit-elle.

Le jeune couple l'imita, les yeux pleins d'étoiles.

Deux heures plus tard, ils compostaient leurs billets à la gare Montparnasse et montaient dans le TGV pour Rennes. Gwénola et Morgane s'installèrent tandis que Loeiz cherchait le bar pour acheter une bouteille d'eau. Dans le wagon suivant il aperçut une famille composée d'un grand-père, d'un père et d'un petit garçon qui se ressemblaient comme des clones. Une vieille femme aux cheveux bleus lisait un journal du Sud-Ouest qui attaquait violemment Charles et Axelle de Bergeac. Loeiz s'arrêta, revint sur ses pas, réintégra son wagon les mains vides.

— Le bar est fermé ? supposa Morgane.

Loeiz secoua la tête.

— Qu'est-ce qui t'arrive ? s'inquiéta Gwénola.

Morgane le regarda et devina.

— Tu veux le rencontrer, c'est ça ?

— Je dois y aller seul, murmura-t-il. Ne m'en veux pas...

— File ! souffla-t-elle. Tu prendras le prochain train.

Gwénola attendait, les yeux écarquillés.

— Je n'ai pas le choix maman, dit Loeiz. C'est un salaud mais il est dans la merde.

— Laisse-moi au moins me renseigner, appeler Axelle pour savoir où il est...

Loeiz secoua la tête, sûr de lui.

— Les charcutiers sont dans leur charcuterie, les facteurs à la poste... et les députés à l'Assemblée nationale !

Il remonta le wagon à contresens en bousculant les arrivants et sauta sur le quai. Une voix désincarnée annonça le départ du train. Quelques minutes après il s'ébranlait et commençait à rouler. Les deux femmes se penchèrent pour voir la silhouette de Loeiz rapetisser puis disparaître.

Loeiz sortit du métro à la station Assemblée-Nationale et marcha résolument vers l'entrée du public située au 33, quai d'Orsay. Le lieu était gardé par ce qu'il crut être un policier, mais un père devant lui se pencha vers son fils en soufflant : « Tu vois, c'est un garde républicain, il n'a pas de casquette mais un képi. »

— Bonjour, dit Loeiz au garde, je suis venu voir mon père, Charles de Bergeac, il est député...

Il rougit violemment mais l'autre ne parut pas le remarquer.

— Faites le tour et présentez-vous au hall d'accueil du 126, rue de l'Université.

Loeiz s'exécuta, contourna le palais par la gauche et la rue Aristide-Briand et arriva place du Palais-Bourbon, déserte en ce début d'après-midi. Au centre de la place, la statue de la Loi regardait vers la rue de Bourgogne. Une mince serveuse brune en tablier blanc débarrassait les tables de la brasserie Le Bourbon. Loeiz avait besoin d'un remontant, il s'approcha.

— Je pourrais avoir juste un verre de vin ?

Elle lui tendit la carte. Il y avait tout un choix de « croques » : croque-monsieur, madame, norvégien, campagnard, végétarien. Loeiz ne connaissait pas les crus proposés, il en choisit un au hasard parce que son nom lui plaisait :

— Un pessac-léognan « Le bec en sabot », s'il vous plaît...

Il le savoura dans un verre ballon, debout, les yeux fixés sur le bâtiment où travaillait ce père qui lui avait fait défaut tout au long de son existence. Puis, ragaillardi, il traversa la rue en direction du drapeau français et de l'horloge qui trônaient au-dessus du porche en forme d'arc de triomphe. L'hôtel de Lassay et le palais Bourbon, les deux faux jumeaux construits dans le premier tiers du XVIIIe siècle pour la duchesse de Bourbon et son amant le marquis de Lassay, dominaient le quartier avec sérénité et majesté.

Au 126, rue de l'Université, il passa un portique de sécurité et réitéra sa demande.

— Bonjour, je suis le fils du député Charles de Bergeac, je viens voir mon père...

Les mots coulaient fluides, pourtant c'était la deuxième fois de sa vie qu'il les prononçait. Cela pouvait donc être facile et normal de dire « je viens voir mon père ».

— Je vais le prévenir, dit l'homme de la sécurité. Vous pouvez me donner une pièce d'identité ?

Loeiz s'exécuta. L'homme chercha dans sa liste, composa un numéro, attendit, téléphone en main.

— Allô ? J'ai le fils de M. de Bergeac à l'accueil... oui, son fils... (il regarda la carte d'identité, fronça à peine les sourcils en découvrant un nom de famille différent) Loeiz Tonnerre... vous vous renseignez ?

Il avait prononcé Loeiz phonétiquement, « Loèze ».

— C'est breton, ça se prononce « Loïs », murmura Loeiz.

Les minutes passèrent. Il commença à se poser des questions. Il avait été stupide de venir. Le député sans courage allait probablement répondre qu'il n'avait pas de fils. Il était peut-être même déjà en prison ? L'homme de la sécurité le regardait d'une drôle de manière. Loeiz recula vers la porte.

— Tant pis, bredouilla-t-il. Je reviendrai.

— Attendez, j'ai parlé à son assistant parlementaire, votre père est chez le coiffeur, on va le contacter.

Loeiz crut avoir mal entendu. Chez le coiffeur à l'Assemblée nationale ?

— C'est une cité dans la cité ici, les parlementaires ont une salle de sport, une poste, un cabinet médical, un salon de coiffure, une agence de voyages, des restaurants, des parkings, une résidence hôtelière, tout ce qu'il faut. Il y a même une régie audiovisuelle et une usine électrique...

Le téléphone bourdonna. L'homme répondit.

— Oui ? Très bien.

Le cœur de Loeiz battait à grands coups. S'il était resté tranquillement dans son TGV il serait maintenant presque à Rennes. L'an dernier, en cours d'anatomie, il n'avait pas eu peur au moment de disséquer pour la première fois un corps humain. Il n'était pas à la noce, bien sûr, mais il faut ce qu'il faut. Aujourd'hui, ses genoux flageolaient.

— Son assistant parlementaire descend vous chercher, annonça l'homme avec un sourire. Vous récupérerez votre pièce d'identité en repartant.

Il lui tendait un badge que Loeiz accrocha au revers de son blouson.

Un jeune homme élégant en costume de lin beige et chaussures anglaises arriva, souriant.

— Bonjour, je suis Simon, dit-il. Votre père est chez le coiffeur, je vous emmène. On va d'abord passer par la présidence, j'ai un pli à déposer.

Loeiz lui emboîta le pas. Ils remontèrent une allée bordée de bâtiments bas, montèrent le perron majestueux de l'hôtel de Lassay, pénétrèrent dans le vestibule où Simon remit une enveloppe à un huissier.

— C'est beau, n'est-ce pas ? dit-il à Loeiz en désignant, de l'autre côté du grand salon, le superbe jardin. Vous êtes sûrement déjà venu ?

Loeiz secoua la tête.

— C'est la première fois.

— Ah ? s'étonna Simon. C'est un endroit magnifique. Je travaille avec votre père depuis peu, mon prédécesseur a eu des ennuis de santé.

Il fit quelques pas vers la gauche.

— Au bout c'est le salon des Jeux décoré par le peintre Heim. Après il y a le salon des Saisons. À droite le salon des Éléments. On va traverser le cabinet du Départ et rejoindre la salle des Fêtes...

Loeiz hochait la tête mais les mots glissaient sur lui sans pénétrer son esprit enfiévré tandis que leurs pas sonnaient doucement sur les sols de marbre, différents à chaque pièce. Dans quelques secondes il allait revoir l'homme d'hier, son père. Quels avaient été ses dernières paroles à Gwénola, déjà ? « Tu aurais préféré que je ne vienne pas... Je partage ton sentiment, mais hélas je suis venu. »

— Ici c'est la galerie des Tapisseries où il n'y a plus de tapisseries mais des toiles, annonça Simon. On arrive maintenant dans le palais Bourbon.

Ils traversèrent une petite salle sans fenêtres couverte de rectangles multicolores, surprenante après les vastes pièces décorées d'œuvres classiques.

— La rotonde de Pierre Alechinsky, dit Simon.

Loeiz ralentit pour regarder plus attentivement. Une phrase du poète Jean Tardieu surmontait l'œuvre : « Les hommes cherchent la lumière dans un jardin fragile où frissonnent les couleurs. »

— Vous le voyez comme ça ? demanda Loeiz au jeune homme inconnu qui côtoyait quotidiennement son père. Vous croyez que nous cherchons la lumière ?

Simon, surpris, réfléchit.

— Certains sont nés dans la lumière alors que d'autres crapahutent pour ramasser les miettes, dit-il enfin.

Loeiz ne releva pas, le poète parlait sur un autre plan et Simon le prenait pour un « fils de », ce qui vu la situation était plutôt savoureux.

— Nous arrivons dans la grande rotonde avec le point presse et son bureau de tabac... très important ! continua Simon, reprenant son rôle de guide. Après il y a la salle de presse pour les journalistes, puis la salle des pas perdus. On tourne autour de l'hémicycle. Vous voulez le voir ?

Loeiz fit non de la tête. Simon n'insista pas.

— Les deux salons suivants sont traditionnellement réservés, l'un aux députés de gauche, l'autre aux députés de droite. On entre dans la salle des conférences : ce meuble à droite s'appelle le piano, chaque député y a un casier nominatif. Celui de votre père est… ici !

Loeiz regarda pour lui faire plaisir.

— Là-bas c'est la buvette, on peut y prendre des repas simples mais nous avons aussi des restaurants. Et là… c'est le salon de coiffure. On y est !

Loeiz déglutit avec peine. Des fauteuils classiques, un lieu discret, des députés la tête renversée en arrière à la merci du figaro et, parmi eux, son père.

— Il n'a pas encore fini, remarqua Simon. On termine la visite ?

Loeiz acquiesça, tout plutôt que de rester planté là comme un imbécile en face d'un père biologique barbouillé de savon à barbe.

— Après nous avons la bibliothèque décorée par Delacroix, avec quelques raretés : les minutes du procès de Jeanne d'Arc, et même un codex.

L'endroit avait une atmosphère particulière avec ses rayonnages en chêne clair de Hollande, ses verrières semi-circulaires diffusant habilement la lumière, ses tables surmontées de lampes vertes, son odeur de bois et de cuir, de papiers et de reliures. À des années-lumière de la bibliothèque de la fac de Rennes où Loeiz et Morgane travaillaient souvent tard le soir.

— Et là c'est notre bureau de poste, un des plus grands de France si on considère la masse de courrier qui y transite, conclut fièrement Simon. Votre père doit en avoir fini maintenant.

Quand Loeiz entra dans le salon de coiffure, Charles de Bergeac se levait de son fauteuil. Rasé de près, la nuque dégagée, il était prêt pour la prison, du moins l'avait-il pensé avec un humour désabusé en choisissant de passer là son dernier moment de liberté. Les expressions « garde à vue », « mise en examen », « sous contrôle judiciaire » lui trottaient dans la tête. Il avait téléphoné à Maurice et à maître de La Futaie pour les prévenir qu'il rentrerait par le train du soir. Son avocat ne lui avait pas caché que l'affaire s'annonçait complexe et qu'Axelle était dans le collimateur.

— Je vous laisse, dit Simon.

Il avait été frappé par la ressemblance de Loeiz avec son père. Bizarrement, le député n'avait jamais mentionné ce fils, mais l'homme était discret et parfois secret. Simon les quitta en enviant Loeiz d'être né du bon côté de la barrière.

Charles regardait Loeiz avec intensité.

— Vous avez du savon à barbe sur la joue gauche..., murmura Loeiz.

Charles s'essuya machinalement, tendit la main. Loeiz ne bougea pas.

— Je suis venu parce que vous avez des ennuis, dit-il d'une voix qu'il s'efforçait de rendre ferme. (Merde, pourquoi n'arrivait-il pas à parler convenablement ? Il n'allait quand même pas se laisser intimider par ce lâcheur ! C'était cette foutue ressemblance qui lui enlevait tous ses moyens.)

Charles se crispa et laissa retomber sa main.

— Nous serons mieux dehors pour parler, dit-il d'un ton sec.

Ils traversèrent en silence plusieurs des somptueux salons que Simon avait fait visiter à Loeiz. Dans chaque pièce, un huissier levait la tête à leur approche et vérifiait que Loeiz possédait un badge. Chaque fois, Charles saluait l'homme et Loeiz marmonnait un « bonjour » inaudible. De retour à l'air libre, Charles fit face :

— Je ne savais pas, dit-il. J'ai appris seulement hier.

— Que vous risquiez d'être mis en examen ? Vous avez pourtant dû faire quelque chose de pas très légal.

Charles pencha la tête, stupéfait.

— Je ne parle pas de ça ! Je te parle de nous...

Il le tutoyait sans lui demander son avis. Loeiz n'apprécia pas.

— Nous ? Mais « nous » n'existe pas, monsieur de Bergeac ! (La particule le gênait, lui donnant l'impression de réciter un texte classique.)

Charles fronça les sourcils.

— C'est précisément ce que je viens de te dire. J'ai su hier soir, au Trèfle. Personne ne m'avait mis au courant.

Loeiz, agacé, pensa que son interlocuteur pédalait dans la semoule.

— Je ne comprends rien à ce que vous racontez.

— Tu me trouves incohérent ? rugit Charles. Mets-toi à ma place ! Quel âge as-tu ? Bientôt vingt ans ? Tu sais depuis vingt ans que tu as un père, les bébés ne naissent pas dans les choux. Mais moi, j'ignorais que j'avais un fils...

Le président de l'Assemblée nationale traversait la cour de l'hôtel de Lassay et se rapprochait d'eux à grands pas. Il s'arrêta en reconnaissant Charles.

— Bonsoir, Bergeac ! Ne me dites rien... votre fils, bien sûr ?

Il tendit la main à Loeiz qui la serra en silence. Le président se tourna vers Charles, attendant les présentations en bonne et due forme qui allaient logiquement suivre. Mais Charles s'aperçut avec horreur qu'il avait oublié le prénom du jeune homme.

— Mon fils, se contenta-t-il de dire, faisant rouler les deux syllabes dans sa bouche.

« J'ai eu un fils. J'ai un fils. Permettez-moi de vous présenter mon fils, la chair de ma chair, mon enfant, né il y a vingt ans. »

— Eh bien, parfait, bonne journée à tous les deux !

Le président s'éloigna en songeant que les démêlés de Bergeac avec la justice expliquaient son attitude étrange.

— Je m'appelle Loeiz, dit le garçon. Tonnerre, bien sûr. Ma mère s'appelle Gwénola, mais ça vous le saviez, non ?

Les yeux de Charles lançaient des éclairs.

— Je savais qu'elle s'appelait Gwénola et que je l'aimais. Pas qu'elle était ta mère ! Pas que tu existais !

Loeiz laissa échapper un rire méprisant.

— Soit vous vous foutez de ma gueule, soit vous me prenez pour un imbécile. Quand on propose de l'argent à une femme pour avorter, on sait qu'elle est enceinte…

Charles, hors de lui, saisit Loeiz par les revers de sa veste.

— Je n'ai jamais rien proposé, bordel ! Combien de fois devrai-je te le répéter ? Ma femme me croyait au courant. Mais je ne l'étais pas !

Loeiz se dégagea, recula.

— Maman m'a toujours dit…

— Elle se trompait !

— Vous l'avez plaquée…

— Bien sûr que non ! cria Charles. Elle a disparu, comme ça, du jour au lendemain, je n'ai pas compris, je l'ai attendue…

Lui aussi avait élevé la voix. On était en période de plan Vigipirate. Un des gardes républicains posté à la porte s'approcha.

— Juste une petite discussion avec mon fils, expliqua Charles. Nous serons mieux dans mon bureau. Viens !

Ils retournèrent à l'accueil où Loeiz, en pleine confusion, rendit son badge en échange de sa carte d'identité.

— On n'a qu'à traverser…

Charles désignait, de l'autre côté de la rue, un immeuble de sept étages, relié au palais Bourbon par une galerie souterraine, construit au 101, rue de l'Université, en 1974. Depuis, pour assurer à chaque député un bureau individuel, un autre immeuble avait été acheté en 1986 boulevard Saint-Germain afin de faire face aux besoins nouveaux créés par la réforme électorale qui avait porté le nombre des députés de quatre cent quatre-vingt-onze à cinq cent soixante-dix-sept. Au total, le palais Bourbon et ses annexes représentaient une superficie au sol de cinquante-cinq mille mètres carrés, occupée par deux mille locaux où travaillaient, toutes catégories confondues, trois mille personnes.

— C'est une histoire de fous, soupira Charles en traversant. Comment a-t-elle pu croire un instant... Et moi, pourquoi n'ai-je pas...

Il ne parvenait plus à finir ses phrases, ses idées s'entrechoquaient, il était bouleversé. Ils entrèrent au 101, là aussi il fallait passer sous un portique et échanger une pièce d'identité contre un badge différent du précédent. Comme la plupart de ses collègues Charles ne portait pas le sien, il s'attendait à ce que les hommes de la sécurité le reconnaissent. Après chaque élection législative ils devaient apprendre par cœur les trombinoscopes parce que les nouveaux députés auraient été vexés de ne pas être reconnus. Lors des remaniements ministériels, lorsque les suppléants devenaient califes à la place des califes, le problème se reposait.

— Mon bureau est au cinquième, dit Charles en poussant Loeiz dans l'ascenseur.

La cabine s'éleva en chuintant. Il y avait trois cents députés dans l'immeuble et trois cents bureaux identiques. Ils mesuraient chacun environ quinze mètres carrés, étaient dotés d'un petit cabinet de toilette, étaient meublés très simplement d'une table, d'une télévision, d'un ordinateur, d'un fax, d'un téléphone. Les murs étaient masqués par des bibliothèques de bois à rideaux déroulants permettant de ranger dossiers et livres. Certaines de ces bibliothèques comportaient un lit basculant mais la pièce était si exiguë qu'il fallait pousser la table sur le côté pour placer le lit en position horizontale. Dans le couloir on trouvait un distributeur de café et des douches, et il n'était pas rare de croiser le matin des députés en peignoir, serviette sur le bras, vaquant à leurs ablutions. Il y avait six étages de bureaux, le self et le restaurant étaient situés à l'étage supérieur, les salles de réunion au niveau inférieur.

— On sera plus tranquilles ici, dit Charles en ouvrant la porte du bureau qui lui avait été attribué.

La pièce était spartiate et neutre au possible, ses effets personnels se trouvant dans son studio du Champ-de-Mars. Il s'assit à sa table, désigna à Loeiz une chaise à accoudoirs, se pencha vers lui.

— Je ne savais pas, martela-t-il en détachant bien chaque mot. Jusqu'à hier. Première nouvelle. Jamais su. Personne ne m'a rien dit. Je te le jure. Je t'ai raté pendant vingt ans.

— Dix-neuf, corrigea machinalement Loeiz.

— Ce n'est pas de mon fait, crois-moi.

Il le regarda au fond des yeux puis dit comme une évidence :

— Il faut que tu portes mon nom, maintenant !

Loeiz pâlit, il n'y avait jamais pensé.

— Hein ?

— Un père transmet son nom à son fils.

Loeiz encaissa le choc en silence. Il se sentait Loeiz Tonnerre, pas Loeiz de Bergeac. Morgane serait Morgane Tonnerre. Le bébé à venir… Il éprouva une sorte de vertige, agrippa les accoudoirs de la chaise.

— Ça va trop vite pour moi, murmura-t-il. Sans compter que je vais être père moi aussi, je l'ai appris hier.

— Qu'est-ce que tu dis ?

— Je suis venu à Paris pour l'annoncer à maman. Ma petite amie est enceinte.

Père, escroc, et maintenant grand-père. Charles prit une grande goulée d'air, réussit à sourire.

— Félicitations ! J'aurais du mal à te conseiller en la matière, je n'ai pas l'habitude… mais je peux te dire une chose : je suis terriblement fier d'avoir un fils.

— Vous ne me connaissez pas, objecta Loeiz.

— Aucune importance.

— Vous ignorez qui je suis, ce que je fais, où je vis.

— Tu vas me l'expliquer. Nous avons des années à rattraper… Je t'écoute !

Loeiz secoua la tête. C'était trop facile.

— Gwénola m'a élevé seule, elle en a bavé et je l'aime doublement pour ça. Elle a été à la fois mon père et ma mère. Elle ne m'a jamais dit du mal de vous, simplement vous n'étiez pas là. Certaines personnes sont aveugles ou en chaise roulante, c'est un handicap qu'elles doivent assumer. Vous étiez son handicap, sa faille, sa blessure. Vous avez été mon absent.

Charles soupira.

— Tu ne m'as jamais cherché mais moi je t'attendais. J'essaie depuis des années d'avoir un fils, ma femme et moi avons tout tenté, en vain. Tu as vu Axelle hier, c'est une épouse merveilleuse, une amie fidèle, mais je ne l'ai jamais aimée comme j'aimais ta mère. Tu croyais que je vous avais abandonnés ? Moi j'étais persuadé que Gwénola m'avait quitté, jeté comme un vieux Kleenex. Le destin nous donne une seconde chance, Loeiz. Ne la gâchons pas. Je veux t'aimer, t'aider, te découvrir. Raconte-moi.

Loeiz lâcha les accoudoirs et posa ses mains à plat sur ses genoux.

— Je suis né en décembre 1985 à Groix où j'ai vécu toute mon enfance. Je commence ma deuxième année de médecine à la fac de Rennes. Ma future femme s'appelle Morgane, ses parents sont des cons finis mais elle est prodigieuse. Je veux devenir chirurgien, elle pédiatre. On va se marier. Notre enfant naîtra en mars.

Charles hocha la tête, intégrant toutes ces données comme autant d'informations cruciales.

— Je suis né dans le château berceau de la famille. Mes parents sont décédés, je suis fils unique. J'ai fait l'ENA et travaillé pendant dix ans comme haut fonctionnaire. Je ne voyais jamais ma femme, j'étais anesthésié de travail. Et puis j'ai compris que je laissais filer ma vie et que j'allais perdre Axelle comme j'avais perdu Gwénola. Alors j'ai tout lâché pour être député-maire et me consacrer à ma circonscription et à mes administrés.

Loeiz écoutait avec attention. Il préférait être le fils de ce type plutôt que celui de Yann Gwenadu.

— On ne va pas se tomber dans les bras, dit-il avec sa franchise coutumière. Vous êtes mon père, d'accord. Et maintenant on fait quoi ?

— Tu pourrais commencer par me tutoyer.

— Tu es mon père, d'accord. Et maintenant ?

Charles, troublé, pencha de nouveau la tête.

— Il faut que je parle à... ta mère, dit-il. Pas au téléphone, face à face, les yeux dans les yeux. Ensuite je prendrai Jenny par la peau du cou et je la secouerai jusqu'à ce qu'elle s'explique.

— La quatrième de la bande du Trèfle ? s'étonna Loeiz.

— Je ne comprends pas pourquoi elle nous a menti et manipulés jusqu'à nous bousiller la vie.

— Vous voulez dire... tu veux dire qu'elle l'a fait exprès ? s'écria Loeiz, stupéfait.

— Évidemment !

Charles frappa du poing sur la table.

— On réglera nos comptes après. Dans quel hôtel loge Gwénola ?

Loeiz consulta sa montre.

— À l'heure qu'il est le train s'est déjà arrêté à Rennes et Morgane en est descendue. Maman continue jusqu'à Lorient d'où elle embarquera pour Groix.

— Combien de temps faut-il pour y aller en voiture ?

— Cinq heures si on prend le volant à tour de rôle.

— Tu as ton permis ? s'étonna Charles.

Loeiz eut un rire amusé.

— J'ai perdu mes dents de lait, je sais faire du vélo sans les petites roues, je suis majeur, j'ai voté aux dernières élections, pas pour ton bord, et j'ai passé mon permis il y a un an. Tu as quoi comme voiture ?

Charles eut subitement l'air d'un petit garçon.

— Une vieille Alfa Romeo Spider, avoua-t-il. Tout ce que je gagne passe dans l'entretien et la rénovation du château, mais je n'ai pas résisté à la tentation, elle rouillait dans un garage, je l'ai rachetée et retapée moi-même. En tant que député de la République je suis censé avoir une voiture française, comme ma femme qui a une traction avant Citroën, mais l'Alfa était trop belle.

— Elle est de quelle couleur ? demanda Loeiz.

Charles s'empourpra.

— Rouge, évidemment !

— Tu me laisseras la conduire ?

Charles, qui refusait même de prêter sa voiture à Axelle, n'hésita pas une seconde.

— Évidemment… tu es mon fils !

— Le dernier bateau pour Groix part vers six heures, on est sûrs de le louper, lui fit remarquer Loeiz.

— On va quand même tenter le coup. Si on arrive trop tard on passera la nuit à l'hôtel et on débarquera dans l'île pour le petit déjeuner, ça te va ?

Loeiz acquiesça. La référence au petit déjeuner lui rappela l'article de *La Dépêche du Midi*.

— Et tes problèmes avec la justice ? rappela-t-il.

Charles changea de visage.

— Ça paraît incroyable, j'avais oublié…

Il réfléchit. Il venait de rencontrer Loeiz, il ne pouvait pas risquer de le perdre à nouveau. Et il fallait qu'il voie Gwénola autrement que dans un parloir de prison, fût-ce dans le carré VIP.

— On s'en fiche, décida-t-il. Donne-moi une seconde pour prévenir ma femme.

Loeiz s'apprêta à sortir mais Charles le retint.

— Reste, je n'ai aucun secret pour toi… Allô, Axelle ? Je suis avec Loeiz à l'Assemblée. Il faut que je parle à sa mère, je pars à Groix. Maurice devait venir me chercher au train ce soir, explique-lui que je rentrerai sans faute demain à moins qu'on ne m'arrête dans cinq minutes entre mon bureau et le parking… Je t'embrasse, ma chérie… Je suis navré…

Il raccrocha, fixa Loeiz.

— Donnons un sens à cette journée, dit-il.

L'Alfa Romeo filait vers Rennes par l'autoroute A6. Charles respirait mieux, aucun pandore ne l'avait intercepté. Loeiz conduisait, les sourcils froncés, concentré et ravi. Il lui était arrivé tant de choses étranges ces dernières vingt-quatre heures. Il était venu en train à Paris avec un billet de seconde classe, un statut de bâtard et une petite amie enceinte, pour faire sa demande en mariage à ses futurs beaux-parents. Mais ils lui avaient refusé la main de leur fille, et voilà qu'il conduisait la voiture de sport de son père, un député aristocrate qui semblait heureux de le connaître.

— Elle a une reprise d'enfer pour son âge, apprécia-t-il.

Charles acquiesça.

— Tu conduis bien.

— C'est Gwénola qui m'a appris : on n'a aucun feu rouge sur l'île, donc on ne risque pas de les brûler, et tout le monde respecte la priorité. Après j'ai passé mon permis à Lorient.

— Tu es très attaché à la Bretagne, n'est-ce pas ?

— C'est mon pays. Tu es très attaché à ton Sud-Ouest, non ?

— C'est aussi ton pays, lui fit remarquer Charles. Tu es mon fils unique, c'est toi qui hériteras du château.

Loeiz leva le pied dans son trouble et l'Alfa Romeo décéléra en protestant.

— Change au moins de vitesse, c'est une vieille dame, montre-toi courtois et subtil !

Loeiz, confus, obtempéra. La voiture de sport, docile, glissa sur son erre.

— S'il te plaît, épargne-moi les détails d'héritage, tu m'angoisses ! grogna-t-il. Apprenons déjà à nous connaître. Ton nom, ton château, j'en ai rien à foutre pour l'instant, OK ?

Charles acquiesça. Il venait d'une lignée où l'on pratiquait le culte des ancêtres, il avait un héritage moral et patrimonial à transmettre et cela faisait vingt ans qu'il s'y préparait. Au point où il en était, il pouvait attendre encore.

27

En cet après-midi du premier jour de l'automne, l'Arc de triomphe était cerné par les touristes venus du monde entier. Langues, âges, styles vestimentaires, aisance financière, ils étaient d'horizons divers. Mais ils avaient un point commun : les appareils photo, numériques pour la plupart, et les caméscopes. Les pères de famille filmaient leur progéniture admirant les bas-reliefs, les amoureux s'enregistraient en gros plan en train de s'embrasser, les célibataires immortalisaient l'architecture avec les commentaires du guide.

Jenny, dans sa petite robe Prada rouge et ses ballerines assorties, détonnait parmi les tee-shirts, les bermudas, les tongs et les Birkenstock branchées qui auraient rendues moches même les jambes de Cyd Charisse. Elle scruta la foule, plissa les yeux pour tenter de repérer Paul.

Elle sursauta. L'inconnu au crâne à la Yul Brynner et aux lèvres minces qui la fixait ce matin à l'hôtel pendant son petit déjeuner dardait sur elle des yeux noirs brûlants. Elle s'approcha. Il hocha la tête.

— Tu n'as pas changé, dit-il en français. Ou bien la ressemblance est frappante.

Elle ne releva pas, enchaîna :

— Je ne t'ai pas reconnu ce matin.

Il eut un sourire étrange.

— J'ai perdu mes cheveux en prison. Le stress, probablement. Pelade décalvante totale. Plus besoin d'aller chez le coiffeur. Certaines femmes sont fascinées et excitées. Pas toi ?

Jenny ne répondit pas. Il émanait de lui quelque chose d'inquiétant, comme s'il n'avait plus rien à perdre. Ses mains tremblaient, il avait des fossettes au creux des joues.

— Papa et maman t'ont dit que j'étais mort ? fit-il abruptement.

Elle acquiesça.

— Ça ne leur a pas porté bonheur de mentir, j'ai appris leur disparition par Internet et je peux te dire que ça m'a fait sacrément plaisir ! Je pourrissais dans un cachot dégueulasse, j'ai appelé papa au secours mais il n'a pas levé le petit doigt. Vous m'avez tous laissé tomber.

— J'ignorais..., commença Jenny. *Who are you ?*

Il lui attrapa soudain le poignet, serra si fort qu'elle se mordit la lèvre pour ne pas crier.

— Qui es-tu ? souffla-t-il.

— Je ne comprends pas... Tu me fais mal, lâche-moi !

Il obéit. Jenny se massa le poignet. Un touriste nippon s'approcha, souriant :

— Photo ? Souvenir de Paris ?

Il désignait sa femme qui fit un petit salut. Jenny accepta l'appareil, les laissa prendre la pose devant « La Marseillaise », appuya sur le déclencheur, le cœur battant la chamade. Le touriste, enchanté, désigna un autre bas-relief :

— Photo ?

Il s'installait déjà mais Paul arracha l'appareil des mains de Jenny et le rendit à son propriétaire, le visage dur.

— *No*, gronda-t-il.

Le Japonais s'éloigna sans demander son reste, définitivement convaincu que les Français sont des sauvages. Paul entraîna Jenny plus loin.

— Tu dors bien la nuit ? D'une seule traite ?

Était-ce une menace ? Jenny frissonna.

— Depuis des années je ne dors plus que d'un œil et jamais plus d'une heure, comme les Papous, poursuivit Paul. J'ai eu le temps de lire en prison. Surtout des récits de voyage, c'était mon moyen de m'évader. Les Papous dorment dans deux grandes maisons communautaires, une pour les femmes, l'autre pour les hommes. Dès que l'un fait un rêve, il réveille tous les autres pour leur raconter son rêve et tout le monde l'interprète. En pratique, la communauté entière se réveille donc quatre à cinq fois par nuit, ils dorment une heure, discutent quarante-cinq minutes, dorment, discutent et ainsi de suite, chaque nuit. Quand un ethnologue vient séjourner parmi eux et qu'ils le voient dormir six heures de suite, ils sont persuadés qu'il est mort !

— Je ne suis pas une Papoue, dit lentement Jenny.

— Tu dors donc du sommeil du juste. Et tu trouves juste d'avoir empoché tout le fric de nos parents ? fit Paul, haussant le ton. Ça ne t'a pas traversé l'esprit que moi aussi j'avais droit à ma part ?

— Je te croyais mort, répéta Jenny.

— Navré, je suis en pleine forme. Tu veux voir mon passeport ? Je veux bien croire que j'ai changé, mais quand même... Pose-moi quelques questions pour vérifier que c'est bien moi.

Jenny réfléchit.

— Comment s'appelait la maison qu'on louait dans le Midi quand on habitait en France ?

— Facile : « La Pinéta ».

— Comment s'appelaient nos chats ?

— Voyou et Voyelle, dit-il sans hésiter.

Il pointa l'index vers elle.

— À mon tour. Quelle était la race de notre premier chien ?

— Un basset hound.

— On ne s'est pas vus depuis quand ?

— Tu es parti de la maison en 1980.

— Tu appelles ça partir ? Ce salaud m'a chassé...

Son visage se crispa, il serra les poings.

— On ne casse pas la gueule aux morts et c'est terriblement frustrant. Si je rencontre un jour le poseur de la bombe qui les a zigouillés je le féliciterai. Dernière question : j'ai failli claquer d'une allergie alimentaire pendant nos vacances aux Maldives, tu t'en souviens forcément.

Jenny l'observait, les sourcils en accent circonflexe.

— J'étais allergique à quoi ? demanda Paul.

Elle le regarda bien en face.

— Comment veux-tu que je m'en souvienne !

— Je suis ton frère. À l'époque tu étais censée m'aimer.

Elle haussa les épaules.

— Désolée, j'ai oublié.

Il la regarda avec attention.

— Ce matin, j'ai été surpris que tu ne me reconnaisses pas. La mort de nos parents t'a rendue riche, Jenny... Car tu es bien Jenny, n'est-ce pas ?

Elle soutint son regard.

— Bien sûr.

— Tu vis où ?

Jenny n'hésita pas, il pouvait le découvrir par lui-même.

— En Italie.

— Pourquoi as-tu fui l'Amérique ?

— Je ne l'ai pas fuie, j'ai opté pour la vieille Europe.

— Où personne ne te connaît ?

— Pourquoi ces questions ? C'est toi qui avais disparu, je te signale, pas moi !

— C'est vrai, admit-il. Tu me croyais en train de bouffer les pissenlits par la racine et ça t'arrangeait sûrement.

— En voilà assez ! s'écria Jenny. Je suis venue passer cette semaine à Paris pour assister à la réunion d'anciennes de la promo 1985 de Sainte-Agathe, j'ai retrouvé mes amies...

— Que tu avais perdues de vue, n'est-ce pas ?

Jenny haussa les épaules.

— Comment as-tu su que j'étais en France ?

— Grâce à ton hôtel et à la compagnie d'aviation. Un ancien pote de tôle m'a appris à me balader dans les ordinateurs des autres, quand on sait contourner certains barrages il n'y a plus de secrets.

— Tu es venu des États-Unis exprès pour me voir ?

Les yeux de Paul lancèrent des éclairs.

— On m'a libéré il y a huit jours. Le temps de régler quelques affaires, de renouer certains contacts, d'apprendre que les parents avaient cassé leur pipe et de me mettre à ta recherche pour partager le gâteau…

Il la plaqua contre une des arches, lui tordit l'épaule.

— Tu n'y vois pas d'inconvénient ? Je suis ton frère, la moitié me revient, nous sommes d'accord ?

— Bien sûr, gémit Jenny. Lâche-moi, tu vas me casser le bras.

— L'ennui c'est que tu as oublié à quoi j'étais allergique… Et que tu ne m'as pas reconnu… Je trouve ça louche.

— Comment ça ? haleta Jenny.

Les touristes autour d'eux s'écartèrent, peu désireux de s'attirer des problèmes en sol étranger. Paul cessa de tordre l'épaule de Jenny et recula de quelques pas. Pâle et grimaçant sous l'effet de la douleur, elle fit quelques rotations pour vérifier que son épaule n'était pas luxée.

— Pourquoi n'appelles-tu pas au secours ? persifla Paul. Je ne m'adresse pas à la police parce que je suis sous contrôle judiciaire, je n'ai pas le droit de quitter le territoire des États-Unis, si on me savait ici je risquerais gros. Mais toi, si tu étais vraiment celle que tu prétends être, tu aurais toutes les raisons d'appeler les flics !

— Tu es fou, dit Jenny.

— Suis mon raisonnement. Si tu es ma sœur, tu dois seulement me donner la moitié de l'héritage… mais j'ai le droit de me venger parce que tu m'as laissé crever comme un chien galeux. Si en revanche tu es une aventurière, j'ai droit à tout l'héritage… mais je dois m'inquiéter : qu'est devenue la vraie Jenny Lincoln, tu l'as tuée pour la remplacer et la dépouiller ? Tu l'as connue puisque tu as appris ton rôle par cœur et que tu fais illusion devant tes anciennes amies. Je te file depuis ton arrivée à Paris mardi. Je t'ai vue siffler ton champagne toute seule au Trèfle, je t'ai suivie quand tu es allée à cette réunion à Sainte-Agathe, je t'ai emboîté le pas quand tu t'es baladée de fleuriste en fleuriste hier... pourquoi ?

— J'aime les roses.

Il eut un rire mauvais.

— Quelque chose me chiffonne depuis le début. Tu ressembles à Jenny mais tu n'agis pas comme elle.

— On change, en vingt-cinq ans, Paul...

Il secoua la tête.

— Physiquement, pas moralement. J'ai toujours aimé les cartes, le jeu, le fric, la gagne, l'adrénaline qui fuse quand on tend la main vers le sabot ou que la roulette est lancée. Ma sœur a toujours calculé, examiné, réfléchi, pesé le pour et le contre, prévu les conséquences, manipulé les gens. Elle ne se serait jamais affichée dans un palace parisien avec un gigolo même pas majeur !

Jenny ouvrit de grands yeux.

— C'est le fils d'Olivia, il s'est disputé avec sa mère, je l'héberge.

— Ma sœur ne l'aurait pas fait. Tu es plus altruiste qu'elle. Sauf si tu t'en es débarrassée bien sûr...

Il s'approcha, fit semblant de l'embrasser, lui mordit sauvagement la lèvre inférieure puis la serra si fort qu'il lui coupa le souffle.

— Je suis un homme de goût, je sais apprécier une belle arnaque quand j'en vois une... Seulement dans ce cas précis c'est moi que tu as volé, vois-tu, et je trouve ça beaucoup moins amusant. Donne-moi tout et je te laisse t'évanouir dans la nature.

— Je ne... peux plus... respirer, souffla Jenny.

Les touristes autour d'eux se photographiaient et admiraient les deux perspectives.

— Ce sera encore pire si tu ne me rends pas mon fric. Je veux tout, et vite. Sinon ça ira mal pour toi. Parce que tu n'es pas ma sœur je te laisserai la vie sauve, je suis bon prince. Remercie-moi ! *Say thanks !*

— Peux plus... respirer...

— Remercie-moi, bordel !

— Mer... ci..., râla Jenny, à peine consciente. *Thank... you...*

Il desserra son étreinte, la retint pour qu'elle ne glisse pas à terre.

— Tiens-toi bien, tu représentes l'Amérique. Comment se fait-il que tu parles si bien le français ? Tu as été élevée ici comme nous ?

— J'ai été... à Sainte-Agathe..., haleta Jenny, le défiant.

Il apprécia.

— Tu as de la classe. C'est quoi, tes cartes de crédit, Amex, Visa Platine ? J'ai besoin de liquidités. Allons-y tout de suite, il y a des distributeurs plein les Champs-Élysées. Tu connais la chanson de Jacques Brel : je vais devenir l'ombre de ton ombre, l'ombre de ta main, l'ombre de ton chien. Je vais rentrer en Italie avec toi, t'accompagner à ta banque, et tu sortiras tout en plusieurs fois. J'ai examiné ton portefeuille d'actions, tu peux les vendre rapidement. Tout est réalisable en l'espace de trois semaines. Je ne suis pas pressé, j'ai le temps. On va vider tous tes jolis petits comptes, ensuite je m'en irai. Si tu essaies de m'échapper ou de prévenir les flics, tu le regretteras. Tu deviendras comme les Papous, tu ne pourras plus jamais dormir d'une seule traite parce que au moment où tu te croiras en sécurité j'arriverai. Je suis clair ?

Jenny hocha la tête. Paul lui désigna la plus belle avenue du monde.

— On va traverser au milieu des voitures, je déteste les souterrains, ça me rappelle trop la prison.

Il la prit par la main. Pour les étrangers qui les entouraient, ils n'étaient qu'un jeune couple de plus par une journée ensoleillée.

— On y va ! fit-il.

Il tira son bras avec violence, la propulsa au milieu de la place de l'Étoile où elle dut courir pour rester à son niveau. Des automobilistes les klaxonnèrent, furieux. Hors d'haleine, Paul et Jenny atteignirent, entiers, le haut des Champs-Élysées. Paul l'obligea à retirer du liquide dans trois distributeurs de trois banques différentes en moins de dix minutes. À la quatrième, la banque refusa, le maximum pour la semaine dans un pays étranger était atteint. Paul plia les euros et les rangea dans la poche de son blouson. Ce n'était qu'un début mais ça suffirait pour la soirée.

— Maintenant que je connais ton code je vais garder la carte, ce sera plus simple..., dit-il en tendant la main.

Jenny n'osa pas refuser.

— Ce soir tu as quartier libre, annonça-t-il. Je connais un cercle clandestin où tes euros feront des petits. Tu vas être bien sage, petite sœur, tu as compris que tu es à ma merci. Je viendrai te chercher demain matin à ton hôtel, ne disparais pas dans la nature, je te retrouverai où que tu ailles et cette fois je ne serai pas aussi magnanime. Mes amitiés au gigolo !

Il se fondit dans la foule. Jenny s'adossa à la devanture de la banque, ses jambes ne la portaient plus. Le vigile à casquette s'approcha, soupçonneux :

— Ça ne va pas, madame ?

Elle fit signe que si.

— Vous ne pouvez pas rester là. Il y a un banc, juste en face. Vous voulez que j'appelle police secours, vous êtes toute pâle ?

Elle secoua la tête et vacilla jusqu'au banc. Elle s'assit, plongea sa tête dans ses mains, resta un moment, les yeux fermés, à respirer lentement. Elle était coincée, cet horrible type la poursuivrait où qu'elle se cache. Personne ne pouvait l'aider, pas même Floridiano que la violence terrifiait. Elle était seule et vulnérable comme elle l'avait toujours été. Elle sentit à un mouvement de l'air que quelqu'un s'asseyait à côté d'elle, se raidit en pensant que Paul était revenu et jouait au chat et à la souris. Elle faillit crier lorsqu'une main se posa sur son épaule, ouvrit les yeux.

— Jenny... ça va ?

Elle poussa un soupir de soulagement, c'était Noé.

— Qu'est-ce... que tu fais là ? balbutia-t-elle. Je me promenais et ma tête s'est mise à tourner, ça va passer, ça m'arrive parfois...

— J'étais là depuis le début. On a tout vu.

— On ?

— Sony et moi ! dit Noé avec un grand sourire.

Il brandit ce qu'il tenait à la main, un caméscope Sony de la dernière génération, petit et compact.

— Je suis allé l'emprunter à mon amie Mona, ses parents possèdent ce qui se fait de mieux en matière de technologie. Ça a l'air d'un gadget mais il y a un micro directionnel et un zoom très puissant. J'ai tout filmé depuis le début. Les flics vont adorer.

Jenny secoua la tête.

— Tu es gentil, mais je ne peux pas.

— Bien sûr que si ! protesta Noé. Il suffit de faire quelques coupes. Mona a une table de montage, elle s'y connaît, on va leur concocter un petit film épatant avec juste ce qui les intéresse.

Elle sourit faiblement.

— Heureusement qu'il ne t'a pas reconnu...

— C'est l'essence même du camouflage : se fondre dans le décor. Je me suis planté juste en face de vous, il m'avait en gros plan, l'œil rivé au caméscope. J'étais à dix mètres tout le temps et vous ne m'avez pas vu. J'ai eu la trouille quand vous avez traversé au milieu des bagnoles. J'ai piqué un sprint par le souterrain et je vous ai rejoints. Il est dingue, ce mec !

— C'est mon frère, dit Jenny en le fixant droit dans les yeux.

Noé soutint son regard.

— Vos histoires ne me regardent pas. Vous m'avez aidé, je vous rends la pareille. Et je ne suis pas votre gigolo.

— C'est ce que je lui ai répondu.

— J'ai entendu. Mais j'ai trouvé flatteur qu'il l'ait cru.

Jenny se sentait mieux.

— Flatteur pour qui ? demanda-t-elle.

— Pour moi, bien sûr, fit Noé avec gravité. Vous êtes du genre à hurler si vous êtes un peu décoiffée ?

— Non, dit Jenny. Pourquoi ?

— Pour ça, dit Noé en lui tendant le second casque qu'il emportait toujours avec lui.

Une demi-heure plus tard, ils arrivaient chez Mona. Blonde, potelée juste ce qu'il fallait, ravissante et à peine majeure, elle les conduisit dans une pièce qui aurait enchanté le jeune Spielberg quand il tournait ses premiers courts métrages avec la caméra super-8 de son père.

— On a besoin de toi pour tailler dans la masse, Mona. J'ai enregistré vingt minutes, il doit en rester cinq au maximum, bien ciblées. On peut faire ça tout de suite ?

— *No problem*.

Elle raccorda le caméscope à la télévision et Jenny apparut soudain sur grand écran, anxieuse et aux aguets. Elle repéra Paul, s'approcha de lui.

— Qui est-ce ? s'enquit Mona.

Jenny et Noé échangèrent un regard.

— Mon frère, dit Jenny. Je peux utiliser votre téléphone ? Il faut que je fasse opposition sur ma carte de crédit.

28

Axelle, dans son TGV, gardait la tête haute. De nombreux visages familiers de son wagon s'étaient ostensiblement détournés, d'autres avaient fait semblant de ne pas la reconnaître. Rares étaient ceux qui lui avaient souri ou serré la main, mais de ceux-là elle se souviendrait. Le nom de Charles et le sien étaient sur toutes les lèvres, les quotidiens étaient déployés, le sujet passionnait.

Pour ne pas tomber sur un nouvel article l'attaquant, Axelle se plongea dans un roman policier, mais elle n'arrivait pas à suivre l'intrigue. Ses pensées s'envolaient ailleurs. Que faisait Charles ? Comment Loeiz avait-il atterri à l'Assemblée ? Qui du père ou du fils avait pris l'initiative ? « Il faut que je parle à sa mère, je pars à Groix », avait dit Charles. Lui et Gwénola se détestaient depuis vingt ans, mais cette haine n'était-elle pas de l'amour de l'autre côté du miroir ? Il avait dit « Je suis navré » juste avant de raccrocher. Cela voulait-il dire qu'il regrettait leur mariage, qu'il comptait la quitter ?

— Je ne le supporterai pas, murmura Axelle.

Le jeune cadre dynamique en costume à fines rayures assis en face d'elle se pencha, croyant qu'elle s'adressait à lui.

— Excusez-moi, je n'ai pas compris… ?

— Je parlais toute seule, s'excusa Axelle.

Ses yeux remplis d'horreur contemplaient la vision terrible d'un bateau blanc accostant dans un petit port breton. Charles en descendait, accompagné de Loeiz. Gwénola courait vers eux, les bras ouverts. Charles l'enlaçait et la faisait tournoyer en riant de bonheur...

Axelle secoua la tête, repoussant l'image. Elle froissa inconsciemment la page qu'elle venait de lire, la déchira, la jeta par terre, puis déchira la page suivante. Son voisin, intrigué, observa son manège un bon moment puis n'y tint plus.

— Il est si mauvais que ça ? s'enquit-il.

Elle le dévisagea, hagarde.

— Hein ? De qui parlez-vous ?

Il désigna le livre sur ses genoux et les boulettes de papier par terre.

— Votre polar... Vous semblez lui en vouloir.

Elle mit quelques secondes à comprendre.

— Certaines personnes fument ou se rongent les ongles, moi je déchire les pages des romans. Mon mari, l'ennemi public numéro un, me quitte pour rejoindre la mère de son enfant. C'est... contrariant.

L'homme la prit pour une folle, il hocha la tête et elle put terminer son voyage sans être importunée.

Jeanne l'attendait sur le quai de la gare avec Joseph. Axelle fut tellement soulagée de les voir qu'elle en eut les larmes aux yeux.

— Merci d'être là.

— J'ai pensé que madame la comtesse aurait besoin d'amitié, osa Jeanne.

Axelle sourit et regarda cette femme payée pour l'élever mais qui la considérait comme sa fille.

— Tu le sais, toi, que Charles et moi sommes innocents, n'est-ce pas ?

— Monsieur le comte est bien trop dans les nuages pour se faire graisser la patte, dit Jeanne avec sa logique désarmante. C'est un Jean de la lune, tout ce qui est matériel lui est étranger. Et vous êtes du style à rapporter un porte-monnaie bourré de billets au commissariat.

Bien sûr que vous êtes innocents, je le jurerais sur la tête de Joseph !

Axelle grimpa à l'arrière de la traction et fit signe à Jeanne de monter à côté d'elle. Elles traversèrent la ville dans cet équipage, Joseph les conduisant, sa casquette vissée sur la tête.

— Jeanne, souffla Axelle, pourquoi n'avez-vous pas eu d'enfant, Joseph et toi ?

Elles avaient beau se connaître par cœur et vivre ensemble depuis trente ans, Axelle ne s'était jamais permis une question aussi familière.

— Je vous ai vous, fit Jeanne, ça me suffit.

Axelle réussit presque à sourire.

— Il a un fils, Jeanne, murmura-t-elle.

— Joseph ? souffla Jeanne, horrifiée, en jetant un œil au rétroviseur où s'encadrait le regard de son mari.

— Mais non, Charles ! Il a un fils de dix-neuf ans qui est né avant notre mariage. Sa mère, Gwénola, était en classe avec moi.

— Il vous l'a caché tout ce temps ? fit Jeanne, effarée.

— Nous l'avons seulement appris hier soir. Charles croyait que Gwénola l'avait quitté. Et Gwénola croyait que Charles l'avait abandonnée.

Jeanne ouvrit de grands yeux.

— Il est parti la retrouver en Bretagne pour s'expliquer avec elle, poursuivit Axelle. J'ai peur qu'il ne me revienne jamais. Ils s'aimaient. Et voilà qu'elle lui a donné un fils, ce dont j'ai été incapable…

La voiture quitta la ville, chaloupa à travers la campagne. Les champs de tournesols parsemaient d'or le paysage. La traction s'arrêta devant le château.

— Je sais ce qu'il vous faut, dit Jeanne avec douceur. Une bonne cuite. Armand, le majordome du château d'à côté, nous a offert une eau-de-vie maison qui chasse les soucis. Il faut vous saouler, madame la comtesse. C'était le conseil de ma grand-mère qui était déjà au service de la vôtre, et je me suis toujours trouvée bien de le suivre. J'ai été enceinte autrefois, vous étiez trop jeune pour vous en souvenir. L'enfant est né avec une malformation, il est trépassé quelques jours après. Joseph et moi avons pris une cuite mémorable, votre mère nous a soignés, elle n'a pas permis que quelqu'un d'autre s'occupe de nous, elle a même dormi dans notre chambre. On s'est remis au travail trois jours après et puis la vie a continué. Je vais vous servir dans votre boudoir.

Axelle, émue, secoua la tête.

— Invite-moi plutôt dans ta cuisine, Jeanne. J'ai besoin de compagnie.

Jeanne se tourna vers Joseph.

— Va nous chercher la bouteille, je sors trois verres, on va rester vivants ensemble.

29

Dans sa maison des Yvelines, Olivia déprimait sec. Vêtue d'un invraisemblable jogging rouge et noir, chaussée de mules brodées, elle parcourait les pièces en posant distraitement son regard vert sur les objets amoncelés. À quoi bon ces récompenses, ces souvenirs, ces romans traduits en anglais, italien, allemand, portugais, espagnol, chinois, japonais, coréen, russe, slovaque, grec, danois, suédois, norvégien ? Elle avait dormi dans la chambre de Noé, au creux de son lit, respirant l'odeur de son fils. On était jeudi, Noé serait coupé du monde à partir de samedi, le temps pressait. Le téléphone sonna, elle se précipita, perdant une mule au passage.

— Allô, Noé ?

— Non, c'est Gwénola...

Olivia respira à fond, se raidit pour redevenir digne d'Olivia Ruben.

— Je suis heureuse de t'entendre, dit-elle de sa voix mélodieuse. Tout est allé trop vite, il faut absolument que nous trouvions une solution...

— Laisse-moi parler. J'ai bien réfléchi.

Le cœur d'Olivia se gonfla d'espoir.

— Et tu es revenue sur ta décision ?

Gwénola la détrompa d'un ton sans appel.

— Non. Je t'avais promis de corriger tes épreuves dans les quinze jours mais j'en serai incapable. Revoir Charles m'a bouleversée, Olivia. Tu vas devoir t'y coller, pour une fois.

— Quoi ? s'écria Olivia, épouvantée. Tu ne peux pas m'abandonner si près du but, mon éditeur attend. Le livre est prévu pour octobre et déjà annoncé partout... Et tu sais bien qu'ils veulent que je change le dernier chapitre !

— C'est ton dixième roman, Olivia, fit Gwénola d'une voix fatiguée.

— C'est *ton* dixième roman !

— Il est écrit, livré, ficelé, prêt à cuire et à déguster. Tu n'as même plus à lier la sauce, il te reste seulement à saler et poivrer. C'est enfantin. La fin découle du reste.

— Fais-le ! supplia Olivia.

— Je n'ai pas le cœur à l'ouvrage. Charles et Axelle sont impliqués dans un scandale politique. Loeiz est avec son père.

— Quoi ?

— Tu t'en fiches, tout ce qui compte pour toi c'est ton satané bouquin ! Ce qui compte le plus pour moi, c'est mon fils, il risque d'avoir besoin de moi. On doit être disponible et concentré pour rédiger une conclusion efficace et corriger des épreuves. Il faut te jeter à l'eau, Olivia, ça te mettra sur les rails pour écrire tes romans suivants.

— Mes romans suivants ?

— Tu n'as pas quarante ans, tu es trop jeune pour prendre ta retraite, rétorqua Gwénola, agacée. Il faudra bien que tu t'y mettes... Tu ne vas pas passer ta vie à te tourner les pouces !

— C'est ce que je faisais quand tu écrivais pour moi, je te signale, dit Olivia avec humeur.

— Non, rectifia Gwénola. Tu promouvais tes romans à la télévision et à la radio, tu les dédicaçais dans les salons du livre, tu t'occupais de la partie émergée de l'iceberg. Désormais tu devras aussi les écrire. À quoi occuperas-tu tes journées, sinon ? Tu es divorcée, ton fils est presque adulte, il quittera bientôt la maison. Il faut bien que tu fasses quelque chose !

Olivia frissonna.

— Je peux au moins venir quelques jours chez toi pour que nous écrivions ce dernier chapitre ensemble ?

Gwénola faillit accepter puis se ravisa, elle se voulait libre pour Loeiz.

— Impossible, Olivia. Bonne chance.

Et elle raccrocha.

Olivia, de rage, balança le beau combiné argenté dernier cri par terre. Le coûteux appareil sophistiqué se brisa.

— Meeeerde ! cria-t-elle. Qu'est-ce que j'ai fait au ciel !

Le téléphone sonna à nouveau. Elle courut décrocher dans une autre pièce :

— Noé ? Gwénola ?

C'était l'attachée de presse de la maison d'édition qui voulait fixer la date de ce qu'on appelait le service de presse. Le jour dit, elle devrait s'installer devant une table couverte de livres flambant neufs dont elle dédicacerait deux cents exemplaires aux journalistes nationaux et cent cinquante à leurs confrères de province. À condition, évidemment, que le livre existe, ce qui sous-entendait qu'elle l'ait terminé.

Elle nota la date dans son agenda puis s'attela à la tâche. Pour l'instant le dernier chapitre se terminait façon Série noire. Bertrand Guinness avait aimé le texte mais la fin l'avait déçu, il l'attendait plus comédie romantique « mais sans être fleur bleue, vous voyez ce que je veux dire Olivia ? » Elle l'avait assuré que oui. Elle maniait désormais avec brio le vocabulaire audiovisuel, elle parlait de « tirer les fils », « faire monter la pression », « densifier les enjeux », « être cœur de cible », « fidéliser le lectorat ». Elle savait expliquer aux journalistes et aux lecteurs comment et pourquoi elle écrivait ses livres, à quelle heure, selon quels rites, de quelle manière l'inspiration lui venait, quelles règles elle suivait. Mais elle était incapable d'écrire trois phrases qui fassent mouche.

Elle lut plusieurs fois le dernier chapitre. Guinness, en éditeur subtil, n'était jamais directif, il avait cette qualité rare de se mettre à la place d'un lecteur et de sentir le texte. Mais Olivia était viscéralement incapable de modifier ce qui était écrit. Les mots lui semblaient disposés avec art, les changer ferait s'écrouler l'édifice.

— S'il vous plaît ! gémit-elle en cachant sa tête dans ses mains.

Le silence seul lui répondit. La chambre de Noé était désespérément vide. Les étagères pliant sous le poids des livres la narguaient. Son fauteuil moulait ses formes trop plantureuses. Le dernier cadeau de Colin, un somptueux stylo en or gravé à ses initiales, semblait la défier. Elle repensa aux termes de la lettre de sa mère : « Pardon, je vous aime tous les deux mais je ne peux plus continuer, vous serez plus heureux sans moi. »

Et si c'était ça la solution ? Quitter la scène la tête haute, en pleine gloire ? Nul ne saurait jamais, Noé et Gwénola garderaient son secret, la mort scelle les lèvres des vivants. Noé, jeune orphelin courageux, ferait un tabac à *Tel père, tel fils*, il aurait la France entière derrière lui. Bertrand Guinness publierait son prochain roman tel quel sans changer une virgule et l'ouvrage posthume se retrouverait en tête des ventes. Son père Richard pleurerait et noierait son chagrin dans le château-petrus mais la disparition de sa fille ne changerait rien à sa vie quotidienne, le fantôme de sa femme occupait tout l'espace. Au moins, si Olivia n'était plus là, elle ne verrait jamais Colin s'afficher avec une de ses haridelles liposucées...

Se suicider, OK, mais comment ? Elle avait tellement le vertige qu'elle était incapable de sauter du haut d'un immeuble, d'un pont ou même d'un quai de métro. Elle prônait tant le bio qu'elle n'avait aucun somnifère dans son armoire à pharmacie et elle se voyait mal sucer les feuilles du laurier-rose toxique du jardin. En fonçant en voiture sur l'autoroute elle risquerait de tuer quelqu'un, ce qui bousillerait l'avenir de son fils et ruinerait sa propre réputation. Se supprimer pouvait être romantique aux yeux des lecteurs, assassiner un innocent ne lui serait pas pardonné. Que restait-il ? Inutile de songer à se pendre, les colliers serrés lui étaient insupportables et elle était si maladroite qu'elle ne saurait pas fabriquer un nœud coulant. Le gaz et le feu étaient aussi à écarter puisque Noé devait hériter de la maison. Elle récapitula : pas le vide, pas les médicaments, pas l'accident de voiture, pas la strangulation, pas l'explosion, pas l'incendie...

Le téléphone sonna pour la troisième fois, la faisant sursauter. Elle décrocha, implorante :

— Dites-moi que vous êtes Noé ou Gwénola ?

C'était Bertrand Guinness qui voulait discuter de sa quatrième de couverture.

— Vous êtes libre quand, Olivia ?

Elle décida de laisser le destin décider à sa place si elle devait mettre son projet à exécution.

— Dans une heure ?

Elle jouait avec le feu, Guinness était un homme à l'emploi du temps surchargé. S'il n'était pas disponible elle passerait à l'action. S'il l'était, elle reconsidérerait sa position.

— Pourquoi pas ? J'avais rendez-vous avec un auteur qui vient de se décommander.

Olivia, le cœur battant la chamade, s'efforça de répondre d'une voix ferme.

— Très bien. À tout de suite.

Bertrand Guinness, toujours courtois, contourna son bureau pour serrer la main d'Olivia qui s'assit avec précaution dans un fauteuil anglais trop étroit à son goût.

— Alors, Olivia, vos corrections avancent ?

Elle mordit sa lèvre inférieure.

— Franchement, non. Je suis bloquée.

L'éditeur haussa un sourcil.

— Pour le dernier chapitre ?

Elle hocha la tête.

— Je n'y arrive pas, c'est stupide...

— C'est le prochain départ de Noé qui vous perturbe, suggéra-t-il.

Olivia le regarda au fond des yeux.

— Je n'ai plus foi en moi, dit-elle. Je doute de chaque mot, je m'interroge sur chaque phrase. Je vais faire une pause, prendre une année sabbatique, cesser d'écrire.

Bertrand Guinness ne cilla pas.

— Comme vous voudrez, Olivia. L'imagination aussi a parfois besoin de vacances. Pourquoi ne pas vous détendre en abordant un autre genre, un essai, des nouvelles, une pièce ?

Olivia secoua la tête.

— Je suis censée vous rendre mes épreuves corrigées dans quinze jours mais je ne m'en sens pas la force.

— Vous souhaitez travailler avec quelqu'un, ou bien déléguer ?

Olivia, soulagée, fit semblant de peser le pour et le contre.

— Dans l'état où je suis, je préfère autant déléguer, finit-elle par dire. Je vous fais confiance, la personne que vous choisirez sera la bonne.

— Très bien. Vous vous chargez quand même de modifier le dernier chapitre ?

Il souriait, certain qu'elle allait acquiescer. Olivia se sentit prise au piège. Elle eut envie de lui crier qu'elle ne savait pas aligner les mots, qu'elle avait triché toutes ces années, qu'il arrête de la torturer.

— Non, Bertrand, je n'ai plus d'idées...

Il soupira.

— Nous travaillons ensemble depuis combien de temps, Olivia ? Dix ans ? Il vous est arrivé d'avoir des passages à vide et de demander conseil...

Olivia retint sa respiration.

— Pourquoi ne vous adressez-vous pas à cette même personne ?

— Vous... saviez ?

Il resta imperturbable.

— Je sais qu'un écrivain n'est pas une machine et qu'un livre résulte souvent d'un concours de circonstances. Il m'est arrivé – à de petits détails, des mots employés, des tournures de phrases – de penser que vous n'écriviez pas seule. Mais cette association a toujours été productive. Est-elle en péril ?

Olivia hocha la tête, admirant la clairvoyance de cet homme qu'elle avait toujours estimé.

— C'est terminé, murmura-t-elle. Noé vient de l'apprendre, du coup il m'en veut à mort.

— C'était donc ça. Il est venu me poser des questions bizarres…

— Je ne sais pas comment me sortir de ce guêpier, avoua Olivia. J'ai besoin de votre aide.

Bertrand Guinness posa ses paumes à plat sur son bureau.

— Je vais m'y coller personnellement.

— Vous ?

— Pourquoi pas ?

Elle réussit à sourire.

— C'est le meilleur choix. Et ensuite ?

Il la considéra avec gravité.

— Faites appel à votre imagination, Olivia. Vous n'avez peut-être pas écrit ces livres, mais avec les années vous avez intégré la gymnastique mentale de la narration. Oubliez la réalité et votre implication, imaginez une héroïne de roman confrontée au même problème… Quelle serait la solution ?

Olivia réfléchit, hasarda :

— Il faut trouver une raison pour que l'héroïne conserve la sympathie du lecteur. Une sœur jumelle qui aurait écrit sous son nom ? Une mère handicapée par un accident qui l'aurait suppliée de lui servir de vitrine ? Un fils surdoué qui aurait écrit ses livres ? Un mari schizophrène avec dédoublement de la personnalité ?

— Pas mal, apprécia Bertrand. Trop mélodramatique mais c'est dans ce sens qu'il faut chercher.

Elle lui sourit. Ce serait son dernier défi, l'ultime challenge, découvrir comment se débarrasser de l'encombrant personnage d'Olivia Ruben. Agatha Christie avait tué Hercule Poirot dans *Poirot quitte la scène*, Conan Doyle avait supprimé Sherlock Holmes dans *Le Dernier*

Problème avant de le ressusciter. Olivia Ruben allait s'autodétruire.

— Vous allez trouver, affirma Bertrand.

— Cette conversation restera entre nous ? vérifia-t-elle. Pas un mot à quiconque ?

Bertrand Guinness fronça les sourcils.

— De quelle conversation parlez-vous ?

Elle se leva, revigorée.

— Je vous adore, dit-elle.

30

La petite Alfa Romeo rouge atteignit la périphérie de Lorient au moment précis où le transbordeur pour Groix quittait le quai. Cinq minutes après, Charles arrivait à la gare maritime mais c'était trop tard. Le dernier bateau s'éloignait inexorablement vers le large.

— C'est trop rageant, à quelques minutes près on l'avait, fulmina-t-il.

— Je t'avais dit que c'était limite... Tu n'as pas vu maman depuis dix-neuf ans, alors une nuit de plus ou de moins..., fit remarquer Loeiz, amusé.

Ce soir, il se sentait plus mature que son père. Charles avait régressé, il était redevenu le jeune homme que Gwénola avait plaqué et qui attendait un signe d'elle. Il hocha la tête, haussa les épaules.

— Tu as raison. Bon, nous sommes sur tes terres, tu es allé au lycée ici, n'est-ce pas ? Choisis-nous un hôtel et un restaurant tranquilles, j'ai une faim de loup.

Loeiz emmena son père dans un petit hôtel près du port de plaisance où Charles prit deux chambres. Ils déposèrent leurs sacs et partirent se promener au bord de l'eau.

Un vent léger soufflait et faisait danser et cliqueter les haubans le long des mâts. En ce début de soirée, les plaisanciers installés sur leurs ponts prenaient l'apéritif en famille, c'était un spectacle paisible mais douloureux pour ces deux hommes qui s'étaient ratés pendant tant d'années.

— Je ne sais même pas ce que tu préfères, observa Charles. Champagne, vin blanc, vin rouge, pastis, cidre ?

— Bière, dit Loeiz. Tu buvais du champagne à mon âge ?

— Cela m'arrivait.

Les dix-neuf ans de Charles lui paraissaient bien loin, écartelés entre Gwénola, Axelle, Sciences-Po, sa mère qui avait une santé fragile et voulait qu'il fasse l'ENA. Son père étant mort jeune d'un accident de chasse, il était devenu le chef de famille et avait hérité du titre, dévolution logique par ordre de primogéniture de mâle en mâle. Dès sa naissance, en tant que prétendant au titre, il avait été élevé dans ce but, la transmission du passé et de la mémoire de la famille n'avaient pas de secrets pour lui. Il se sentait à la fois différent des autres et prisonnier d'un carcan exigeant et magnifique.

Devant eux, un père enseignait à son fils comment lover les cordages. Charles songea aux leçons du sien qui l'emmenait sur le plus haut plongeoir et lui disait avec calme : « Montre-toi digne de nous. »

— Tu es né sur une île, je suppose que tu aimes la mer et les bateaux ? demanda-t-il.

— Je les déteste, dit Loeiz. Je hais les étrangers, les enfants me tapent sur le système, les femmes sont toutes des dindes, les vieux coûtent cher à la collectivité...

Il s'interrompit en apercevant l'expression horrifiée de son père.

— Rassure-toi, c'est une blague ! Je voulais juste voir ta réaction. Comme je suis ton fils tu es censé m'aimer même si je suis un sale crétin, et moi je dois te respecter quelles que soient tes valeurs.

— Tu ne détestes ni les bateaux ni les humains ?

— J'aime ce qui navigue et ce qui est vivant. Je déteste le racisme et l'intolérance. Je suis contre la peine de mort, l'expérimentation animale, la corrida. Et toi ?

— Je vais essayer d'être un père potable, dit Charles. Je suis royaliste, démocrate et humaniste. Je ne supporte pas le racisme. Je préfère voter à droite avec des idées de gauche que le contraire. C'est rédhibitoire ?

Loeiz secoua la tête. Ils traversèrent le pont tournant François-le-Corre qui s'ouvrait au moment des marées pour faire sortir les bateaux du bassin à flot, continuèrent sur le quai des Indes dominé par les dernières maisons d'armateurs. Alors qu'ils se penchaient sur l'eau, le téléphone portable de Loeiz joua la musique du film *Le Seigneur des anneaux*.

— Excuse-moi..., dit-il à Charles en s'éloignant de quelques pas.

Morgane venait aux nouvelles. Loeiz lui résuma où il en était en quelques mots.

— Tu comptes rentrer quand ? s'enquit-elle.

— Tout dépend de comment ça se passera avec Gwénola. Tu ne m'en veux pas de t'avoir lâchée, Yin et Yang ?

Profitant du fait que Loeiz était au téléphone, Charles sortit son portable pour appeler Axelle. Elle répondit aussitôt :

— Ah, c'est toi ?

Elle avait la voix pâteuse à cause de l'alcool. Il crut qu'il la réveillait.

— Nous sommes à Lorient, nous avons raté le bateau. On passera demain matin. Je voulais te rassurer, chérie...

— Je n'étais pas inquiète, protesta Axelle en se forçant pour paraître enjouée. Amusez-vous bien !

Il bondit :

— Je ne m'amuse pas, Axelle, j'essaie de réparer, enfin, de ranger l'armoire de ma vie. J'ai été un salaud sans le savoir.

Elle dodelina de la tête, cherchant quoi lui répondre. Chaque fois qu'elle bougeait elle était prise de vertige. Il ne lui avait pas proposé de l'accompagner, elle n'appartenait plus à ce présent qui l'écrasait.

— Je... t'a... ttends, se borna-t-elle à dire en détachant soigneusement les syllabes.

Elle raccrocha, migraineuse et navrée, persuadée qu'elle était en train de le perdre.

Il composa le numéro de son adjoint qui décrocha aussitôt.

— C'est toi, Charles ? fit Maurice, oubliant dans la tourmente de l'appeler monsieur le maire et de le vouvoyer. Ça s'annonce mal. Bados sait qu'Axelle est le plus sûr moyen de t'atteindre et il a fourbi ses armes. Mais j'ai eu une idée géniale, il faut que je t'en parle, où es-tu ?

— En Bretagne avec mon fils.

Silence à l'autre bout du fil.

— Ton... quoi ? vérifia Maurice, croyant avoir mal entendu.

— Mon fils. C'est une longue histoire, je t'expliquerai à mon retour. Je vois sa mère demain matin, je rentrerai dès que je pourrai.

Maurice resta muet quelques secondes, le temps de digérer l'information.

— On a besoin de toi ici, Charles. C'est grave.

— Je sais. Mais ma famille doit passer en priorité.

— C'est Axelle ta famille. Je ne te reconnais plus. Qu'est-ce qui se passe ?

Charles soupira.

— Je ne sais plus où j'en suis. Une amie nous a joué un sale tour il y a dix-neuf ans et maintenant je dois me rattraper. J'ai un fils adulte qui me ressemble comme un frère. Occupe-toi d'Axelle, tu veux bien ?

Maurice n'hésita pas.

— Tu peux compter sur moi, dit-il.

Pendant que son père parlait au téléphone, Loeiz appela sa mère. Gwénola venait d'arriver chez elle.

— Maman ? On est à Lorient, on a raté le dernier bateau.

— On ? répéta Gwénola, la bouche sèche.

— Charles et moi (il n'arrivait pas à dire papa). On est venus ensemble dans sa voiture. Il veut te parler.

— Pas question qu'il vienne à Groix ! s'écria Gwénola.

L'île était son havre et son refuge, l'idée que l'homme qui l'avait abandonnée puisse y débarquer lui faisait l'effet d'un viol.

— Il ne savait pas que tu étais enceinte, maman. Votre copine Jenny ne le lui a jamais dit. Elle vous a menti. Il ignorait mon existence. Il a l'air sincère.

— Il te manipule comme il m'a manipulée autrefois.

— Quel serait son intérêt ? argumenta Loeiz. Il a l'air d'un type bien, je t'assure. Son histoire est trop incroyable pour être fausse. Ça ne s'invente pas, maman. Il rêvait d'avoir un fils !

— Moi je rêvais d'avoir un père pour le mien, rétorqua Gwénola du tac au tac.

— Je crois qu'il t'aime encore.

— Pas moi !

Elle avait crié.

— Donne-lui une chance, supplia Loeiz. Si ce qu'il raconte est vrai, il a cru il y a dix-neuf ans que tu le quittais sans explication. Il ne s'en est jamais remis. Il veut juste te parler, écoute-le, au moins ! Fais-le pour moi, je t'en prie.

La mer était parsemée de moutons blancs, la nuit tombait sur l'île. Gwénola soupira.

— Pas à la maison, je refuse qu'il mette les pieds chez nous. Je vous attendrai dans un endroit neutre, aux Grands Sables.

Groix se modifiait à chaque assaut de l'océan et subissait des vents du sud de plus en plus forts. Sa plus grande plage, les Grands Sables, unique plage convexe de toute l'Europe, changeait de place et progressait inexorablement.

— On prendra le premier bateau, dit Loeiz, soulagé.

Elle ne répondit pas et raccrocha doucement.

— Tout va bien ?

Loeiz releva la tête. Charles venait de se matérialiser à ses côtés.

— Morgane comprend, comme toujours. Mais maman ne te croit pas.

— Toi non plus tu ne m'as pas cru, tout à l'heure ! Et moi j'ai du mal à réaliser que je ne rêve pas. J'ai envie de me pincer pour vérifier que tu es bien là.

— J'ai faim, dit Loeiz. Maman et toi vous alliez au Trèfle. Avec mes copains je dînais souvent dans un bistrot d'étudiants près d'ici. Je te préviens, ça n'a rien d'un quatre étoiles !

— Je vais adorer, assura Charles.

Il posa sa main sur l'épaule du garçon, qui se raidit. Il le sentit et retira sa main, il allait trop vite.

— Tu deviendras comte, à ma mort, le comte Loeiz de Bergeac.

Loeiz s'immobilisa.

— Je vous l'ai déjà dit, fit-il, repassant au vouvoiement dans son trouble. Je m'appelle Loeiz Tonnerre, je veux bien être votre fils mais pas changer d'identité, alors lâchez-moi avec ça, d'accord ?

Charles plongea ses yeux dans les siens et y lut de la fierté et du courage.

— À ta guise.

Loeiz haussa les épaules, enfonça ses mains dans ses poches et continua sa route. Charles, les épaules voûtées, lui emboîta le pas en silence.

31

Maurice, le front barré par une ride horizontale, conduisait sur la route qui reliait Astaffort à Lectoure, dans le Gers. On appelait cette route « la romaine » parce qu'elle acheminait autrefois l'étain en Italie. Il tourna dans un petit chemin, se gara devant une bâtisse à laquelle était accolé un pigeonnier rond. Il descendit de voiture, fit quelques pas vers la maison. Une femme blonde vêtue d'un éclatant pull jaune sur un jean noir sortit sur le pas de la porte, le regard caché par des lunettes de soleil. Elle ne fit pas un geste vers lui, sembla ne pas le reconnaître.

— Bonjour Julie, imagine-moi avec moins de kilos, moins de moustache et plus de cheveux, suggéra-t-il.

— Maurice ?

Elle éclata du même rire qu'autrefois. Elle n'avait pas pris un gramme et portait encore ses cheveux longs sur les épaules. Elle était aussi jolie que par le passé, quand ils sortaient ensemble. Aucun anneau ne brillait à son annulaire gauche.

— Tu es toujours aussi belle, dit-il galamment. Je ne te dérange pas, j'espère ?

Elle secoua la tête.

— J'ai besoin de ton aide, avoua-t-il. Plus précisément, j'ai besoin de l'aide de l'ancienne secrétaire de mairie de Pierre Bados.

— Au moins, tu es direct. Que puis-je faire pour toi ?

— En quels termes es-tu avec Bados ? vérifia-t-il.

— Plutôt mauvais.

Il l'avait supposé. Julie avait eu un accident de voiture en rentrant de son travail deux ans plus tôt un soir d'hiver à cause de travaux mal signalés sur la route. Bados, le maire, et Dumont, l'entrepreneur concerné, avaient bataillé ferme quand l'assurance de la blessée s'était retournée contre la municipalité. Julie avait perdu son emploi, obtenu une pension, mais depuis elle ne sortait plus de chez elle.

— C'est un sale type, lança Maurice avec feu. Il veut récupérer sa mairie en diffamant le maire actuel et sa femme.

Le visage de Julie s'éclaira.

— Axelle vient souvent me rendre visite, dit-elle.

— Ah bon ?

Maurice l'ignorait. Il désigna la porte ouverte derrière Julie.

— Tu ne m'invites pas à entrer ?

— Si, bien sûr…

Elle lui fit signe de la précéder. Il pénétra dans un salon meublé d'un canapé et de fauteuils profonds. La radio diffusait sans doute une pièce de théâtre, parce que plusieurs voix se répondaient. La pièce aux fenêtres étroites était plongée dans l'ombre, aucune lampe n'était allumée.

— Tu te reposais ? Je suis désolé, j'aurais dû appeler avant de débarquer…

Elle se tourna vers lui.

— Je lisais. Et j'aime les visites.

— Tu lisais quoi ?

— Le dernier thriller d'Harlan Coben.

— Je n'ai plus le temps de rien faire, je travaille trop, regretta Maurice. Fais voir ton bouquin ?

Elle esquissa un geste vers la radio.

— Je lisais avec mes oreilles, précisa-t-elle. J'appartiens à un club où on m'enregistre les dernières nouveautés.

Maurice ouvrit la bouche, fronça les sourcils. Julie émit un petit rire.

— J'imagine la tête que tu fais, dit-elle.

Elle retira ses lunettes. Il eut un choc. Son regard flottait sans s'arrêter sur ce qui l'entourait.

— Je n'y vois plus depuis mon accident. J'ai une pension très correcte mais ça ne me rendra pas mes yeux !

— Je suis désolé, j'ignorais..., fit Maurice, effondré.

— Peu de gens sont au courant : le médecin, le curé, l'assistante sociale, l'infirmière et Axelle de Bergeac. Ils savent tenir leur langue, je leur ai demandé de se taire, la pitié des gens ne m'intéresse pas. En revanche ta proposition me tente. S'il s'agit d'aider Axelle pour enfoncer Bados ou Dumont, je suis ton homme !

— Euh... Super, dit Maurice, très troublé.

Alertée par le ton de sa voix, elle pivota souplement vers lui.

— Je n'ai pas besoin de ta compassion, Maurice. Quand tu m'embrassais dans les coins tu me parlais différemment.

— Excuse-moi, il faut que je m'habitue, bredouilla-t-il.

— Tu es un grand garçon maintenant, tu devrais savoir qu'on ne se retourne pas sur les handicapés. Quand tu me parles de cette façon, c'est comme si j'étais en fauteuil roulant et que tu me montrais du doigt.

Maurice eut un rire forcé.

— Ce n'est pas parce que tu n'y vois pas que tu as le droit de me casser les pieds, rétorqua-t-il.

— Pas mal. Peut mieux faire.

— OK. Secoue ta graisse et aide-nous à coincer ce fumier. Je me fais bien comprendre ?

Julie eut un sourire qui la transfigura.

— Excellent. Je vais venir à votre secours, bien sûr. Et je n'ai pas un poil de graisse, ne profite pas du fait que je sois aveugle pour me mentir. On commence par où ?

— Je peux allumer une lumière ?

— Je t'en prie. Je passe mes journées dans le noir. Tu me diras, comme ça je fais des économies...

Il alluma une grande lampe qui projeta un halo beige sur son pull canari. Puis il se laissa tomber dans un fauteuil, pencha son imposante carcasse en avant, expliqua :

— Bados triche et ment pour enfoncer les Bergeac qui sont honnêtes. Je suis sûr qu'il a plusieurs cadavres dans son placard. Je veux lui mettre le nez dans sa merde mais j'ignore où chercher. Tu as travaillé pour lui, tu es bien placée. Le statut de maire a des devoirs et des privilèges. Fouille ta mémoire. Je serais étonné qu'il n'en ait pas profité...

Julie réfléchit.

— L'ennui c'est qu'il est malin, il a délégué, brouillé les pistes, sous-traité, renvoyé les ascenseurs. Tout est intriqué, donc tout se tient. Les entreprises qu'il a favorisées l'ont remercié de manière détournée et c'étaient généralement des parents qui ne portaient pas le même nom. Il est comme Napoléon, il cultive le népotisme.

— C'est ce dont il accuse Charles et Axelle, dit Maurice. Il a donc potassé la question. Pas d'évasion fiscale, de cagnotte, de compte numéroté, de caisse noire ?

— J'étais sa secrétaire de mairie, pas sa confidente ni sa maîtresse. Il a essayé de me draguer, j'ai refusé, il n'a pas insisté. Il est trop rusé pour risquer d'être accusé de harcèlement sexuel, les femmes lui importent peu, seuls le pouvoir et l'argent le fascinent.

Tant pis. Cherchons ailleurs. On ne peut pas dire qu'il accumule les signes extérieurs de richesse : un vieux 4 × 4 aux pneus lisses, une collection d'immondes vestes pied-de-poule, quelques beaux fusils pour la chasse, ça ne va pas chercher loin. Sa femme a récemment demandé le divorce.

— Ah oui ? fit Julie, surprise. Comme je ne sors plus, je ne suis pas très au fait des nouvelles récentes.

— Ils se sont disputés après la mort de son beau-frère. Elle habite maintenant avec leur fils Florian dans la maison dont le gamin a hérité.

Julie sourit.

— Il a dû l'avoir mauvaise, il guignait cette propriété depuis longtemps. Alors il vit seul ?

— Il a racheté l'ancienne ferme de Grincheux, il vient d'y emménager.

Maurice resta silencieux un moment, songeant à ce vieux paysan râleur et hâbleur qui en était propriétaire et qui avait baptisé sa chienne Salope.

— Mildiou, tout ça ne nous rajeunit pas, murmura-t-il.

Le mildiou est une maladie de la vigne et des pommes de terre qui les fait moisir et se flétrir. C'était une injure de choix dans le Sud-Ouest, Grincheux l'employait à tout bout de champ.

— Il détestait les étrangers, il leur jouait de sacrés tours, tu te rappelles ? Il disait tout le temps « oh boudu » ou « oh con »…

Julie ne l'écoutait plus. Elle pensait au marché de l'immobilier en pleine expansion dans le Sud-Ouest. La région était de plus en plus branchée, c'était devenu très mode d'habiter le « 3-2 » une partie de l'année, les efforts de la chambre de commerce pour connecter tous les villages au haut-débit Internet séduisaient ce qu'on appelait les *soho* (*small office, home office*). La Toscane gersoise, avec ses maisons en pierre dans des paysages vallonnés parsemés de champs de blé, d'orge ou de tournesols, séduisait notamment les Anglais, à tel point que les agences immobilières dispensaient à leurs négociateurs des cours dans la langue de Shakespeare.

Elle interrompit brusquement Maurice.

— Attends, j'ai une idée… Qui a hérité ?

— Comment ça ?

— Grincheux est décédé sans héritiers, n'est-ce pas ? Il n'avait plus de famille. Il n'a pas établi de testament ?

— Je ne crois pas. Son voisin l'ancien flic a récupéré la chienne. Bados a racheté la maison juste avant les dernières élections, Charles de Bergeac n'était pas encore à la barre.

— La bonne question est : combien l'a-t-il rachetée ? dit pensivement Julie. Il n'est pas riche. Tu devrais enquêter là-dessus.

Maurice fronça les sourcils, ne comprenant pas où elle voulait en venir.

— Quand un administré meurt sans famille et intestat, l'État hérite de ses biens et le bureau des Domaines se charge de les vendre, expliqua Julie. L'inspecteur des Domaines est censé faire de la publicité localement et organiser une vente aux enchères. Tu l'as vue, toi, cette publicité ?

Maurice se concentra, secoua la tête.

— Non.

Julie sourit.

— C'est bien ce que je pensais. Le truc est vieux comme le monde. Au lieu de faire une publicité élargie comme il se doit, on se contente d'une publicité minimale, par exemple on met une affiche devant la maison mais à un endroit peu visible, et un petit encart dans un journal peu lu. Dans une région touristique comme le Sud-Ouest, fixer une vente aux enchères l'hiver, en dehors de la saison, permet aussi de se débarrasser des acheteurs étrangers ou parisiens. Il y a des tas d'astuces.

— Et alors ? demanda Maurice, largué.

— C'est simple. Lors d'une adjudication, on commence à un prix bas, puis on fait monter les enchères. Je te parie mes lunettes de soleil que Bados n'a pas acheté la maison à sa véritable valeur, il se l'est tout simplement adjugée par un tour de passe-passe qu'il nous faut découvrir. Ni vu ni connu, je t'embrouille, liberté, égalité, fraternité, gratuité et truanderie. Il a dû graisser la patte à quelqu'un pour que les acheteurs potentiels ne soient pas prévenus de la vente. Si personne n'était au courant, si aucun autre acheteur ne s'est présenté, il a fixé le prix lui-même. Un moyen détourné d'acquérir un bien à peu de frais et presque légalement. Le seul risque, dans ce cas, c'est que la mairie préempte, mais puisque c'était lui le maire il n'y avait pas de danger !

— Belle arnaque, grogna Maurice.

— Il y a des précédents fameux. À la fin de la guerre de 14, lors d'une vente aux enchères d'immeubles à

Grenoble, un dépôt de munitions a explosé près de l'hôtel des ventes. Tous les acheteurs potentiels ont fui, sauf un. Comme il n'y avait plus que lui, il a obtenu plusieurs immeubles pour leur mise à prix qui était dérisoire !

— Excellent, dit Maurice. On va battre Bados avec ses propres armes, l'obliger à retirer ses accusations contre les Bergeac. Les Gersois ont de l'humour, de l'élégance et du panache, ils détestent qu'on se foute d'eux. S'ils apprennent que leur ancien maire a trompé leur confiance, ça ira mal pour lui. On va lui mettre le marché en main : soit il se rétracte, soit on déballe tout sur la place publique !

— Ça s'appelle du chantage, monsieur l'adjoint au maire, fit remarquer Julie. C'est illégal…

— Mais efficace !

— À condition d'avoir des preuves de ce que tu avances. Il a dû se protéger, il n'est pas idiot.

— Ça vaut le coup de vérifier, dit Maurice. Un jour, dans un grand magasin, j'ai vu un couple sortir en portant une grosse télévision. Ils l'ont chargée dans une camionnette garée en double file devant les employés. En fait ils la volaient, mais c'était si énorme que personne n'a vérifié qu'ils l'avaient bien achetée. Je pense que Bados est parti du même principe. Quand quelqu'un emménage dans une maison tout le monde voudrait savoir combien il a déboursé mais personne n'ose le demander…

Julie hocha la tête.

— On doit pouvoir prouver qu'il l'a sous-payée. Il reste forcément une trace quelque part. Pourquoi pas à la mairie ? Bados est tellement orgueilleux qu'il n'a jamais pensé qu'il pouvait se faire éjecter. Je suis sûre qu'en fouinant dans ses archives… En plus il détestait l'informatique, c'est un adepte du papier.

Maurice frappa du poing sur la table.

— OK, allons-y. Je t'emmène, j'ai la clef, on va y passer la nuit s'il le faut !

Julie esquissa une grimace triste.

— Je ne suis plus bonne à rien sans mes yeux. Il te faut une équipe performante.

— J'ai ça en magasin, dit Maurice. Mais tu fais partie de l'aventure, alors tu nous accompagnes. Je peux utiliser ton téléphone ? Mon portable ne passe pas.

Elle lui indiqua où il se trouvait et il composa le numéro du château sur les touches en relief d'un clavier en braille.

Axelle décrocha, la voix pâteuse.

— Charles ?

— C'est Maurice. J'ai une idée géniale pour contrer Pierre Bados mais j'ai besoin de votre aide tout de suite, à la mairie. Vous me rejoignez ?

La proposition la dégrisa en une minute.

— Bien sûr. Je suis avec Jeanne et Joseph, ils peuvent venir aussi ?

Maurice hocha la tête au bout du fil.

— Plus on est de fous, plus on rit !

La mairie était plongée dans la pénombre, seul le néon indiquant la sortie de secours brillait faiblement. Maurice se gara dans la cour et voulut aider Julie à sortir de voiture, mais elle le repoussa.

— Je ne suis pas impotente ! protesta-t-elle.

Sa mince canne blanche télescopique tapota le sol tandis qu'elle se dirigeait vers le perron. Maurice la suivit, admirant en silence la façon dont elle se déplaçait dans son univers sombre. Il buta sur une pierre, faillit s'étaler, se rattrapa.

— Et merde ! grogna-t-il.

— La nuit, c'est toi l'aveugle. Pour moi toutes les heures sont semblables. Quelqu'un arrive.

— Où ça ? s'étonna Maurice en scrutant l'obscurité.

— Utilise tes oreilles !

Quelques secondes après, la traction du château pénétra dans la cour. Joseph conduisait, Jeanne et Axelle étaient assises derrière. Axelle descendit et tituba avec élégance, Maurice songea que c'était la première fois de sa vie qu'il voyait une comtesse avec un coup dans l'aile. Jeanne et Joseph avaient moins bu ou tenaient mieux l'alcool. Cinq minutes plus tard ils étaient tous à l'intérieur.

— Pourquoi ne t'es-tu pas adressé à l'actuelle secrétaire de mairie ? demanda Julie à Maurice.

— Parce que c'est la cousine de Bados.

Julie hocha la tête.

— Je vois. Avant de fouiller les archives, il faut trouver la date à laquelle il a acheté la maison.

Elle se tourna vers Axelle qu'elle situait grâce au mélange de *Numéro 5* de Chanel et d'eau-de-vie qui se dégageait d'elle.

— Quand un notaire établit un acte de vente, il en envoie un extrait au service du cadastre proprement dit, mis à jour régulièrement, à l'hôtel des impôts. Et tous les ans les registres cadastraux des mairies sont réactualisés.

Maurice entra dans le bureau de l'urbanisme et chercha pendant un moment.

— Je l'ai ! s'écria-t-il bientôt.

Il lut, pour Julie, le document d'une page concernant l'achat de la parcelle de Grincheux par Pierre Bados. Elle était grevée d'un droit de passage sur la parcelle voisine. Il y avait la date exacte de la transaction, qui s'était déroulée un samedi d'hiver.

— Bien, dit Julie d'un ton satisfait. Bados était un dingue de mémos, il collait partout des petits *Post-it* jaunes qu'il réunissait ensuite par un élastique, je suis certaine qu'il ne les a pas tous jetés ! C'est ça que vous devez chercher. Les archives sont classées par quinzaines, il faut éplucher les trois mois précédant la vente.

Ils se répartirent les boîtes et fouillèrent méthodiquement. Julie se tenait à côté d'eux, leur traduisant les abréviations inscrites sur les bouts de papier jaunes autocollants qui surgissaient au milieu des dossiers : PBCM : Pierre Bados courrier municipal ; PBFA : Pierre Bados formalités administratives ; PBAS : Pierre Bados affaires scolaires, etc.

C'était étrange de parcourir ainsi la mairie au milieu de la nuit. Ils sursautaient parfois en se croisant dans les couloirs.

— Vous m'avez fait peur ! s'écria Jeanne en se trouvant nez à nez avec Maurice devant le bureau du maire. Je ne suis pas tranquille, j'ai l'impression que la police va arriver pour nous surprendre.

— Vous vous trompez de rôle : ce sont Bados et Dumont les méchants, pas nous, lui rappela Maurice. En tant qu'adjoint j'ai le droit de travailler quand ça me chante et la nuit m'inspire.

— Il est minuit passé, soupira Axelle. J'ai un coup de barre. Si Charles a essayé d'appeler au château, il va se demander où nous sommes.

— Il m'a dit qu'il était avec son... fils ? Qu'est-ce que c'est que cette histoire ? chuchota Maurice dans le bureau des services techniques.

— Ça remonte à avant notre mariage, précisa Axelle. Il sortait avec une de nos amies qui est tombée enceinte de lui, mais il vient seulement de l'apprendre.

— Ça a dû lui faire un sacré choc !

— Le garçon a dix-neuf ans, il vit en Bretagne, il est étudiant en médecine, c'est son sosie. Et moi je n'ai même pas réussi à lui donner un fils..., soupira Axelle, désinhibée par l'eau-de-vie.

— Madame la comtesse croit que monsieur le comte ne reviendra pas, souffla Jeanne à Maurice dans le bureau de l'état civil. On essaie de lui remonter le moral.

— En faisant grimper son taux d'alcoolémie ? fit Maurice.

— Vous n'avez pas l'air dans votre assiette, dit Julie à Axelle dans le bureau des élections.

— Je suis atteinte par ricochet, expliqua Axelle, majestueuse et saoule. Mon mari a des décisions à prendre, moi je ne peux que jouer les Pénélope...

Une heure sonna au clocher de l'église proche, ils n'avaient toujours rien trouvé et commençaient à se décourager. Joseph, le plus agile, monta dans les combles par l'échelle de meunier. On l'entendit déplacer des cartons, jurer, injurier une poutre, soulever des objets, ouvrir une armoire.

— Ça va, là-haut ? lui cria Jeanne, inquiète.

— Oui… Attendez ! Il y a encore une boîte. C'est peut-être dans celle-là ?

Il redescendit chargé d'un carton portant le sigle PBDP.

— Pierre Bados divers personnel, traduisit Julie, très excitée. Regardez vite !

Il y avait de tout, des listes de courses, des numéros de Loto, des pense-bêtes, les dates des conseils municipaux, des calculs incompréhensibles et enfin, sur le dernier petit papier jaune du fond de l'ultime dossier, deux phrases : « coquille date OK » et « fixer vente à date match ». Le *Post-it* miraculeux n'aurait rien signifié si, dans le même dossier, Maurice n'avait trouvé un morceau de journal découpé.

— Vous vous intéressez au football et au rugby ? demanda-t-il fébrilement à Joseph.

Le chauffeur secoua négativement la tête, mais Julie intervint.

— Depuis mon accident la radio est constamment allumée à la maison, comme si le bruit éclairait ma nuit. Je sais, c'est idiot.

— À la date de l'acte de vente, te souviens-tu d'un match important ? la pressa Maurice.

Julie réfléchit, puis son visage s'éclaira.

— Tu as raison. Une rencontre de rugby régionale mais avec un retentissement planétaire par chez nous. Pourquoi ?

— Tu vas le savoir dans deux minutes. Je veux juste vérifier quelque chose. Il y a un calendrier perpétuel dans mon téléphone portable.

Il fit défiler les menus jusqu'à l'agenda et, à coup de bips, recula jusqu'à la date mentionnée sur le journal.

— C'est bien ce que je pensais, murmura-t-il. Très ingénieux !

Maurice leur expliqua sa découverte. Ils applaudirent, hilares. Ils avaient réussi !

— Je vous demande à tous de garder le secret, dit gravement Maurice. Me de La Futaie est un avocat compétent, mais ses armes ne sont pas les miennes. Il doit tout ignorer de cette histoire. Charles de Bergeac aussi. C'est bien compris ?

Jeanne et Joseph soutinrent son regard. Julie hocha la tête. Axelle hésita, les tempes prises dans un étau, le cœur au bord des lèvres.

— Ne rien dire à Charles ? Pourquoi ? C'est pourtant dans son intérêt...

— Il est essentiel qu'il ne sache rien. Vous me promettez de vous taire ?

Axelle détestait cacher des choses à son mari, mais elle comprit au ton de Maurice qu'il se battait pour eux. Elle promit donc.

32

Il était une heure et demie du matin. Le scooter de Noé filait à travers Paris. Le garçon conduisait en souplesse, attentif à sa passagère. Au début Jenny avait essayé de se tenir à la selle, mais ses mains glissaient, alors elle s'était résolue à s'accrocher à la taille de Noé. Le jeune corps chaud et musclé avait tressailli, cependant le garçon n'avait rien dit. Jenny s'était sentie troublée mais elle avait repoussé ce sentiment en se moquant d'elle-même.

« Il est mineur et il pourrait être mon fils, avait-elle songé. Il m'a aidée, je vais le remercier et l'expédier au lit avec son nounours. »

Elle ferma à demi les yeux, s'abandonnant au plaisir de voir défiler les lumières de la capitale française. C'était en réalité la première fois qu'elle y venait. C'était aussi son baptême de moto, aucun garçon ne l'avait jamais emmenée faire un tour derrière lui, elle avait passé sa jeunesse à enchaîner les petits boulots pour gagner sa vie et le soir elle était trop fatiguée pour sortir s'amuser.

Le scooter s'engagea sur la place de la Concorde, passa devant le Crillon.

— Je voulais vous inviter à dîner mais la Tour d'Argent n'est pas mon genre, alors j'ai réservé une table en extérieur avec vue sur la Seine, dit Noé.

Il s'arrêta juste avant le pont devant une camionnette qui vendait des hot dogs. Il en commanda deux, un avec moutarde pour lui, un avec ketchup pour Jenny, et ils se penchèrent vers le fleuve. Un bateau-mouche passa, illuminant brièvement les quais où des amoureux s'embrassaient. Un SDF flanqué d'un chien-loup s'approcha d'eux et tendit la main.

— Vous voulez un hot dog ? lui proposa Noé.

L'homme, jeune encore, hésita, puis accepta. Noé courut lui en chercher un tandis que Jenny caressait le chien. Puis ils empruntèrent les escaliers jusqu'au quai en contrebas.

— J'ai toujours rêvé d'avoir un chien, avoua Jenny. Mais avant c'était impossible et maintenant je vis à l'hôtel, alors je me contente de caresser ceux des autres.

— Moi aussi je les adore mais ma mère prétend que des aboiements la gêneraient dans son travail.

Il laissa échapper un petit rire.

— Quand je pense qu'elle n'écrit même pas ses livres… J'aurais pu élever toute une meute !

— Il y a cinq ans une amie m'a dit une phrase que je n'ai jamais oubliée : « Le jour où on n'entendra plus les chiens aboyer, les oiseaux chanter et les enfants crier en jouant, on le regrettera, ça voudra dire qu'on est mort ! »

— Joli, apprécia Noé.

— Elle est morte depuis, précisa Jenny. Elle n'entend plus rien.

Noé la regarda. Jenny plongea ses yeux dans les siens. Elle commençait à en avoir assez de cette mission, elle avait envie d'envoyer tout balader, d'oublier sa promesse et de disparaître loin de Paul Lincoln et de la bande du Trèfle.

— Si ta mère et ses amies t'affirment un jour que je suis quelqu'un de mauvais, jure-moi que tu ne les croiras pas, d'accord ? dit-elle brusquement.

Noé écarquilla les yeux.

— Quelqu'un de mauvais ? Ça a un rapport avec ce dont vous accuse Paul ?

— Je ne peux pas t'en dire plus pour l'instant. Ne gâchons pas cette soirée, Paris est si beau…

La promenade à scooter l'avait enchantée. Un car déversa en haut des marches une horde de touristes bardés de caméscopes. Noé la prit par la main et l'entraîna :

— Vite, par là !

Ils s'enfuirent en courant, s'arrêtèrent plus loin sur le quai, essoufflés.

— Tu te rends compte qu'à partir de samedi soir on va me filmer tout le temps ? haleta Noé.

Il était enfin passé au tutoiement. Jenny sembla trouver cela normal. Il s'enhardit.

— Je suis un type pudique, pas le genre Jean-Édouard dans la piscine du Loft...

— Qui ça ? dit Jenny.

— Un candidat d'un des premiers jeux de télé réalité qui a fait l'amour dans l'eau avec une candidate devant des millions de téléspectateurs.

Noé la regardait d'une façon étrange. Jenny comprit qu'ils s'engageaient sur un terrain dangereux.

— Je gèle, dit-elle. Tu veux bien me raccompagner ?

Galant, Noé ôta aussitôt son blouson et le lui tendit. Jenny refusa.

— Garde-le, je ne veux pas que tu attrapes froid, ta mère serait furieuse !

Il grimaça. Elle l'avait rabaissé exprès.

— Tu n'es pas ma baby-sitter, rétorqua-t-il, vexé.

— Je suis trop vieille pour ça, fit-elle du tac au tac.

— Ça c'est vrai, dit-il pour la blesser.

Elle pensa qu'elle n'avait rien à faire là.

— Ramène-moi à l'hôtel, exigea-t-elle. C'est l'heure de l'extinction des feux pour les petits garçons hargneux.

Ils gravirent les marches en silence. Noé enfourcha son scooter, démarra, se tourna vers Jenny.

— Monte, dit-il, radouci.

Elle s'exécuta, s'accrochant à lui le plus légèrement qu'elle put sans coller son corps contre le sien. La magie était brisée, elle avait froid et faim, les pavés parisiens descellés en mai 1968 faisaient vibrer le scooter et sa colonne vertébrale, elle avait hâte d'arriver et de se glisser, seule, dans son lit.

Noé fit monter son scooter sur le trottoir à côté de l'hôtel. Le voiturier de nuit, qui ne le connaissait pas, s'avança :

— Mets-toi plus loin, c'est réservé aux clients, dit-il d'un ton de petit chef.

Noé retira calmement son casque.

— Je sais, dit-il en lui tendant sa clef. Je dors ici.

Le voiturier, embêté, bredouilla :

— Je suis désolé, monsieur, je ne pouvais pas deviner.

Et il rangea la petite clef dans un coffre mural à côté des clefs de contact de BMW et d'une Porsche argentée.

Le concierge de garde leur tendit les cartes magnétiques de leurs chambres. Ils se dirigèrent vers l'ascenseur. La cabine s'éleva.

— Je ne voulais pas te faire de peine..., commença Noé.

L'ascenseur s'immobilisa. Ils sortirent sur le palier.

— Bien sûr que si, fit Jenny. Mais tu n'as fait qu'énoncer une évidence. Tu es mineur, j'ai presque quarante ans. Bonsoir, Noé. Merci pour ton aide et celle de Mona. Quand Paul reviendra demain matin j'espère que notre piège fonctionnera.

Elle exhiba le petit dictaphone de poche sur lequel Mona avait repiqué la bande-son de l'enregistrement effectué par Noé, après l'avoir modifié et remonté. Puis elle déverrouilla la porte de la chambre 33 et lui souhaita bonsoir.

Noé se mordit la lèvre inférieure. Il la désirait comme un fou. Il allait être enfermé trois mois avec de ravissantes petites minettes sexy mais il s'en fichait éperdument. Il voulait cette femme en robe de lin rouge avec ses cheveux de feu et ses seins ronds.

— Jenny, murmura-t-il encore, je n'ai encore jamais... Je veux dire...

Elle lui donna un baiser furtif moitié sur la joue moitié sur les lèvres.

— Bonsoir, murmura-t-elle.
Et elle lui ferma la porte au nez.

Noé se jeta sur son lit tout habillé, frustré et en colère. Il changea dix fois de chaîne télévisée, appela Mona et tomba sur son répondeur, faillit se lever et rentrer chez lui. L'idée de retrouver sa mère l'en dissuada. Il ne savait toujours pas comment gérer ce qu'il avait découvert, quoi en penser, de quelle façon réagir. Il décrocha le téléphone, demanda la chambre voisine. Jenny décrocha à la seconde sonnerie :

— *Pronto ?*

— Ça veut dire allô en italien ?

Jenny soupira.

— Je croyais que c'était mon mari.

— T'as pas d'alliance, rétorqua Noé.

— Lui, si.

— Avec une épouse officielle à l'autre bout ? Il faut le rendre jaloux. Tu n'as qu'à prendre un amant !

Jamais il n'avait osé parler comme ça à une femme, mais avec Jenny tout paraissait tellement simple.

— Tu repars quand en Amérique ?

— En Italie, tu veux dire ? Dimanche.

Noé déglutit avec difficulté. Quand il sortirait de sa prison médiatique elle serait hors d'atteinte.

— Je ne veux pas te perdre, supplia-t-il. Notre différence d'âge ne me gêne pas.

— Tu es trop bon !

— Ne te fous pas de moi, Jenny. Je ne suis pas idiot, je sais bien qu'on n'est pas faits l'un pour l'autre. Mais on a une histoire à vivre ensemble. Il ne nous reste que quarante-huit heures. On n'a qu'une première fois, dans la vie. Je veux que tu sois celle-là.

— Je ne suis pas une prof d'éducation sexuelle, répliqua Jenny. Tu as fait un pari ou c'est pour narguer ta mère ? Je fais l'amour si je suis amoureuse, Noé, c'est peut-être ringard...

— Je pense la même chose, dit doucement Noé. C'est pour ça que je me suis réservé. C'est ridicule d'être puceau à dix-sept ans mais je voulais que ce soit exceptionnel... Décris-moi à quoi ça ressemble. Qu'est-ce qu'on éprouve ?

Jenny, gênée, tenta d'esquiver.

— Tu devrais avoir ce genre de conversation avec ton père, pas avec une étrangère.

— Il n'a pas le temps, il est débordé par les liposuccions. Raconte, je t'en prie.

Elle soupira. La naïveté de Noé l'émouvait, il était juste à la frontière entre l'adolescence et l'âge adulte, un jeune homme inexpérimenté et pourtant viril. Elle aurait aimé avoir un petit frère comme lui.

— On a l'impression de voler et d'être immortel. On sort de sa propre peau pour passer de l'unitaire au binaire. C'est plus savoureux qu'un hot dog au clair de lune sous les fenêtres de l'hôtel Crillon, plus enivrant que le plus beau des films, plus excitant que de gagner au Loto. On a l'impression d'être arrivé à sa juste place, d'avoir cheminé sa vie durant pour atteindre cet instant précis, cette sensation incroyable, cette explosion qui te submerge et te laisse pantelant. Après il n'y a plus rien, on est rejeté dans la nuit sombre avec le souvenir du bonheur. En fait, c'est exactement ça : avoir un instant le corps heureux et ne plus avoir peur...

On frappa à la porte de Jenny. Elle fronça les sourcils.

— Qu'est-ce que c'est ?

— Service d'étage, répondit une voix de femme.

Jenny posa le téléphone et marcha vers la porte. Une mauvaise farce de Paul ? Une attention de Floridiano ? Elle ouvrit. Une serveuse en jupe noire et chemisier blanc se tenait sur le seuil, chargée d'un plateau sur lequel étaient posées deux flûtes de champagne. Jenny sourit et s'écarta.

Quand la serveuse fut repartie, elle reprit le combiné du téléphone.

— Tu as vu trop de films, dit-elle.

— Je les ai mis sur ta note, avoua Noé. Si tu refuses de payer je leur proposerai de faire la plonge ou je leur vendrai le scoop du siècle : Olivia Ruben n'écrit pas ses livres...

— Elle en a écrit un. Il était moins bon que celui de Gwénola. Alors je les ai échangés.

— Tu les as... quoi ? s'écria Noé, médusé.

— Échangés exprès. J'ai écrit le nom d'Olivia sur le manuscrit de Gwénola et vice versa, pour favoriser Olivia. Elle était mon amie, sa mère venait de mourir, elle avait besoin de penser à autre chose.

— Mais c'était dégueulasse pour Gwénola ! s'écria Noé, très choqué. Comment as-tu pu faire ça ?

— Je suis quelqu'un de mauvais, je te l'ai dit.

— Tu m'as dit de ne pas croire ceux qui le pensaient.

Jenny soupira.

— Viens, dit-elle. Juste le temps de vider nos verres. Je vais tout t'expliquer. Ensuite tu partiras. D'accord ?

Une seconde après, Noé s'encadrait dans la porte.

— La distance de sécurité entre nous est de quatre mètres, ne t'approche pas plus sinon je hurle et j'ameute tout l'étage, prévint Jenny en lui faisant signe de s'asseoir sur le fauteuil. Je ne veux pas me retrouver en prison pour détournement de mineur, on se reverra après ton anniversaire.

— Tu cherches à me baratiner, gente dame, tu sais bien qu'à ce moment-là tu seras repartie au-delà des mers.

Il lui tendit une flûte, leva l'autre, le cristal tinta quand les verres s'entrechoquèrent.

— Raconte-moi ta première fois, fit-il d'une voix rauque.

Elle rit, s'assit sur le bord de son lit.

— C'était pendant un camp d'été sur le lac Michigan. J'étais monitrice, lui aussi, je faisais ça pour gagner ma vie, lui pour augmenter son argent de poche. J'ai oublié son nom mais pas son visage ni son corps. Il était tendre, je n'avais pas l'habitude, on me rudoyait plutôt d'habitude. J'ai grandi dans des *foster families*, je ne sais pas comment vous appelez ça en France.

Noé but une gorgée de champagne.

— *Foster* ? répéta-t-il. Je n'ai jamais entendu ce mot.

— Notre *Department of Social Services*, ouDSS, y place jusqu'à dix-huit ans les enfants qui sont en assistance sociale. Les *foster families* reçoivent de l'argent de l'État dans lequel elles résident. En anglais, *foster* veut dire chérir, protéger, élever. Mais souvent les gens ne nous prennent que pour le revenu financier. J'ai changé trois fois de famille, elles se valaient toutes. Les autres enfants étaient là parce que leurs parents ne pouvaient pas les élever, ils étaient en prison ou en désintoxication.

— Et toi ?

Jenny le regarda d'un air douloureux.

— Mon père a tué ma mère dans une crise de délire éthylique l'été de mes huit ans, puis il s'est pendu dans sa cellule de dégrisement. J'ai été recueillie par le DSS, ils ont d'abord cherché à me faire adopter mais chaque fois que mes futurs parents apprenaient ce qu'avait fait mon père ils se désistaient : « On ne sait jamais, c'est peut-être héréditaire, on ne peut pas prendre le risque ! » Alors j'ai commencé le circuit des *foster families* qui ne sont pas des parents légaux mais des remplaçants rémunérés. Le jour de mes dix-huit ans, je suis partie avec tout ce que je possédais dans une valise. Ma mère était française et avait rompu les ponts avec sa famille, j'ai voulu les retrouver mais j'ai appris que ma grand-mère, qui avait été fleuriste à Paris, rue Saint-Dominique, était décédée. Je n'avais donc plus personne. J'ai voyagé à travers l'Amérique en changeant souvent de boulot, le français m'a parfois aidée, je le parlais couramment puisque ma mère s'adressait à moi dans cette langue. J'avais peu d'amis, on se méfie de quelqu'un qui n'a ni attaches ni famille et qui passe Thanksgiving seule. Je suis tombée amoureuse d'un gentil garçon qui m'a demandée en mariage. Mais ses parents se sont renseignés sur mon passé et l'ont forcé à rompre avec moi. Alors j'ai décidé de ne plus jamais m'attacher à qui que ce soit et j'ai tenu parole jusqu'en 2000, quand je suis tombée malade. C'est là que j'ai rencontré ma première amie, Jenny Lincoln…

Noé sursauta et renversa un peu de champagne sur la moquette.

— Mais c'est toi, Jenny Lincoln !

— Non. Tu es le seul à qui je me confie, j'espère que tu garderas mon secret. Jusqu'en 2000 je m'appelais Kate, tu n'as pas besoin de connaître mon nom de famille. Et puis j'ai été hospitalisée à New York, où je ne connaissais personne, pour un cancer du sein. Je partageais ma chambre avec une fille de mon âge qui me ressemblait beaucoup, elle était rousse aux yeux verts avec des taches de son comme moi, à peu près de ma taille et souffrait du même cancer…

Kate eut un sourire triste et continua son histoire sans regarder Noé. Elle était sans le sou et n'avait plus de famille. La vraie Jenny était également orpheline puisque son père, un diplomate américain, venait d'être tué avec sa mère dans un attentat. En revanche elle était richissime.

Soignées par le même médecin, Kate et Jenny avaient, pour passer le temps, échangé leurs souvenirs, et une amitié complice s'était créée entre ces deux jeunes femmes sur la corde raide.

Kate ferma les yeux, retourna par la pensée cinq années en arrière, dans cette chambre d'hôpital dont la fenêtre donnait sur un cerisier du Japon et un chêne, au moment où ce médecin bedonnant avait rendu son verdict.

Il était entré, avait observé ses deux patientes, s'était gauchement approché du lit de Jenny et, trop vite, avait assené : « Je suis navré, les nouvelles ne sont pas bonnes, madame Lincoln. Vos résultats d'anapath sont revenus, il y a des métastases, nous avons pris la décision de ne pas vous opérer… »

Jenny avait pâli, ses lèvres s'étaient crispées, pourtant elle était restée digne.

« Vous voulez dire que c'est fichu et que vous m'abandonnez, c'est bien ça ? »

Le médecin avait protesté que non, pas du tout, en fuyant son regard. Puis il s'était tourné vers Kate : « Nous avons aussi reçu vos analyses, madame Sand. L'intervention est prévue pour demain. Il n'y a aucune extension. »

Kate avait eu envie de sauter de joie mais elle s'était retenue à cause de sa voisine de lit. Une chance sur deux, comme lorsqu'on tire à la courte paille, et cette fois elle était du bon côté.

Statistiquement, dans un service de cancérologie, il y a tous les jours une personne qui apprend qu'elle va mourir. C'était tombé sur Jenny, alors que Kate en réchapperait. Kate était pauvre et seule, Jenny riche et seule. C'était elle qui avait eu l'idée délirante d'échanger leurs identités parce qu'une ancienne voisine les avait confondues.

D'abord Kate avait refusé tout net, il n'était pas question qu'elle profite de l'argent de Jenny, son amie allait se battre, la médecine américaine faisait des miracles ! Mais tandis que Kate reprenait des forces Jenny maigrissait et s'affaiblissait de jour en jour comme une lumière dont la flamme vacille avant de s'éteindre. Elle était tendue vers un seul but : substituer Kate à elle et lui permettre de vivre sans crainte du lendemain.

— Je n'ai pas toujours été positive pour ceux que j'aimais, avoua-t-elle un soir. Si le paradis existe je veux y avoir une place de choix, alors accorde-moi cette dernière joie, je t'en prie ! Tu es ma seule amie, c'est à toi que je laisserai mon argent mais comme tu n'es pas de ma famille et que ça représente une grosse somme tu devras payer des droits de succession astronomiques, ce serait du gâchis. Tu le dis toi-même, ce qu'a fait ton père te colle à la peau. Tu as une occasion en or de changer de passé, saisis-la ! Ce serait trop risqué de rester ici, tu seras forcée de t'exiler pour vivre en paix.

Nous allons quitter l'hôpital et nous installer ensemble dans un endroit où on ne nous connaît pas. Je deviendrai toi, tu deviendras moi. Tu resteras avec moi jusqu'au bout, ensuite tu seras libre et riche.

Kate avait protesté. Jenny l'avait interrompue :

— Ce n'est pas un cadeau mais un troc. Je te donne mon identité et mon argent, en échange je te charge d'une mission délicate. Quand j'étais en terminale, j'ai fait du mal par jalousie, pour le plaisir de manipuler. C'était si facile de tricher... Tu parles français, tu rétabliras la vérité en mon nom. Je vais tout t'expliquer. Promets-moi d'aller à Paris dans les dix ans qui viennent pour exaucer mon vœu.

Kate avait promis, pour l'apaiser.

Peu de temps après elles avaient quitté l'hôpital et loué une maison isolée au Texas. Kate, devenue Jenny, s'était occupée de Jenny, devenue Kate, jusqu'à la fin. Puis elle avait pris son état civil et sa place. Kate était officiellement morte. La nouvelle Jenny Lincoln s'était exilée à Rome pour ne pas risquer d'être démasquée. Nouveau nom, nouvelle fortune et, après être passée si près de la mort, une immense envie de croquer la vie, même si, vivant avec un homme marié et père de famille, elle passait Noël seule dans un pays où Thanksgiving n'existait pas.

— Voilà, dit Kate à Noé en relevant la tête. Tu sais tout.

— C'est dingue..., murmura Noé, ébahi. Quel superbe scénario de film !

— C'est ma réalité. Paul Lincoln n'a pas menti, je ne suis pas sa sœur. J'ignorais que Jenny avait eu un frère, je suppose qu'elle ne m'en a pas parlé parce qu'elle le croyait mort... Je n'ai aucune idée de ce à quoi il est allergique !

— Il t'a accusé d'avoir tué sa sœur, se souvint Noé. Moi je sais que c'est faux. Mais tu risques gros s'il te balance.

Kate ouvrit la fermeture Éclair de la ceinture-portefeuille qui ne la quittait jamais et en sortit une feuille de papier pliée en quatre qu'elle lui tendit. Noé déchiffra l'écriture tremblée. Le texte était écrit en anglais, puis en français : *Moi, Jenny Lincoln, saine de corps et d'esprit, demande ce jour à mon amie Kate de prendre mon identité après ma mort en échange de services privés. Je vais mourir et je souhaite que Kate profite de ma fortune. J'établis ce certificat, que je lui remets en main propre, au cas où elle serait accusée d'avoir attenté à ma vie. Cette saloperie de cancer et ces conneries de métastases sont les seuls fautifs. Certificat établi le 2 octobre 2000.* C'était signé Jenny Lincoln.

Noé rendit la feuille à Kate.

— Elle a pensé à tout, murmura-t-il, estomaqué.

— C'était quelqu'un de bien, même si elle a mal agi autrefois. Ses amies auront raison de lui en vouloir… enfin, de m'en vouloir. Je ne dois pas leur dire que je ne suis pas Jenny. Il faut qu'elles lui pardonnent.

Noé fit signe qu'il comprenait.

— Tout à l'heure, tu m'as dit que tu avais… que Jenny avait échangé exprès le manuscrit de maman avec celui de Gwénola ? se souvint-il.

— Oui. Jenny était jalouse de Gwénola. Elle avait beau être une bâtarde, fille de l'infirmière de l'école, elle était jolie et souriante, sa mère Annick l'adorait, lui faisait des gâteaux, lui tricotait des pulls, passait du temps avec elle. Alors que la mère de Jenny détestait le caractère renfermé et les cheveux roux de sa fille et avait dit devant elle à Gwénola : « J'aurais préféré avoir une fille comme vous ! »

— Sympa ! remarqua Noé.

— Il te manque un dernier élément du puzzle. Jenny était une enfant adoptée, ses parents le lui avaient appris toute petite. Alors entendre sa mère regretter de n'avoir pas une fille différente était encore plus terrible pour elle. Elle en voulait à mort à Gwénola. Elle se sentait beaucoup plus proche d'Olivia, que sa mère aussi avait abandonnée en se suicidant.

— Grand-mère s'est suicidée ? Première nouvelle !

— Je l'ai appris à ta mère hier : quand elles ont trouvé ta grand-mère inanimée, Jenny a subtilisé sa lettre d'adieu pour protéger Olivia. Ensuite, pour la consoler, elle a interverti les manuscrits. Elle ne pouvait pas deviner que la supercherie perdurerait vingt ans !

— Jenny a changé leur vie, murmura Noé. Et au moment de sa mort elle a voulu réparer. C'est fascinant.

— Jenny a passé des journées entières à me parler de ses amies, de leurs goûts, de ce qu'elles avaient fait ensemble, pour que je fasse illusion, soupira Kate. J'ai appris par cœur sa vie et la leur dans les moindres détails. Je me suis tellement appliquée à lui ressembler que j'ai fini par éprouver de l'affection pour Olivia, Axelle et Gwénola. Elles vont me détester et j'en souffre, ça doit te paraître stupide.

— C'est logique, tu es entrée dans la peau de ton personnage. J'espère que les actrices de mes futurs films auront ton talent.

— Je ne suis pas une actrice, grogna Kate. J'ai fait une promesse, je dois la tenir. Mais ce Paul me fait peur.

— Ne t'en fais pas, dit Noé en désignant le dictaphone. Il sera encore plus effrayé que toi.

Il saisit l'appareil, appuya sur la touche « Play ». La voix de Paul Lincoln s'éleva dans le silence de la nuit, prononçant les phrases qu'ils avaient choisi de garder pour mieux l'incriminer.

« *Je ne m'adresse pas à la police parce que je suis sous contrôle judiciaire, je n'ai pas le droit de quitter le territoire des États-Unis, si on me savait ici je risquerais gros…*

C'est quoi, tes cartes de crédit, Amex, Visa Platine ? J'ai besoin de liquidités. Allons-y tout de suite, il y a des distributeurs plein les Champs-Élysées…

Je vais t'accompagner à ta banque et tu sortiras tout en plusieurs fois. J'ai examiné ton portefeuille d'actions, tu peux les vendre rapidement. Tout est réalisable en l'espace de trois semaines. Je ne suis pas pressé, j'ai le temps. On va vider tous tes jolis petits comptes, ensuite je m'en irai. Si tu essaies de m'échapper ou de prévenir les flics, tu le regretteras. Tu deviendras comme les Papous, tu ne pourras plus jamais dormir d'une seule traite parce que au moment où tu te croiras en sécurité j'arriverai...

On va traverser au milieu des voitures, je déteste les souterrains, ça me rappelle trop la prison...

Je connais un cercle clandestin où tes euros feront des petits. Tu vas être bien sage, tu as compris que tu es à ma merci. Je te retrouverai où que tu ailles et cette fois je ne serai pas aussi magnanime... »

L'enregistrement s'arrêtait là. Mona et Noé avaient effacé tout ce qui se rapportait à Jenny, à son lien de parenté avec Paul ou à l'Italie.

— C'est génial, murmura Kate. Ça ne suffira pas mais ça me fera gagner un temps précieux. Je repars dimanche, j'aurai rempli ma mission. Il faudra ensuite que je quitte l'Italie, il retrouverait ma trace. Je suis condamnée à vivre en le fuyant.

— Tu as vu la vieille série télévisée *Le Fugitif*, dont le héros innocent recherche l'assassin de sa femme qui a un bras articulé ? demanda Noé.

— Ce n'est pas une vieille série, elle a été diffusée l'année de ma naissance... et ce que je suis en train de vivre n'est pas un film écrit par des scénaristes, Noé. Si je suis prise je risque la prison, pas un décor de carton-pâte avec des barreaux en plastique, une vraie cellule où personne ne se préoccupera de mon sort ! Je n'ai tué personne mais j'ai escroqué le fisc, donc l'État américain, j'ai utilisé un passeport qui n'était pas le mien, trompé l'administration. Ils prétendront que j'ai profité de la faiblesse physique de Jenny, que je l'ai forcée à écrire son certificat...

— Je témoignerai pour toi, je te protégerai ! protesta Noé.

Elle sourit tristement.

— Tu n'as que dix-sept ans...

— Bientôt dix-huit !

— Tu ne pourras rien contre un type comme Paul, il ne me lâchera pas, où que j'aille.

Elle soupira.

— Tout ça ne te concerne plus, Noé. Tu sais à présent que je ne suis pas l'amie d'enfance de ta mère. Je suis heureuse de t'avoir connu. Va te coucher maintenant. Ne sois pas trop dur envers Olivia, elle n'y est pour rien, elle n'a fait que profiter d'un cadeau du destin…

— Je me fiche que tu sois Kate et pas Jenny ! protesta Noé. Tu repars dans deux jours, je reste avec toi jusque-là. Paul sera moins virulent si tu n'es pas seule. Je vais dormir par terre.

Kate haussa les épaules. Elle avait de grands cernes mauves sous les yeux et l'air épuisé.

— Je suis vidée, Noé. Mets-toi sur le lit à côté de moi si tu veux, mais dors.

Noé ne se le fit pas dire deux fois, il s'allongea près d'elle en lui tournant le dos, ferma les yeux et fit semblant de ronfler.

— Dors…, murmura Kate.

— Tu sais, je trouve que Kate te va mieux que Jenny.

— Dors !

— Quand tout sera arrangé, je pourrai raconter ton histoire dans mon premier film, en changeant les noms et les lieux bien sûr ?

Elle se redressa sur un coude, inquiète.

— Pas avant que je ne t'y autorise ! Promets-moi d'attendre mon feu vert.

— Croix de bois, croix de fer.

— Dors, maintenant !

— Promis. Dans *Les Cahiers du cinéma*, un critique a dit à Isabelle Huppert : « Peut-être que pour une femme, mettre en scène, c'est séduire sa mère. » Elle lui a répondu : « Et être actrice, c'est séduire son père. » Moi je veux épater les deux, mon père et ma…

— Dors, sinon je t'assomme !

Il se tut et se repassa mentalement le film de cette journée riche en rebondissements. Puis il glissa dans le sommeil.

Kate mit plus longtemps à sombrer. Les vieilles questions obsédantes lui trottaient dans la tête. Sa mère avait-elle eu peur quand son mari avait commencé à l'étrangler ? Son père avait-il pensé à elle en se suicidant ? Il n'avait pas laissé de lettre d'adieu comme la mère d'Olivia, mais dans sa cellule en prison il n'avait ni papier ni crayon.

Kate se retourna d'un bloc pour chasser ses pensées moroses et repensa à la question ingénue de Noé sur l'amour physique. Elle aurait dû lui préciser que chacun y trouvait un écho dans sa propre histoire. Pour elle, jouir, c'était rentrer de l'école le soir et avoir une famille dont elle portait le nom qui l'attendait en ouvrant les bras. Bref, c'était fuir Kate Sand...

Elle s'endormit enfin.

33

Toute la soirée, Olivia avait retourné le problème dans tous les sens, faisant appel à sa fantaisie. Bertrand Guinness avait raison, avec les années elle avait acquis les automatismes de la fiction et, même si elle n'était pas capable d'écrire une histoire, elle avait des facilités pour en inventer les rebondissements.

Le cahier des charges à respecter était le suivant : l'héroïne, en l'occurrence elle-même, devait garder l'estime du lecteur. Il fallait trouver une idée pour que les deux cent mille Français qui avaient déboursé vingt euros pour lire chacun de ses romans comprennent pourquoi elle arrêtait d'écrire... et, si Noé mettait sa menace à exécution samedi, pourquoi elle n'avait jamais commencé !

À trois heures du matin elle eut terriblement besoin de parler à quelqu'un. Elle appela l'hôtel Raphaël mais la standardiste de nuit fit barrage en refusant de lui passer Jenny ou Noé à cette heure tardive. Elle faillit réveiller son père, y renonça. Elle composa ensuite le numéro de l'appartement du Champ-de-Mars puis celui du château, laissa sonner au moins trente fois. Axelle n'était nulle part. Pas question de rappeler Gwénola, elle s'était montrée très claire et insister ne changerait rien. Il ne restait qu'une seule personne à qui elle pouvait se confier, quelqu'un à qui elle n'avait pas reparlé depuis des années sans l'intermédiaire d'un avocat.

Colin décrocha à la troisième sonnerie, en chirurgien consciencieux persuadé que c'était son confrère de garde qui l'appelait.

— Docteur Colin Nathan, j'écoute ?

— Tu dormais ? demanda stupidement Olivia.

Il fronça les sourcils, anxieux :

— Il est arrivé quelque chose à Noé ?

— Non, non, rassure-toi, tout va bien, il dort dans un hôtel de luxe avec Jenny. J'avais juste envie de te parler…

Colin se frotta les yeux. Son fils et son ex-femme nageaient en plein délire.

— Hier Noé me dérange au milieu d'une opération et cette nuit tu me réveilles en sursaut pour bavasser ? Il faut vous faire soigner, tous les deux !

— Je ne sais plus où j'en suis, Colin. Cela concerne aussi Noé et son avenir. Je t'en prie, écoute-moi…

— Tu n'as pas d'amant sous la main pour te servir de confident ? Un fan énamouré, un futur écrivain qui espère que tu le recommanderas à ton éditeur et que tu lui présenteras des journalistes influents ?

— Pas ce soir, fit Olivia sans se fâcher. Je te dérange, peut-être ? Tu es avec une jeune interne famélique et pleine d'avenir ou une infirmière compatissante sur laquelle tu exerces ton droit de cuissage d'actionnaire de la clinique ?

— Stop, Olivia. On s'est déchirés pendant des années, ça ne m'amuse plus.

Colin s'assit sur son lit, tendit la main vers la table de nuit, alluma une cigarette.

— OK. Fais-moi un bilan bref de la situation…

— Impossible. Ne me fais pas le coup du « pitch bref et intense, cinq lignes poignantes, un bon roman se résume en une phrase » ! Ce soir j'ai besoin de délayer, de détailler, de m'étendre…

— Étends-toi, soupira Colin en s'adossant à son oreiller et en exhalant la fumée. Je te rappelle quand même que je ne suis pas psychiatre. Donc, mon fils mineur dort dans un hôtel de luxe avec ton amie d'enfance ?

— Il est en sécurité. C'est moi qui suis en danger.

— Je t'écoute…

Elle mit près d'un quart d'heure à lui raconter toute l'histoire. Il fuma trois cigarettes, réussit à ne pas se rendormir, l'interrompit quatre fois pour demander des précisions, ne put retenir quelques exclamations de surprise.

— Voilà, conclut-elle. Tu sais tout.

— Eh bien, si je m'attendais !

— Que ferais-tu à ma place, Colin ?

— Je trancherais dans le vif. J'abandonnerais définitivement mon bistouri pour passer à autre chose en utilisant mes compétences.

Olivia réfléchit un instant.

— Tu es génial, dit-elle. Tu devrais écrire des romans.

— Je peux me rendormir ? maugréa Colin.

— Je t'en prie...

Il lui raccrocha au nez.

Olivia laissa échapper un petit rire, regarda l'heure et se glissa à son tour dans son lit. Cinq minutes plus tard, elle dormait.

Vendredi 23 septembre

Comme chaque matin, Olivia se réveilla à six heures. Elle but deux espressos serrés puis s'habilla à la hâte et sauta dans sa Mercedes, direction Paris, pour passer le pont de Chatou avant les embouteillages. Il était sept heures quand elle s'arrêta devant l'hôtel Raphaël. Le voiturier se précipita pour lui ouvrir la portière. Olivia repéra le scooter de son fils garé sur le trottoir et se dirigea vers le concierge.

— Je suis Olivia Ruben, dit-elle avec un sourire charmeur. Je suis venue voir mon fils Noé. Quel est le numéro de sa chambre ?

Le concierge hésita mais la réceptionniste, qui avait entendu, s'approcha prestement avec un sourire ravi.

— Tout de suite, madame Ruben. J'adore vos livres !

Elle consulta le classeur.

— C'est la 35, troisième étage.

— Je vous remercie, dit Olivia. C'est toujours un plaisir de rencontrer une lectrice.

Elle prit l'ascenseur et se retrouva bientôt devant la chambre de Noé. Elle frappa à la porte, d'abord doucement, puis plus fort. Personne ne répondit, Noé avait toujours eu le sommeil lourd. Elle insista, ébranla le bois. Une femme de chambre surgit dans le couloir.

— Il est encore tôt, madame, vous allez réveiller tout le monde ! chuchota-t-elle, effarée. Vous avez oublié votre clef ?

Olivia acquiesça. La jeune femme lui ouvrit avec son passe. Olivia pénétra dans la chambre, s'avisa que le lit n'était pas défait.

— Vous avez besoin d'autre chose ?

Olivia secoua la tête et la jeune femme quitta la pièce. Olivia se laissa tomber sur le lit, contrariée. Se pouvait-il que Jenny ait emmené son fils faire la fête dehors toute la nuit ? Pour en avoir le cœur net, elle décrocha le téléphone et demanda au standard de lui passer la chambre de Mme Lincoln. Dans la seconde qui suivait elle entendit le téléphone sonner dans la chambre à côté.

— *Pronto ?* fit la voix ensommeillée de Kate.

— Salut ma belle, c'est Olivia. Je te réveille ?

— Il est quelle heure ? demanda Kate en se redressant.

— Sept heures et quart. Tu as passé la soirée avec Noé ? Comment va-t-il ?

— Euh... bien, je suppose...

Noé dormait profondément près d'elle, le visage tourné vers le plafond, ses cheveux blonds tout emmêlés. Il était beau, la distribution céleste lui avait été favorable.

— Je suis en bas. Je peux monter te parler ?

Kate s'affola.

— Oui, oui, bien sûr ! Donne-moi juste dix minutes pour faire un brin de toilette.

Elle raccrocha, secoua Noé.

— Vite, retourne dans ta chambre, ta mère monte, il ne faut pas qu'elle te trouve là !

— Mmmm... pourquoi ? grogna Noé, endormi.

— J'ai déjà assez de problèmes comme ça ! Allez, lève-toi et file !

Le ton angoissé de sa voix acheva de réveiller Noé qui jaillit hors du lit où il avait dormi tout habillé. Il enfila ses baskets et marcha vers la porte.

— Merci de m'avoir laissé rester… et merci de ta confiance. Je saurai m'en montrer digne.

Il ouvrit la porte, demeura bouche bée en découvrant sa mère plantée sur le seuil. Olivia le repoussa, entra dans la chambre, claqua la porte derrière elle.

— Vous vous foutez de moi ? s'écria-t-elle avec rage. Tu étais censée jouer les gardes d'enfant, Jenny ! Tu sais ce que tu risques pour détournement de mineur ?

Kate s'avança, très calme.

— Nous nous sommes contentés de parler…

— On n'a rien fait, maman, je te le jure ! dit Noé.

— Toi, je ne veux plus t'entendre. Mon fils a dix-sept ans, Jenny. J'avais foi en toi, j'étais persuadée que tu voulais nous aider. Alors c'est ça ta vie ? Écumer les hôtels de luxe et te payer des gigolos ?

— Elle n'a pas voulu, maman, l'interrompit Noé, désespéré. J'ai essayé mais elle m'a ri au nez !

— Je te conseille de te taire, Noé !

Olivia tremblait de fureur.

— Ce n'est qu'un enfant, fit Kate d'une voix fatiguée. Il m'a fait des avances touchantes mais je ne suis pas inconsciente.

— Pourquoi te croirais-je ? rugit Olivia. Tu m'as menti autrefois en me cachant la lettre d'adieu de ma mère. Tu m'as volé sa mort… et maintenant tu veux me voler mon fils ?

Kate se rassit au bord de son lit.

— Je ne te dérobe rien et dans deux jours je disparaîtrai de vos existences. J'ai triché dans le passé, c'est vrai. J'ai fait exprès d'échanger ton manuscrit avec celui de Gwénola quand je les ai expédiés à cet éditeur. Je voulais que tu gagnes.

— Quoi ? !

Olivia était abasourdie.

— Ce n'était pas une erreur ? Tu l'as fait sciemment ?

— Tu étais mon amie, son manuscrit était meilleur, tu étais en deuil et ton père ne te regardait plus, j'ai voulu l'épater et te rendre heureuse.

— Mais tu n'avais pas le droit ! protesta Olivia. Tu te prends pour qui… Dieu ? La vie n'est pas un jeu de société où on triche pour favoriser ses copains, tu as changé nos destins et tu m'as obligée à tromper tout le monde !

— Tu aurais préféré n'être personne ? riposta Kate.

— J'aurais préféré que Gwénola soit publiée en terminale. J'aurais continué à écrire, progressé, et j'aurais peut-être fini par réussir moi aussi. Avec mon talent, sans truquage !

— Dans ce cas je te présente mes excuses. Je suis désolée. Tu es plus forte que je ne croyais.

— Je me fous de tes excuses à la noix ! hurla Olivia. Qu'est-ce que tu vas m'apprendre, encore ? Au point où on en est… Tu as payé Colin pour m'aimer ? Tu m'as acheté tous les ans cent mille bouquins pour gonfler les ventes ? Tu as échangé Noé contre mon bébé à la maternité parce que tu le trouvais plus décoratif ?

Elle ne se contrôlait plus. Elle se leva et balaya d'un revers de main le guéridon placé près du fauteuil. Le cendrier aux armes de l'hôtel rebondit sans se briser sur la moquette épaisse tandis que le vase de roses se renversait et se vidait de son eau.

— Arrête, maman ! cria Noé. Elle a eu tort mais tu pouvais rétablir la vérité et tu ne l'as pas fait. Elle a menti en 1985, tu as menti pendant vingt ans, c'est toi qui détiens le record. Je n'ai pas couché avec elle, elle n'a pas voulu de moi. Je ne suis plus un enfant, mes avances n'ont rien de touchant et je vous déteste toutes les deux !

Il bondit vers la porte et la claqua derrière lui.

— Noé ! s'écria Olivia en voulant se précipiter à sa suite.

— Laisse-le partir, conseilla Kate en la bloquant par le bras. Il est amoureux de son amie Mona, pas de moi, mais il a envie de grandir plus vite que la musique et il a flashé sur moi comme un gosse séduit par une photo de magazine. Il m'aura vite oubliée.

Olivia se dégagea et gagna le couloir.

— Moi je n'oublierai rien, dit-elle d'une voix dure. Ce qui est fait est fait, on ne peut pas modifier le passé. Je te demande de ne plus jamais intervenir dans notre existence, de ne plus voir mon fils, de te tenir loin de nous. Je suis claire ?

— Tu me pardonnes ?

— Tu te fous de moi ?

— Non. Je suis venue à cette réunion d'anciennes élèves pour implorer ta clémence. Je t'ai offert vingt ans de notoriété, c'était peut-être un cadeau empoisonné mais il t'a apporté beaucoup, ne dis pas le contraire.

Olivia leva les yeux au ciel.

— C'est surréaliste !

— Si c'était à refaire, tu es sûre que tu aurais préféré que je n'intervienne pas ? insista Kate. Si la réponse est oui, je t'autorise à me haïr jusqu'à la fin de tes jours. Si tu hésites, je te demande de me pardonner.

— Et quoi encore ? gronda Olivia.

— Quelle est ta réponse ?

Olivia la désigna d'un doigt menaçant.

— Ne t'approche plus jamais de ma famille !

— Oui, ou non ? répéta Kate.

Olivia serra les dents.

— Je te pardonne, souffla-t-elle.

Puis elle tourna les talons.

34

Kate s'installa dans le hall de l'hôtel pour attendre Paul dans un lieu public. Il arriva sur le coup de dix heures, les yeux perçants, le crâne brillant, la mine sombre. Ses mains tremblaient encore plus que la veille.

— Tu as eu tort de faire opposition sur ta carte de crédit, le distributeur l'a avalée, dit-il en s'asseyant près de Kate. Tu vis dangereusement. Tu as prévenu ton banquier ?

— Non, dit Kate en le regardant bien en face. J'ai été trop occupée.

Paul eut l'air surpris.

— Je n'ai pas dû me faire bien comprendre, Jenny, ou quel que soit ton nom. Je sors peut-être de prison mais au moins je suis moi. Tu n'as peut-être pas encore de casier judiciaire mais tu n'es pas toi et c'est nettement plus grave, crois-moi.

En guise de réponse, Kate lui tendit le dictaphone. Paul fronça les sourcils.

— Qu'est-ce que c'est ?

— Écoute.

Paul appuya sur la touche « Play » et sa voix enregistrée s'éleva dans le hall. Il diminua précipitamment le volume, approcha le dictaphone de son oreille, se concentra.

— Tu n'es qu'une petite garce, dit-il quand la bande ne diffusa plus que des crachotements.

Kate haussa les épaules.

— *Je suis sous contrôle judiciaire, je n'ai pas le droit de quitter le territoire des États-Unis, si on me savait ici je risquerais gros...*, répéta-t-elle en imitant sa voix. Merci de l'avoir précisé. Tu ferais mieux de reprendre l'avion fissa.

Paul ouvrit le dictaphone, en retira la minuscule cassette et arracha la bande magnétique.

— J'en ai d'autres, dit Kate.

— Tu crois avoir gagné quoi, avec ce chantage ridicule ? Tu me prends pour un enfant de chœur ? Je vais rechercher ma sœur. Si elle est vivante elle me le paiera. Si elle est morte je t'accuserai de l'avoir tuée. Je préfère être à ma place qu'à la tienne.

Kate se pencha en avant.

— Je... suis... ta... sœur ! dit-elle en détachant les syllabes. Puisque tu es mon frère, tu as droit à la moitié de l'héritage de nos parents. Je suis prête à le verser chez un notaire, tu n'auras qu'à le récupérer.

— Je veux tout, fit Paul avec violence. Tu n'es pas Jenny et je le prouverai.

— Vous désirez boire quelque chose ? proposa un serveur en se matérialisant à leur côté.

Paul sursauta.

— Rien, merci, dit Kate, nous attendons quelqu'un.

Paul lui lança un regard interrogateur.

— J'ai pris la liberté de téléphoner à l'ambassade, expliqua-t-elle avec un sourire suave. Enfin, quand je dis la liberté...

Paul se leva, l'œil mauvais.

— Tu le regretteras ! gronda-t-il. *Believe me*, crois-moi.

Il recula vers la porte puis disparut. Kate, épuisée, ferma les yeux. Elle avait tenu le coup mais n'avait fait que reculer l'échéance. Elle se demanda si Paul aussi était adopté. Elle se dit que le destin s'était trompé de personne et que Jenny aurait dû guérir à sa place.

35

Au mois de septembre, en semaine, le premier bateau du matin quittait Lorient à huit heures. Gwénola s'était levée à sept heures et n'avait rien pu avaler. Elle était partie à bicyclette jusqu'à la plage des Grands Sables. On apercevait Lorient, en face, au loin. Quelques bateaux croisaient au large. Vingt ans plus tôt, quand elle avait quitté Paris enceinte pour venir se réfugier sur l'île chez sa grand-mère, elle s'était rendue à la même heure sur cette plage. Le sable mouillé dessinait des arabesques et toute son existence semblait régie par ces figures géométriques que les vagues recouvriraient à la prochaine marée haute. Elle s'était persuadée que ce caillou planté au milieu de l'eau la préserverait et lui ferait tout oublier...

Son grand-père groisillon, un marin pêcheur qu'elle n'avait jamais connu, ne savait ni lire ni écrire. À l'époque, sa grand-mère était la seule à savoir dans son village, elle lisait *Ouest-Éclair* aux autres à la veillée, écrivait les lettres de ses voisines, s'était débrouillée avec dignité comme les autres femmes de l'île pour élever seule ses enfants et ses bêtes, travailler la terre, accueillir son mari quand il rentrait des campagnes de pêche. Elle rêvait de voyager comme les hommes, mais lorsque enfin la mer lui avait rendu le sien et qu'il avait pris sa retraite il n'avait plus qu'une envie, demeurer sur son île. Ensuite il était mort et elle s'était contentée de parcourir le monde en songe. Annick, sa fille, était devenue infirmière et avait choisi de s'expatrier. En revenant à Groix pour être correspondante de *Ouest-France*, le successeur de *Ouest-Éclair*, Gwénola avait d'une certaine façon repris le flambeau de sa grand-mère. Elle avait pour mission d'annoncer les nouvelles de bâbord et de tribord et elle en était fière, son travail l'amusait, « elle avait du goût » pour ça comme on disait ici.

Le ciel était clément aujourd'hui, et la plage déserte. Nul ne scrutait la mer avec angoisse, comme autrefois quand les femmes se rassemblaient sur la côte par gros temps pour voir rentrer les thoniers en déchiffrant au loin leur immatriculation, GX pour Groix, suivi de chiffres caractéristiques pour chacun. Il y avait eu un gros orage la semaine passée mais il venait de la terre, ce qui était bon signe : s'il était venu de la mer le mauvais temps aurait duré quarante jours.

Charles allait débarquer avec Loeiz. Gwénola frissonna. Son amour pour lui s'était mué en haine le jour où Jenny avait annoncé qu'il lui proposait d'avorter. Cette carapace avait protégé Gwénola toutes ces années, lui servant d'armure face au monde. C'était devenu une haine magnifique, un dégoût formidable, un cri terrible. Loeiz avait beau faire confiance à son père, Gwénola ne pouvait accepter la possibilité qu'elle s'était trompée sur son compte pendant vingt ans.

Elle vit le transbordeur arriver au large, sentit son cœur s'emballer. Elle ne possédait pas de voiture, à quoi bon sur une île où les distances étaient courtes et où deux bonnes jambes ou deux roues de vélo suffisaient. Loeiz et son père viendraient à la plage à pied ou par un des taxis qui attendaient l'arrivée des bateaux au port et acheminaient les clients pour deux euros la course. Elle ne voulait même pas serrer la main de Charles. Leurs peaux avaient jadis été si proches…

Gwénola aurait juré que cinq minutes à peine s'étaient écoulées lorsqu'elle entendit des voix sur le chemin. Elle ne se retourna pas et choisit de demeurer debout, face à la mer, le corps tendu à l'extrême.

— Maman est là-bas, dit la voix de Loeiz.

Elle serra les poings et les mâchoires, se raidit.

Charles rassembla son courage. Gwénola lui tournait le dos, le vent jouait dans ses cheveux noirs bouclés.

— Jenny nous a menti, dit-il d'entrée de jeu.

Il n'avait rien prémédité, cette première phrase s'était imposée d'elle-même. Il aurait pu commencer par « Je me suis trompé à ton sujet » ou « Tu as eu tort de me croire capable de », mais affirmer le mensonge de Jenny remettait les choses à leur juste place. Elle les avait manipulés comme des marionnettes. Ils avaient pleuré et souffert pour rien.

Gwénola tressaillit mais demeura immobile. Charles marcha vers elle sans bruit sur le sable, posa doucement les mains sur ses épaules. Elle sentit une décharge d'électricité la parcourir, résista.

— Je vais la tuer, décréta Charles d'une voix rauque. Je suis déjà mis en examen, alors au point où j'en suis ! Ce sera considéré comme un meurtre passionnel, le jury me trouvera des circonstances atténuantes. Je suis désolé, ma petite Bretonne...

Les mots du passé lui étaient spontanément montés aux lèvres. Elle fondit, pivota sur elle-même d'un seul bloc, recula. Il reçut de plein fouet le choc de ses yeux turquoise.

— J'ai cru que tu ne m'aimais plus, que tu avais disparu pour me faire comprendre que tu ne voulais plus de moi, dit-il douloureusement.

— J'ai cru que tu avais honte, que tu utilisais Jenny comme intermédiaire pour me signifier que nous n'étions pas du même monde et que tu ne voulais pas de cet enfant, souffla-t-elle.

— Pourquoi t'être confiée à tes amies avant de m'en parler ? gémit-il. Si tu avais eu confiance en moi tu aurais deviné ma réponse. Je t'aurais demandée en mariage et nous aurions été heureux...

Il eut un grand geste éloquent.

— Tu étais un homme, j'ai eu peur de ta réaction. Mon père a quitté ma mère le jour où il a su, j'ai craint que tu fasses pareil.

— Tu étais donc si sûre que l'histoire allait se répéter ? dit-il amèrement.

— Tu aurais dû venir me rechercher par la peau du cou !

— J'ignorais où tu étais..., reprocha-t-il, blessé.

— Tu n'avais qu'à demander à ma mère, au lieu de rester prostré en ton castel comme un prince charmant sans couilles..., fit-elle avec violence.

Il tressaillit sous l'insulte.

— Tu m'engueules parce que j'ai respecté en gentleman ta décision de me plaquer au lieu de te ramener de force en te flanquant une trempe ?

Loeiz, allongé sur le sable, se demanda pourquoi ses parents perdaient leur temps à se disputer au lieu de s'embrasser.

Gwénola secoua la tête.

— Je *nous* engueule, précisa-t-elle. Parce que nous avons laissé cette folle piétiner et détruire notre amour. On n'aurait jamais dû la croire !

— On n'a pas eu assez confiance en nous...

— On n'a pas eu assez confiance l'un dans l'autre, rectifia Gwénola.

— Résultat, tu m'as pris pour un salaud et tu as élevé Loeiz dans cette idée, conclut Charles.

— Quand il est rentré un soir de l'école en me demandant pourquoi les autres enfants avaient un père et pas lui, je lui ai expliqué que nous nous étions aimés, que nous l'avions désiré, que la vie nous avait séparés. C'était simpliste mais ça l'a rassuré.

— Tu savais que j'avais épousé Axelle ? demanda brusquement Charles.

— Oui. Ça ne m'a pas étonnée, vu ce que je pensais de toi. J'en ai déduit qu'elle avait gagné le père et que j'avais hérité du fils.

Charles n'y tint plus.

— Cessons de nous jeter à la figure ce que nous avons cru et souffert. Faisons reculer le temps, retrouvons-nous comme autrefois...

Gwénola désigna Loeiz.

— Nous ne pouvons plus nous pencher ensemble sur son berceau avec des mines attendries. La main passe, nous avons perdu.

— Non ! cria Charles avec rage. Nous avons droit nous aussi à notre part de bonheur, même avec vingt ans de retard !

Homme de cœur, il était écartelé entre le passé et le présent, Gwénola et Axelle. Toute son éducation lui soufflait d'oublier et de rentrer retrouver sa femme devant Dieu et les hommes. Toutes les fibres de son corps n'aspiraient plus qu'à aimer et posséder cette autre femme qu'il n'avait jamais oubliée. Mais il ne pouvait abandonner Axelle au moment où elle était en danger par sa faute.

Gwénola le regarda, surprise de la tendresse qu'elle éprouvait pour lui. Elle avait presque envie de le protéger.

— Nous sommes de sages quadragénaires à présent, nous avons dépassé l'âge des folies de jeunesse.

— Pas moi ! rugit Charles. Je me suis marié jeune et j'ai été fidèle à ma femme, j'ai travaillé pour garder le château, je n'ai jamais fait de folies. Aujourd'hui je veux t'emmener au bout du monde. Il suffit que tu acceptes de m'accompagner.

— Mon fils a besoin de moi, dit lentement Gwénola. Une nouvelle génération va nous succéder, nous ne pouvons pas manquer ce rendez-vous. Tu vas être grand-père !

— Je me sens comme un jeune homme amoureux, dit Charles avec fougue. Tu veux une preuve ?

Il l'attira à lui et l'embrassa. Elle lui rendit son baiser avec passion. Ils connaissaient la saveur l'un de l'autre, la retrouvèrent inchangée, restèrent longtemps ainsi, enlacés, devant l'océan. Loeiz se redressa et secoua ses cheveux pour en ôter le sable.

« Quand je vais raconter ça à Morgane », songea-t-il.

Plus tard, ils rentrèrent tous les trois chez Gwénola, Loeiz coupant par la route avec la bicyclette de sa mère tandis que ses parents, main dans la main, prenaient le chemin de la côte. Ils croisèrent des Groisillons que Gwénola salua et qui firent semblant de trouver normal de la voir tenir la main d'un étranger. « J'ai vu Gwénola avec un homme d'ailleurs, *dam* ! Elle avait l'air heureuse, *gast* ! » diraient-ils entre eux.

— Ils se demandent qui tu es…, souffla Gwénola.

— Bonjour, je suis le père de Loeiz, dit Charles d'un ton enjoué.

Il sourit, les yeux pleins de malice.

— Je protège ta réputation, souffla-t-il à Gwénola.

— Alors n'espère pas dormir sous mon toit, fit-elle en riant.

— Notre fils nous servira de chaperon, l'honneur sera sauf !

Ils déjeunèrent, avides de se redécouvrir. Loeiz nettoya avec dextérité de grosses moules de Groix que Gwénola fit cuire dans un faitout avec du persil, des écorces d'orange et des lamelles de gingembre frais. Le tout arrosé d'un subtil bordeaux blanc. Ils terminèrent par du fromage blanc crémeux saupoudré de mûres sucrées que Loeiz avait cueillies dans les buissons en revenant de la plage. Ils n'avaient pas faim mais se nourrir ensemble leur donnait l'impression d'être une famille.

— Alors tu me crois, maintenant ? murmura Loeiz à sa mère dans la cuisine en préparant les cafés. Tu admets qu'il disait la vérité ?

Gwénola hocha la tête.

— J'ai peur, souffla-t-elle. Je ne sais pas où tout ça va nous mener. Il est marié…

— Mais tu l'aimes, n'est-ce pas ?

Elle eut un sourire d'une douceur infinie.

— J'aimais un jeune homme de dix-neuf ans qui passait son bac en même temps que moi. Je ne suis pas faite pour être châtelaine ou femme d'homme politique,

Loeiz. Je pourrais en me forçant mais ce n'est pas mon choix. Je ne désire pas quitter mon île, je veux continuer à annoncer les nouvelles de bâbord et de tribord, j'ai envie de commencer un roman. Charles a changé, moi aussi.

— Tu l'as pleuré toutes ces années et maintenant qu'il te revient tu n'en veux plus ? vérifia Loeiz, incrédule.

— Je l'ai regretté, c'est vrai. Ne crois pas qu'il me revienne, il ne fait que passer. Il a la tête dans les étoiles ce matin mais demain il aura de nouveau les pieds sur terre. Tu as retrouvé ton père, c'est l'essentiel.

— Pas pour lui, objecta Loeiz.

— Ce n'est pas moi qu'il aime mais une petite Bretonne de dix-huit ans qui ne ressemblait pas aux jeunes aristocrates qu'il côtoyait. Je suis une femme indépendante, une journaliste, mère célibataire d'un futur médecin. Il ne serait pas tombé amoureux de cette femme-là, et moi je n'aurais pas craqué pour un député de province.

— Je ne te comprends pas, soupira Loeiz.

Gwénola lui sourit.

— Tu voulais être garçon d'honneur à notre mariage ? Oublie ce fantasme et regarde l'avenir. Le passé est mort.

— Qui est mort ? demanda Charles en entrant dans la cuisine. Pas notre amour, j'espère ?

Sa plaisanterie tomba à plat.

— Nos rêves de jeunesse, dit Gwénola. J'ai besoin d'océan pour retrouver mon cap, on va se promener ?

Charles acquiesça mais Loeiz prétendit avoir un coup de fil urgent à passer.

— Je vous rejoins, promit-il.

Ils partirent donc tous les deux vers la côte sauvage et déchiquetée. En terminale, Gwénola avait rêvé de faire découvrir son île à Charles mais là ses mocassins Weston glissaient sur le sol géologique caractéristique où le mica blanc, mélangé au quartz, brillait sous le soleil. Les vagues s'écrasaient sur les rochers en contrebas, violentes et têtues. Rebecca, la setter des voisins, gambada vers eux après son bain matinal et ses pattes avant boueuses dessinèrent deux cercles parfaits sur la chemise blanche de Charles qui la repoussa.

— Oh non, ma chemise, merde !

— Ça partira au lavage, fit Gwénola avec indifférence.

Des nageurs courageux s'ébattaient dans les flots, Charles frissonna en les apercevant.

— Elle doit être gelée...

— Ce n'est pas une baignoire, c'est l'Atlantique. Si tu veux du bouillon il faut aller dans le Midi.

Charles l'attrapa par le bras et l'attira contre lui.

— Qu'est-ce qui nous arrive ?

— Nous vivons sur deux planètes incompatibles, fit Gwénola en se dégageant.

Ils s'assirent et continuèrent à parler, les yeux fixés sur l'océan.

— Depuis que j'ai fait la connaissance de Loeiz je n'ai plus peur de rien, pas même de la prison, décréta Charles. Toi et moi évoluons dans des décors différents mais ce n'est qu'un détail.

— Ce n'est pas un décor, c'est ma terre, et je lui appartiens !

— Mes racines plongent au plus profond du Sud-Ouest mais quand je te vois je m'en fiche ! répliqua-t-il.

Gwénola ramassa un caillou argenté et le lança dans l'eau.

— Axelle t'a consolé de mon départ et t'a consacré sa vie. Tu l'abandonnerais maintenant sans remords ?

Charles secoua la tête, le cœur déchiré. C'était un homme d'honneur, il ne savait plus comment faire.

— Je l'aime et je dois la protéger. Je n'ai jamais cessé de t'aimer, tu es la mère de mon fils, tu es seule...

— Tu ne crois quand même pas que je t'ai attendu ? riposta Gwénola qui n'avait fait que ça.

— Bien sûr que non ! riposta Charles qui l'espérait. Pourquoi joues-tu les dures ? Je te connais, je sais qui tu es.

— Tu me connaissais, Charles. Je ne suis pas dure mais responsable. En devenant mère j'ai cessé d'être fille. Toi, tu es resté un fils qui veut contenter son père mort et tu joues au notable. Moi je suis devenue adulte. Nous n'avons plus le même âge.

— Jenny nous a fait du mal et nous rouvrons nos plaies, remarqua-t-il. Nous avons sûrement encore quelque chose d'intense à partager...

Gwénola sourit.

— Je l'espère. J'aime les romans avec une fin heureuse. Il t'arrive d'en lire ?

— Je n'ai pas beaucoup de temps libre. Je préfère les biographies ou les essais politiques.

Gwénola brûlait de savoir.

— As-tu lu ceux d'Olivia ? demanda-t-elle d'un ton indifférent.

Charles eut l'air pris au piège de l'intellectuel censé éplucher *Le Monde* et surpris en train de dévorer *Voici*.

— Oui, je plaide coupable. Je les ai même appréciés.

— Tu me rassures, fit Gwénola. C'est moi qui les ai écrits.

— Pardon ? dit Charles, stupéfait.

— J'ai été son nègre, c'est ce qui m'a permis d'élever mon... (elle se reprit) notre fils. C'est terminé à présent. Je veux publier sous mon nom. Je ne connais personne dans ce métier, ce sera difficile et peut-être que je n'y arriverai pas mais je dois mener cette bataille.

— Je peux t'aider, dit Charles avec empressement. J'ai plusieurs éditeurs dans ma circonscription.

— Non merci, j'ai l'habitude de me débrouiller seule, dit-elle d'un ton sec.

Il ne se laissa pas démonter.

— Justement, il est peut-être temps d'évoluer ? Il n'y a aucune honte à accepter l'aide des autres.

— En effet. Mais ce n'est pas mon style.

— Jusqu'à maintenant ton style a profité à ta chère amie Olivia, répliqua Charles, blessé. Tu lui as laissé tout le crédit de ce que tu as écrit et tu refuses un simple coup de pouce de ma part ?

— Ce n'était pas du piston, mais un arrangement financier.

— Une affaire de gros sous ? Ça ne te ressemble pas !

— Ça ne me ressemblait pas non plus d'élever un enfant seule, et pourtant !

— Retire ce que tu viens de dire...

— Sinon quoi ?

Il eut un sourire rusé.

— Dans le temps, tu étais très chatouilleuse.

Gwénola frissonna.

— Je ne le suis plus, mentit-elle.

— Prouve-le..., fit-il en avançant les mains.

— Non ! s'écria-t-elle en se levant et en reculant. Pitié !

Il éclata de rire et elle l'imita. Autrefois aussi ils se disputaient plus souvent qu'à leur tour, le ton montait vite, les mots fusaient, destructeurs, et soudain ils se réconciliaient au plus fort de la bataille en se chatouillant, en s'offrant un cadeau idiot et tendre, en s'embrassant pour obliger l'autre à se taire, en faisant l'amour. Il en avait toujours été ainsi, ils étaient des amants furieux et pinailleurs alors que Charles ne s'était jamais disputé avec Axelle, pas un mot plus haut que l'autre en deux décennies.

— Ne me chatouille pas, supplia Gwénola.

— À une seule condition.

— Laquelle ?

Il la fixa avec gravité.

— Puisque tu aimes tant les arrangements financiers, permets-moi de rétablir ce qui aurait dû être. Tu as supporté seule l'éducation de Loeiz pendant ces années. Le temps est venu pour moi de le prendre en charge...

— Tu crois avoir des droits sur lui ? bondit Gwénola. Tu veux l'acheter ?

Charles leva les mains en signe de reddition.

— Stop, ne me mange pas tout cru. Mets-toi à ma place. J'essaie seulement de rattraper le temps perdu.

— Je croyais les hommes politiques plus diplomates, grommela Gwénola. Toi aussi, mets-toi à ma place, tu verras les choses différemment.

— Chiche ? OK, échangeons nos rôles. Je suis donc une femme seule, journaliste, mère d'un fils génial qui a l'intelligence de son père et la beauté de sa mère.

Gwénola haussa les épaules.

— Tu n'es qu'un sale macho. Une femme seule, et puis quoi encore ? On ne dit pas d'un homme célibataire qu'il est un homme « seul » !

Charles acquiesça.

— Autant pour moi.

— À mon tour de me mettre à ta place, fit Gwénola. Je suis donc un comte, châtelain, député-maire, marié sans enfants.

— Tu m'accuses d'être macho mais tu es encore pire. Marié « sans enfants » : on dirait qu'il me manque quelque chose, que je suis en faute, que c'est louche.

— Touché, dit Gwénola en lui tendant la main. Viens !

— Où m'emmènes-tu ?

— Tu es trop habitué à ce qu'on réponde à tes questions, monsieur le député. Arrête de tout contrôler.

Ils remontèrent vers la maison. Loeiz avait laissé un mot posé sur le « carrosse », la pièce de bois sur laquelle les femmes de l'île s'agenouillaient autrefois quand elles allaient au lavoir. Le mot disait : « Suis allé boire un verre avec des copains au Ti Beudeff. »

— C'est un bar mythique connu des marins du monde entier, toutes générations confondues, expliqua Gwénola. Il existe depuis trente ans près du port, personne ne fait escale sans y boire un coup. Il a brûlé l'été 2003, rouvert en 2004. Ses murs étaient couverts de textes et de graffitis, témoignages de marins de passage inconnus ou célèbres, mais on l'a reconstruit à l'identique et l'aventure continue.

— Cet enfant n'a aucun respect pour ses vieux parents, dit Charles en faisant mine d'être fâché. Il préfère boire plutôt que de nous tenir compagnie.

— Il a manqué de fessées dans sa jeunesse, renchérit Gwénola. Forcément, à douze ans il me dépassait d'une tête !

— Ce qui n'est pas très difficile, il faut le reconnaître…

— Je ne te permets pas ! protesta Gwénola en riant.

— Tu es la plus jolie femme miniature que j'aie jamais rencontrée, murmura Charles en plongeant ses yeux dans les siens.

Elle l'entraîna dans l'escalier, poussa la porte de sa chambre. Charles découvrit le grand lit recouvert d'une moelleuse couette blanche et bleue, les chaises de bateau en bois patiné par les âges, la fenêtre avec sa vue imprenable sur la mer.

— Tu joues un jeu périlleux, souffla-t-il.

— Ce n'est pas un jeu. Ce sont des retrouvailles.

— Bienvenue, fit-il d'une voix rauque en commençant à la déshabiller.

Elle retint sa respiration, attentive à chacun de ses gestes, heureuse d'être effeuillée par lui. Depuis la naissance de Loeiz elle n'avait eu que trois amants, un touriste, un résident secondaire et un Lorientais. Des hommes libres de toute attache et qui ne faisaient que passer. Elle l'entendait bien ainsi, dans son cœur et sa chair elle se sentait encore liée à Charles, même si elle le haïssait.

Charles, les mains tremblantes, le souffle court, les yeux remplis de désir, se sentait gauche comme ce jour où ils avaient fait l'amour pour la première fois dans la chambre de jeune fille de Gwénola, devant ses posters et ses livres de poche, tandis que la radio jouait les tubes de l'année 1985 : *Quelque chose de Tennessee* et *Belle-Île en mer*.

Le soleil entrait à flots par la fenêtre ouverte dans le petit deux pièces du cinquième étage sans ascenseur. Ils n'avaient peur ni du bac prochain ni de l'avenir, ils vibraient à l'unisson, se moquaient des conséquences, émerveillés par ces sensations nouvelles qui les laissaient abandonnés et heureux...

Vingt ans plus tard, Charles roula sur le côté, caressa le visage de Gwénola.

— Il faut..., commença-t-il.

Il s'interrompit, le regard follement triste.

— ... que tu partes, je sais, dit-elle d'une voix étranglée.

Elle se lova contre lui, submergée par l'émotion.

— Je ne peux pas..., dit-il encore.

— ... l'abandonner.

— Ni maintenant...

— ... ni demain.

Il la serra contre lui, brisé.

— Je t'aime, murmura-t-il.

— Moi aussi, depuis vingt ans. Mais si tu quittes Axelle à cause de moi notre amour n'y survivra pas.

Il s'écarta d'elle, parcourut du regard son corps que les années avaient à peine marqué.

— Pourquoi ? dit-il.

Elle lui sourit avec tendresse.

— S'aimer, c'est tenir un moment les rênes du destin. Notre tour est passé, Charles. Tant de gens vivent et meurent sans éprouver le quart de ce que le hasard nous a permis de ressentir.

— Je me fous des autres, dit-il avec rage. Il faut remercier le destin de nous avoir ramenés l'un contre l'autre pour mieux nous séparer ?

Elle posa ses deux mains sur le torse de Charles.

— Tu es comme le soleil, j'ai chaud à tes côtés, quand j'ai cru que tu étais parti j'ai gelé pendant des siècles. Je vais de nouveau avoir froid ce soir mais savoir que tu m'aimes me réchauffera. Il faut que tu retournes auprès de ta femme. Il faut que j'aime quelqu'un d'autre. On n'a pas le choix.

— Axelle est attaquée par ma faute, soupira-t-il. C'est un bon petit soldat, elle me soutient avec vaillance.

— Vous affrontez la vie ensemble. Je n'entre pas dans votre empire. Vous êtes deux à avancer de concert. Moi je suis seule à marcher sans interroger mes semelles mais je sais que mon fils existe. Maintenant, même éloignés, nous serons trois : toi, moi et Loeiz.

Ils se rhabillèrent en silence et en connivence. Pour prolonger leur tête-à-tête ils décidèrent de rejoindre le port à pied et traversèrent l'île dans sa largeur, cheminant du même pas. Sans se concerter ils se lâchèrent la main en entrant dans le bourg, descendirent en passant devant le cinéma des Familles. Le cœur de Charles se serra en découvrant l'appellation mais il ne la commenta pas plus que Gwénola qui avait la gorge nouée. Lorsqu'ils passèrent devant le Ti Beudeff elle désigna la taverne mythique à Charles qui comprit aussitôt.

— Tu m'attends une seconde ?

Il entra, découvrit la salle blanche avec les poutres au plafond, le long comptoir derrière lequel étaient alignés les bouteilles et l'imposant stock de verres, les tables et les bancs de bois.

— Je cherche mon fils, dit-il à la cantonade avec l'impression de prononcer une phrase majeure.

Des jeunes et des moins jeunes bavardaient en buvant des bières et du whisky. Dans un angle, il aperçut Loeiz occupé à graver avec son Opinel la table en face de lui. Il s'approcha.

— Qu'est-ce que tu fais ?

Loeiz releva la tête.

— C'est la tradition. Je grave la date d'aujourd'hui, c'est un jour à marquer d'une pierre blanche, non ?

Charles lui tendit gauchement la main.

— Je prends le prochain bateau, dit-il à regret.

Le visage de Loeiz exprima la déception.

— Tu pars déjà ? Je croyais bien faire en vous laissant seuls tous les deux...

— Tu as eu raison, nous nous sommes retrouvés. Je t'attends quand tu veux dans le Sud-Ouest avec Morgane. Tu es là-bas chez toi, tu le sais.

— On viendra, promit Loeiz. Je t'accompagne au port.

Au moment de passer la porte il se retourna vers le bar.

— Je te présente mes amis Alain et Jo. Voilà, c'est mon père.

Charles salua ces deux hommes qui connaissaient mieux son fils que lui.

Ils rejoignirent Gwénola. Ils passèrent entre l'Auberge du Pêcheur et le restaurant Les Courreaux, arrivèrent sur le quai de Port-Tudy. Des voitures attendaient avant d'embarquer. Charles acheta son billet. Quand il sortit de la gare maritime, Gwénola sentit un poids lui écraser la poitrine.

— J'ai horreur des adieux, murmura-t-elle. Je préfère te quitter là. Bon voyage.

— Je t'en prie, reste encore ! s'écria Charles.

Mais Gwénola remontait déjà le quai d'un pas pressé.

— Laisse-la, conseilla Loeiz à son père. Quand elle fuit comme ça on ne peut rien en tirer, crois-moi.

— J'aurais tant voulu lui dire..., commença Charles.

Puis il se tut. Gwénola savait tout cela.

— Je vais rester avec elle cette nuit, promit Loeiz. Ses larmes seront moins amères qu'autrefois. Il vaut mieux pleurer sur une histoire terminée que sur un amour non partagé.

— Comment sais-tu ça à ton âge ? fit Charles, surpris par sa maturité.

Loeiz le considéra d'un air amusé.

— J'ai manqué de père, ça m'a fait grandir plus vite que mon ombre.

— Je suis désolé...

— Tu n'y es pour rien. Tu dors à Lorient ou tu reprends la route ce soir ?

— Je dois rentrer et affronter nos détracteurs.

Il se sentait triste à mourir. Puisqu'il ne pourrait pas être heureux avec Gwénola il devait à tout prix sauver

Axelle, elle était peut-être déjà harcelée par la justice. Les derniers passagers embarquaient, le marin préposé aux billets le héla :

— Si vous voulez partir c'est maintenant !

Charles se redressa. Il avait reçu l'Histoire en héritage avec son éducation, c'était son métier de sourire en toutes circonstances.

— Je suis heureux de te connaître, dit-il à Loeiz.

— Moi aussi. Pour cette histoire de nom, tu as l'air d'y tenir tellement, on bidouillera un truc, d'accord ?

Charles hocha lentement la tête et monta à bord.

Lorsque le bateau, après avoir corné pour annoncer son départ, quitta le port, Gwénola avait déjà atteint le centre du bourg. Elle entra dans l'église surmontée d'une girouette en forme de thon. Il n'y avait personne, la pénombre régnait. Gwénola se dirigea vers le présentoir des cierges et glissa deux pièces dans le tronc. Elle alluma son cierge avec le briquet qu'elle avait toujours au fond de son sac, sa grand-mère lui avait appris à ne jamais allumer un cierge à partir d'un autre sinon les prières se mélangent. De même, dans toute la Bretagne, on n'allume jamais sa cigarette à une bougie allumée, cela fait mourir un marin en mer.

— Qui que vous soyez, où que vous soyez, protégez Charles et Loeiz, murmura-t-elle en levant les yeux vers la voûte.

Puis, pragmatique, elle quitta les lieux pour entrer à la pharmacie d'en face sur le seuil de laquelle était couché Géostationnaire, le basset artésien. Le feu aux joues, elle acheta la pilule du lendemain. Une fois suffisait.

36

Maurice avait patienté jusqu'au soir pour parler à Pierre Bados seul à seul. Il se posta discrètement près de chez l'ancien maire, le vit rentrer, lui laissa cinq minutes. Puis il sonna à sa porte. Bados lui ouvrit, sur ses gardes. Il avait des lèvres minces, un sourire carnassier, une affreuse veste pied-de-poule.

— Oui ? grogna-t-il.

— Je suis venu discuter, annonça Maurice avec un sourire engageant.

— Je n'ai rien à te dire. Tu as misé sur le mauvais cheval.

— Tu as oublié quelque chose à la mairie, continua Maurice en lui tendant une feuille.

Bados la saisit, y jeta un coup d'œil, pâlit. C'était la photocopie d'un article de journal annonçant une vente par adjudication. Maurice l'avait tellement lue et relue qu'il savait le texte par cœur. « Vente par adjudication, suite à succession vacante, au plus offrant et dernier enchérisseur, à l'extinction des feux. En un seul lot, l'immeuble ci-après : une maison à usage d'habitation, comprenant un rez-de-chaussée et un étage, construite en pierres, et deux parcelles de terre sises audit lieu, figurant au cadastre de ladite commune à la section AC, savoir (suivaient les numéros des parcelles, leur contenance précise, leur classement au POS), mise à prix quinze mille euros, frais et charges en sus ». L'article précisait aussi le lieu et la date de la vente.

Dans le jargon professionnel, cela signifiait que l'État, représenté ce jour-là par le service des Domaines, gestion des patrimoines privés, avait vendu au plus offrant la maison que Grincheux avait héritée de son père qui l'avait héritée de son grand-père.

La vente devait s'effectuer de manière classique, à la bougie. Un huissier disposait dans un petit chandelier spécial trois bougies de la catégorie queue-de-rat, toutes fines, avec une mèche de coton, qui dégageaient une fumée bien visible lors de leur extinction. L'huissier réglait ce chandelier de sorte que les bougies dépassent d'à peine un centimètre et qu'elles mettent environ une à deux minutes à se consumer. La bougie s'éteignait quand la flamme arrivait au niveau du chandelier, et après une fraction de seconde on voyait s'élever la fumée. L'huissier allumait la première bougie, annonçait la nature du bien, le montant de la mise à prix, le montant de l'enchère, et disait : « Premier feu. » Pendant que la bougie brûlait, les enchères montaient jusqu'à son extinction. Et ainsi de suite jusqu'à l'extinction de la troisième bougie. L'adjudication était prononcée au profit du plus offrant, à savoir le dernier enchérisseur, « à l'extinction des feux » comme stipulé dans le texte de l'annonce.

Le Sud-Ouest étant de plus en plus prisé par les Anglais, les Hollandais, les Allemands et les résidents secondaires français, les prix flambaient, mais Bados avait été plus malin que les autres. Il avait un ami dans la place qui avait ajouté exprès une coquille dans le libellé de l'annonce : la date indiquée était erronée, il n'y avait pas de vendredi 29 ce mois-là, soit le jour était faux soit la date était mauvaise, ce qui avait d'office éliminé tous les étrangers à la région.

Le code de procédure stipule que la publicité doit être faite quinze jours avant la vente. Maurice avait mené son enquête : l'annonce était en effet parue deux semaines avant, comme il se devait, mais une seule fois, dans une feuille de chou à faible tirage. Enfin Bados et son ami avaient eu une dernière idée géniale, celle de fixer la vente réelle le soir de la rencontre de rugby la plus populaire du coin, après le coup d'envoi du match. Tout le monde était au stade ou devant son poste de télévision !

Sans personne pour surenchérir, Bados avait donc tranquillement acheté le bien qu'il convoitait pour cent euros de plus que la mise à prix, soit une somme ridicule.

— Bravo, dit Maurice. Très fort. Total respect, comme disent les jeunes maintenant. C'est du beau boulot.

— Je ne vois pas de quoi tu parles, marmonna Bados qui s'était repris. Tu me déranges, je suis occupé.

— Tu as oublié autre chose. Décidément, tu as le chic pour laisser traîner tes affaires !

Maurice exhiba une seconde feuille sur laquelle il avait photocopié les deux petits papiers jaunes trouvés par Joseph dans le dernier carton : « coquille date OK » et « fixer vente à date match ». Bados haussa les sourcils.

— Quel est le rapport ?

— Ne me prends pas pour un imbécile. Vous avez exprès annoncé la vente dans le journal avec une « coquille », c'est-à-dire une erreur d'impression, et vous l'avez exprès organisée le soir du match. Légalement tu es inattaquable, on ne pourra rien prouver contre toi. Mais les paysans et les commerçants d'ici ne vont pas apprécier du tout. Je n'aimerais pas être à ta place.

Bados eut un geste nerveux pour froisser la feuille que Maurice lui abandonna volontiers.

— Les originaux sont en lieu sûr, écrits de ta blanche main. Tu t'es cru plus fort que tout le monde, résultat : tu te ramasses en beauté ! Oh boudu, ils vont te lyncher. Charles et Axelle de Bergeac seront aux premières loges pour assister à la curée !

Bados réfléchissait à toute vitesse.

— Je ne peux plus rien pour les Bergeac, la machine est enclenchée. Mais on a sûrement moyen de s'arranger, toi et moi ?

Il se méfia.

— Ouvre ta chemise et fais voir tes poches...

Maurice s'exécuta, tourna obligeamment sur lui-même.

— Pas de fil, pas de micro. Tu regardes trop la télé depuis que ta femme t'a plaqué, Bados.

L'autre serra les poings.

— Tu dépasses les bornes ! gronda-t-il.

— Et toi tu as arnaqué tes concitoyens. C'était tentant... mais tu as perdu. Sois beau joueur. Ton cousin Dumont est un escroc et un ahuri, il fera de la tôle et il le mérite. Disculpe les Bergeac, tu n'as pas d'autre solution.

— Jamais ! s'écria Bados.

— À ta guise. Tu te souviens de Philippe, qui était en classe avec nous et qui bosse à *La Dépêche du Midi* ? Il est friand de scoops...

— Entre, dit Bados, vaincu, s'effaçant pour le laisser passer.

Ils discutèrent plus de deux heures. Bados multiplia les arguments, fit plusieurs offres alléchantes, tenta par tous les moyens de circonvenir Maurice et de le gagner à sa cause. Mais pour l'adjoint au maire, l'amitié passait avant l'intérêt.

— Tu te rends compte de ce que tu perds ? s'écria Bados, incrédule.

— Et toi, tu te rends compte de ce que tu risques ? Laisse tomber Dumont, tu l'aideras après. C'est bien simple : si Bergeac tombe, tu coules avec lui.

— Qui t'a donné ces *Post-it* ?

Maurice le regarda droit dans les yeux.

— Je travaille à la mairie, Pierre. Je fouillais dans les archives pour chercher une vieille demande de permis de construire et je suis tombé dessus. Tu n'as pas imaginé une seconde que tu allais perdre les élections, n'est-ce pas ?

Bados fit la grimace.

— Ton Charles les a impressionnés avec son titre ronflant et son château croulant. Moi je suis un fils de paysan, je n'ai pas de diplômes mais j'ai le sens de la terre et ici c'est le meilleur des passeports.

— Jolie formule, Philippe pourra l'utiliser dans son article. Il va apprécier le coup de la vente qui tombe le soir du match. Les étrangers font monter le prix de l'immobilier, ce qui empêche nos jeunes d'accéder à la propriété… Et toi, au cours de ton mandat de maire, tu réussis à acheter une maison pour rien ! Quelle réussite !

Pierre Bados enrageait mais il était coincé. Après une âpre discussion et un coup de fil orageux à Dumont, ils conclurent enfin un accord. Bados et Dumont s'engageaient à faire publier un démenti dans les journaux innocentant Axelle et Charles de Bergeac, en échange de quoi Maurice promettait à Bados de garder à jamais le silence sur ce tout ce qui concernait l'achat de sa maison. On dit qu'une promesse de Gascon ne vaut rien mais c'est faux. Les Gascons n'ont qu'une parole. Le pacte que Maurice et Bados venaient de sceller serait respecté.

37

Nuit de vendredi 23 à samedi 24 septembre

Charles, le cœur en bandoulière, prit la route dès que le bateau eut accosté à Lorient. Il serrait de toutes ses forces le petit volant sport en bois datant d'une époque où les airbags n'existaient pas. Il avait le sentiment d'être lancé sur un circuit où il ne pouvait ni freiner ni tourner, on lui demandait seulement de rouler droit devant lui et de plus en plus vite. Quitter Axelle était impossible, renoncer à Gwénola était impensable, garder les deux était chimérique, ne pas sauver Axelle était inconcevable. Il ne lui restait qu'une solution : foncer, et voir venir.

Aux environs de vingt-trois heures il sentit le sommeil le gagner. Docile, il s'arrêta, avala un sandwich, s'allongea derrière son volant et dormit deux heures. Puis il reprit la route après avoir bu une boisson répondant à la trompeuse appellation de cappuccino.

Il parvint au bout de la nuit dans la cour de son château. La lumière du porche brillait dehors comme si quelqu'un l'avait laissée allumée en prévision de son retour. Harassé, il gravit les marches familières, pénétra dans le grand vestibule, tituba vers la cuisine pour grignoter quelque chose avant de s'effondrer. Son couvert était disposé dans la salle à manger avec le rond d'argent gravé à son monogramme. Un froissement soyeux l'alerta, il se retourna. La longue et mince Axelle descendait l'escalier monumental, sa chemise de nuit

Laura Ashley flottant autour d'elle. Il superposa un instant à cette longiligne apparition la silhouette frêle de Gwénola, secoua la tête pour chasser l'évocation, sourit.

— Je t'ai réveillée ? Je suis navré, j'ai pourtant fait doucement.

— Je t'attendais, dit-elle.

Elle avait des cernes bleutés sous les yeux et l'élégance de ne pas lui poser de questions.

— Tu as dîné ? s'enquit-elle.

— À peine. Tu veux petit-déjeuner avec moi ?

Elle hocha la tête, un sourire fugitif éclaira son visage. Elle n'allait pas se recoucher alors qu'il était de retour. Allait-il lui annoncer qu'il la quittait pour Gwénola ? Elle chercha des indices sur le visage de son mari mais la fatigue plombait les traits de Charles.

Un glissement les fit pivoter vers la cuisine au seuil de laquelle Jeanne venait d'apparaître, impeccable malgré l'heure matinale.

— Je vous sers tout de suite, monsieur le comte, dit-elle, impassible.

Charles perçut du soulagement et de la tendresse dans sa voix.

— Merci, Jeanne.

— Joseph s'occupera de l'Alfa, fit-elle comme on rassure un enfant inquiet pour son jouet.

Les yeux de Charles se fermaient malgré lui. Il passa dans le cabinet de toilette contigu pour se laver les mains et s'asperger le visage d'eau fraîche, puis rejoignit Axelle dans la salle à manger. Elle avait l'air si vulnérable, dans sa longue chemise démodée. Il eut envie de la toucher, mais ses mains avaient caressé Gwénola et il les fourra au fond des poches de sa veste de tweed. Elle brûlait de se jeter dans ses bras, mais elle se contint. Jeanne s'agitait, silencieuse, et la table se couvrit comme par magie de plats en argent surgis de nulle part, pleins d'œufs brouillés au bacon, de crêpes au sirop d'érable, de toasts croustillants, de confitures maison et du beurre frais de la ferme voisine. La vaisselle ancienne, qui portait les armes des Bergeac, n'allait pas dans le lave-vaisselle, ce qui tombait bien puisqu'il n'y en avait pas au château. Charles s'assit et étala ses longues jambes avec un soupir fatigué. Axelle passa derrière lui et lui massa amoureusement les épaules. Il s'abandonna à son contact avec reconnaissance. Il était obsédé par le harcèlement judiciaire et le danger qu'elle encourait à cause de lui. Elle était si obnubilée à l'idée qu'il était venu lui dire adieu qu'elle en avait oublié le reste, l'épée de Damoclès qui se balançait au-dessus de leurs têtes, la virée nocturne dans la mairie, la promesse faite à Maurice.

— Ça va ? murmura-t-elle.

Il pensa non, il fit oui de la tête.

— Je n'étais pas sûre que tu reviendrais mais dans le doute... je t'espérais.

— Merci pour la lumière allumée dehors.

Ils se comprenaient, il y avait toujours eu cette harmonie entre eux, exempte de passion et de souffrance. En fait ils s'apaisaient l'un l'autre.

— Qu'as-tu décidé ? osa-t-elle demander.

Quelqu'un la connaissant mal l'aurait jugée passive alors qu'elle était simplement concentrée. Sans Charles l'existence lui importait peu. Elle jaugeait le terrain et considérait toutes les éventualités.

— Je suis crevé, j'ai besoin de manger et de dormir, Axelle. Pas maintenant.

— Tu vas repartir ?

Il la considéra avec étonnement.

— Bien sûr que non. Nous sommes mariés !

— Je sais, pour le meilleur et pour le pire. Est-ce que je suis le pire ?

Sa voix se brisa sur le dernier mot.

— Tu es ma comtesse, lui dit-il avec affection.

— Et elle, elle est quoi, ta princesse ? La mère du petit lord Fauntleroy ?

Les traits aristocratiques d'Axelle se déformèrent sous le coup de la douleur, mais elle se reprit.

— Excuse-moi, souffla-t-elle. Tu es éreinté et rien de tout ça n'est de ta faute. Nous parlerons à ton réveil. Je voulais juste te dire...

Elle s'interrompit, les mots pourtant bien préparés avaient du mal à passer.

— Je voulais que tu saches...

— Oui ?

— Je suis... heureuse pour toi que ton fils existe. Sincèrement. J'aurais préféré être sa mère, mais le destin en a décidé autrement. Au moins toi, tu connais ce bonheur. Comment est-il ?

Charles la contempla avec admiration. La force de caractère d'Axelle forçait le respect.

— Tu l'aimeras, dit-il en l'espérant de tout son cœur, et il t'aimera aussi.

— J'ai pensé que tu l'installerais dans la chambre bleue, celle qui donne directement dans la tour d'angle ?

Charles secoua la tête.

— S'il avait dix ans on lui achèterait un ordinateur et un baby-foot, mais je vais être grand-père, Axelle. Cette chambre sera pour l'enfant, la troisième génération. Loeiz et Morgane seront mieux dans l'autre aile.

— Grand-père ? répéta-t-elle.

Tout allait trop vite, elle se sentait dépassée.

— Moi au moins, je ne serai pas grand-mère ! Tu vas prendre un coup de vieux mon pauvre ami...

Toujours cette politesse du désespoir, cette éducation imprimée dans chaque pore de sa peau, chaque fibre de ses muscles, comme un poinçon indélébile. Elle plaisantait au lieu de lui arracher des aveux par la torture. Elle aurait tout donné pour savoir ce qui s'était passé entre lui et Gwénola, quelles paroles, quels gestes, quelles émotions. Mais les mots parfois sont redoutables et les confidences irréparables, ensuite on ne peut plus retourner en arrière, alors elle fit le choix d'ignorer plutôt que de tout gâcher et elle lui servit deux crêpes nappées de sirop.

— Bon appétit.

— Tu n'en prends pas ?

Elle l'imita, fut rassasiée après une bouchée.

— Il fallait que j'aille à Groix, dit-il quand son assiette fut vide. Je le devais.

— Je sais. J'ai eu si peur que tu ne reviennes pas. Et maintenant je suis… terrifiée ?

Sa phrase se termina en point d'interrogation, comme une prière.

— Je vis ici, dit-il fermement. Chez nous, et tu es ma femme.

— Le divorce existe et c'est ton château, pas le mien. Si tu souhaites y faire venir Gwénola et Loeiz je m'en irai.

Il ne put s'empêcher de sourire.

— Tu délires, Axelle. Elle est enracinée dans son île. Lui vit à Rennes avec sa petite amie. Et les pierres de cette demeure t'ont choisie, tu les as apprivoisées, tu as redonné une âme à ce lieu. Notre maison ressemble à notre couple ma chérie, solide et digne.

Elle encaissa. Elle éprouvait une passion ardente pour lui alors qu'il la jugeait sobre, réservée, discrète. La désirait-il encore ? Ils n'avaient plus fait l'amour depuis le jour où elle avait reçu l'invitation pour les « vingt ans du bac » un mois plus tôt.

— Je te rends ta liberté si tu le souhaites, Charles. Ne reste surtout pas avec moi par devoir.

Jeanne, qui venait d'entrer avec un pot de café frais, tourna les talons et s'éclipsa dans sa cuisine.

Charles se pencha par-dessus la table et saisit la main d'Axelle.

— Regarde-moi, ordonna-t-il. Je t'aime. Je vous aimais toutes les deux. Je ne t'ai pas épousée par défaut, d'accord ?

— Tu l'aimes encore ? demanda-t-elle, le cœur serré.

Il choisit ses mots avec soin.

— Je lui suis encore très attaché, mais l'amour… c'est autre chose.

— Et Loeiz ?

Charles fit une drôle de moue.

— Il me fascine, c'est mon fils, mon sang, mais je ne connais rien de lui. J'ai l'impression de me présenter à un entretien d'embauche et de concourir pour le poste du « meilleur père parachuté de l'année 2005 ». Lui aussi doit se sentir bizarre, il veut me plaire mais refuse mon nom et mon titre.

Axelle n'avait pas pensé à cela, Loeiz serait le prochain comte.

— Il faut du temps, dit-elle.

— Nous en avons assez perdu comme ça à cause de Jenny, tu ne crois pas ? gronda-t-il.

Il était toujours aussi fatigué mais le petit déjeuner l'avait dopé et décuplait sa rage.

— Nous avons tous souffert à cause d'elle. Elle repart demain en Italie, c'est ça ? Je vais l'appeler à son hôtel, décida-t-il en repoussant sa chaise.

Jeanne, qui écoutait à la porte, se tourna vers son Joseph.

— Monsieur le comte va mieux, dit-elle, rassurée.

Le téléphone sonna dans la chambre de Kate qui se réveilla en sursaut et décrocha, le cœur battant. Qui était au bout du fil, Paul ? Floridiano ? Noé ? Olivia ?

— Allô ?

— Jenny, c'est Charles.

Le ton était sec, la voix cinglante. Kate se redressa dans son lit et se blinda mentalement. Elle était venue pour mener à bien sa mission, elle savait que ce ne serait pas une partie de plaisir, plus que vingt-quatre heures et elle serait hors d'atteinte. Ce qu'elle redoutait était arrivé, au début les autres avaient été ravies de la retrouver, désormais on la haïssait à cause de ce que Jenny avait fait.

— Bonjour, Charles.

— Pourquoi ? cria-t-il. Je ne comprends pas, j'ai beau chercher ! Pourquoi nous avoir fait autant de mal, Jenny ? Nous étions amis, pourtant !

Kate demeura un moment silencieuse.

— Axelle et toi alliez si bien ensemble..., dit-elle enfin.

— De quel droit ? hurla Charles. Tu nous as manipulés comme des marionnettes pour t'amuser ?

— Je ne pensais pas que mon mensonge tiendrait vingt ans, j'étais persuadée que vous alliez vous expliquer en tête à tête et découvrir la vérité.

C'était vrai, Jenny l'avait confié à Kate, elle l'avait sincèrement cru. Elle s'était rendu compte qu'il n'en était rien lorsqu'une ancienne élève était venue aux États-Unis en 1999. La jeune femme en question habitait maintenant avec son mari au fin fond de l'Amazonie, elle ne risquait pas de se déplacer pour la réunion des vingt ans du bac. Elle avait raconté à Jenny que Gwénola s'était retirée sur son île avec son fils en coupant les ponts avec les autres, qu'Axelle et Charles s'étaient mariés, qu'Olivia était devenue un écrivain célèbre. Lorsque, six mois plus tard, Jenny avait appris qu'elle souffrait d'un cancer, elle avait cru à une punition divine.

— On n'avait aucune raison de douter de toi, continua Charles, hors de lui. Tes amies pensaient que tu les aimais...

Kate serra les dents. Elle n'avait jamais eu d'amies, c'était un luxe que pouvaient seuls se permettre les gosses qui avaient des parents.

— Je suis désolée... Je te demande pardon. Je n'ai pas mesuré les conséquences de mon mensonge. Je n'étais qu'une sale gamine.

C'était fait, elle avait rétabli la vérité. Il pouvait l'injurier, la menacer, la traiter de tous les noms, ça n'avait aucune importance, c'était le prix à payer. Kate était en paix avec sa conscience.

— Si tu étais un homme je te casserais la gueule. Je ne veux plus jamais te voir approcher quelqu'un que j'aime, dit Charles. Je t'interdis d'avoir le moindre contact avec Axelle, Gwénola ou Loeiz. C'est bien compris ?

— Je n'ai aucune raison de...

— Plus jamais ! coupa-t-il. Tu m'as bien entendu ?

Elle prit une grande inspiration avant de lui répondre.

— Ne t'inquiète pas, dit-elle. Ça ne risque plus de se produire.

Charles raccrocha avec violence. Kate reposa doucement le combiné sur son socle. Malgré la promesse qu'elle venait de faire, il lui restait encore à affronter Gwénola puis elle s'en irait. Elle s'obligea à respirer lentement une dizaine de fois pour se calmer, puis rejeta draps et couvertures et ancra ses pieds dans le sol. Une petite demi-heure de Qi Gong s'imposait. Elle se frotta les mains, massa son visage, glissa ses index sur ses majeurs au niveau des oreilles, ce qu'on appelait les tambours célestes. Elle continua par le mouvement de l'oiseau qui vole en ramassant puis étendant les ailes, un exercice lent et gracieux comme une danse au ralenti, et le Qi Gong de l'hirondelle. Puis elle oublia tout le reste.

38

Corrado était content de sa semaine, il avait déniché des objets de marine insolites à la foire de Chatou et s'était organisé avec un confrère venu en camion pour les convoyer jusqu'à Rome.

Le père de Corrado, un instituteur, avait élevé son fils dans l'amour des livres et le petit garçon avait écumé les mers du globe à travers les pages. À dix-huit ans, alors qu'il travaillait pour un importateur de meubles exotiques, il avait eu l'occasion de racheter un stock oublié, un container rempli de trésors, et l'aventure avait commencé. Ce métier lui allait comme un gant, il aimait voyager, découvrir, parler, rêver, exposer, vendre. Il s'était constitué au fil des années une solide clientèle d'habitués au portefeuille bien garni, amoureux des belles choses. Ils lui passaient commande et il partait à la recherche de leurs désirs en Europe et en Amérique. Il avait aussi des correspondants dispersés au hasard de la planète qui lui expédiaient des containers dont il découvrait le contenu comme un enfant déballe ses cadeaux à Noël. Il n'avait pas de magasin, il vendait dans les marchés aux puces les plus prisés, Rome, Arezzo, Parme, Naples, Milan. Il adorait son métier mais était toujours en vadrouille, ce qui avait été fatal à son couple : sa fiancée, comme on dit pudiquement en Italie pour désigner une petite amie, une maîtresse, une compagne, bref, une femme avec laquelle on vit sans l'approbation du Vatican, sa fiancée, donc, détestait les voyages et lui avait demandé de choisir entre elle et son métier. Corrado n'avait pas hésité, il n'était pas homme à jeter l'ancre, il avait trop besoin d'espace. Il lui avait proposé de travailler avec lui mais elle voulait manger italien, boire italien, rester dans la ville de ses parents et déjeuner chez eux le dimanche, bref, ils avaient mis sept ans à s'apercevoir qu'ils étaient incompatibles...

Du coup, Corrado était venu seul à Paris, une ville qui comme Venise convenait mieux aux amoureux. Ce samedi matin, il sortit de son petit hôtel idéalement situé sur la rive gauche et traversa le pont de l'Alma à longues enjambées souples en direction de l'embarcadère des bateaux-mouches. Une pancarte annonçait les horaires de la pleine saison (toutes les trente minutes de 10 heures à 20 heures, toutes les vingt minutes de 20 heures à 23 heures) et ceux de la basse saison (à partir de 11 heures jusqu'à 21 heures). Le quai était désert. Il déchiffra les noms des deux bateaux les plus proches, *Le Zouave de l'Alma* et *La Patache*. La croisière durait une heure dix, les bateaux partaient de l'Alma puis longeaient la rive gauche en passant devant le musée d'Orsay, contournaient Notre-Dame, revenaient par la rive droite le long du Louvre, allaient jusqu'à la statue de la Liberté, effectuaient une boucle et retournaient à leur point de départ en passant devant la tour Eiffel. La flottille parcourait chaque année trois fois le tour de la terre.

Corrado regarda sa montre, il était bien trop tôt. Si la jeune Américaine aux yeux doux et tristes qui avait voyagé à côté de lui dans l'avion avait été là, ils seraient allés dans un bistrot parisien typique déguster un croissant croustillant. Il aurait plaisanté avec le patron et payé une tournée aux habitués accrochés au comptoir. Corrado aimait l'atmosphère de la ville et appréciait ses habitants, seul le café local imbuvable ne trouvait pas grâce à ses yeux. Il avait cru que sa voisine de l'avion était française à cause de son élégance. Elle avait un sourire américain plein de dents blanches et un corps sexy de Californienne. Mais l'Italie avait déteint sur elle parce qu'elle gesticulait et que, en dépit de ses cheveux roux, elle avait la beauté sauvage des femmes du Sud. Il aurait aimé passer son baptême de mer en sa compagnie. Tant pis !

Il poursuivit son chemin, avisa de l'autre côté de la place une brasserie éclairée devant laquelle un homme avec un tablier bleu disposait des chaises et des tables à la française. Il traversa en humant à l'avance l'odeur des croissants chauds, faillit se faire renverser par un taxi.

— *Ma guarda 'sto cretino !* cria-t-il à l'adresse du chauffeur qui, piteux, poursuivit sa route.

À l'arrière de la voiture, une femme qui ressemblait à l'Américaine de l'avion se retourna puis rapetissa dans le cadre de la vitre tandis que le taxi filait vers la rive gauche.

Corrado finit de traverser la place en songeant que son célibat récent l'obsédait et que s'il commençait à voir la même inconnue partout il avait peut-être intérêt à consulter.

39

Kate en tremblait dans son taxi, elle avait vraiment cru que le piéton imprudent allait se faire renverser. L'homme ressemblait à son voisin de l'avion, le Romain courtois aux yeux pers. Elle secoua la tête pour chasser son souvenir, elle n'était pas là pour rêver mais pour terminer sa mission.

Le taxi pila devant la gare Montparnasse dix minutes avant le départ, Kate eut juste le temps d'acheter son billet Paris-Lorient et de cavaler pour attraper le train au vol.

Quatre heures et quelques plus tard, elle descendit à la gare de Lorient. Une navette la conduisit à la gare maritime d'où un bateau appelé le *Saint Tudy* l'emmènerait à Groix vers treize heures.

Le gros transbordeur se balançait sur l'eau calme du port, lourd et rassurant. Kate adorait l'élément liquide. Enfant, ses parents l'emmenaient lancer du pain aux canards près du lac à côté de chez eux. Après le drame, sa première famille d'accueil habitait le long d'un fleuve. Jenny était morte paisiblement au bord d'un lac texan. Floridiano l'emmenait souvent dîner près de Rome devant le lac d'Anguillara dans un délicieux restaurant appelé le *Chalet del lago*. L'eau avait rythmé la vie de Kate mais ses pieds n'avaient jamais foulé le pont d'un navire, d'un yacht, d'un canot, de la moindre barcasse.

Elle mit un pied sur le bateau avec l'impression d'accomplir un exploit. Le gauche, celui du cœur, glissé au ras du sol. Sur le pont supérieur du *Saint Tudy* elle fut un peu déçue d'éprouver la même sensation qu'au sommet d'un immeuble. En ce samedi ensoleillé de nombreux Bretons passaient leur fin de semaine sur l'île et le pont se remplissait peu à peu. De grosses lettres noires précisaient qu'il était interdit de monter sur les sièges mais des jeunes avaient investi l'arrière du navire et s'étaient juchés sur la rambarde, leurs pieds chaussés de grosses baskets confortablement étalés sur les sièges défendus. Kate les imita, s'attendant à voir surgir un marin à pompons pour la jeter aux fers mais non, personne ne vint et le bateau cracha bientôt une fumée malodorante avant de s'éloigner du quai.

Kate resta à la même place pendant toute la traversée, le regard portant loin, le corps ressentant les trépidations du moteur qui se propageaient à travers le pont jusqu'au siège et depuis les semelles de ses souliers dans toutes les fibres de son être. La mer était aussi belle que du bord, mais voguer dessus donnait un sentiment de puissance et d'éternité. Kate songea à la phrase de Corrado : « Le premier qui navigue prévient l'autre. » Elle irait le voir au marché de *ponte* Milvio pour lui annoncer qu'elle avait franchi le cap.

Quarante-cinq minutes plus tard le bateau passa entre les feux d'entrée vert et rouge du port de Groix et s'amarra le long du quai. Kate avait moins de deux heures pour accomplir sa tâche avant la prochaine rotation. Elle composa le numéro de Gwénola.

— Allô ?

La voix était sourde, voilée.

— C'est Jenny, dit Kate. Je suis sur le port de Groix, je voudrais te parler.

Silence, puis la voix claqua, sèche.

— Qu'est-ce que tu veux ? Tu ne nous as pas fait assez de mal ?

— Je t'en prie, Gwénola, accorde-moi une demi-heure.

— Pas chez moi en tout cas !

— Tu veux qu'on se retrouve où ? demanda Kate.

Gwénola hésita. Pas dans un café, tout le monde serait au courant, les bruits vont vite sur une bande de terre de huit kilomètres sur quatre.

— Emprunte la passerelle sur ta gauche, elle te mènera vers le quai sud. Dépasse la menuiserie du Rouquin Marteau, les garages, la station-service. Au bout à droite, après les Viviers du Port, il y a une petite crique. Je serai là dans un quart d'heure.

Seize minutes plus tard, alors que Kate était assise sur un rocher, ses mains entourant ses genoux repliés, Gwénola parut, le visage fermé. Kate tourna la tête vers elle.

— Tu me détestais donc tellement ? attaqua Gwénola. Qu'est-ce que je t'avais fait pour mériter ça ?

— J'étais jalouse et stupide. Je n'ai pas imaginé les conséquences…

— Pas imaginé ?

Gwénola était hors d'elle.

— Mon fils a grandi sans père, tu m'as séparée de l'homme que j'aimais, il a cru que je me foutais de lui et il en a épousé une autre… parce que tu as manqué d'imagination ? Tu te rends compte de ce que tu oses me dire ?

— Je te demande pardon.

Gwénola eut un rire sans joie.

— Œil pour œil, dent pour dent, j'espère que tu paieras pour ça !

— J'étais malheureuse, j'en voulais au monde entier.

— Nous faire souffrir t'a consolée ? gronda Gwénola.

Elle avait envie de frapper Jenny mais quelque chose l'en empêchait, une inadéquation entre ce que disait son ancienne amie et son regard franc. Jenny avait été coupable du pire mais son visage n'en portait pas les stigmates. Gwénola la considéra avec dégoût.

— Qui as-tu aimé ? fit-elle d'un ton méprisant. Pour qui as-tu souffert ? Je ne te hais même plus, tiens… je te plains. Tu n'es qu'une…

Le mot qu'elle cherchait suintait le bruit, la fureur et la médiocrité, minable, nulle, ratée, mal-aimée, jalouse, salope, perverse, mauvaise.

— ... une nuisible et une inutile, dit enfin Gwénola.

Kate baissa la tête, blessée. Même si l'insulte s'adressait à la vraie Jenny, elle la prenait pour elle. Jusqu'en 2000, elle n'avait aimé que le souvenir de son enfance brisée, n'avait souffert que de sa solitude. La première personne à laquelle elle s'était réellement attachée était cette Jenny Lincoln hospitalisée dans la même chambre et qui n'allait pas guérir. Kate était devenue humaine en voyant Jenny accepter qu'un jour prochain il n'y aurait plus de projets, plus de batailles, plus de demain. C'était comme si la mort de l'une avait réveillé l'autre. Kate, devenue Jenny, allégée de ses soucis financiers et du parfum de scandale familial qui collait à ses basques, avait pu s'épanouir et prendre de l'épaisseur. Elle n'était pas encore au point question émotions, elle avait trop l'habitude de se préserver. Elle était reconnaissante à Floridiano de l'escorter mais il ne faisait pas battre son cœur. Elle ne tressaillait pas quand il effleurait sa peau, ne rêvait pas de lui pendant son sommeil. Ils s'acheminaient vers une rupture qu'elle souhaitait depuis longtemps et à laquelle il ne s'attendait pas. Gwénola n'avait pas tort en accusant Kate de ne vibrer pour personne, mais nuisible et inutile... N'était-elle que cela ? Avait-elle hérité ce talent de son assassin de père ?

— Charles m'a appelée cette nuit, dit-elle. Je lui ai promis de ne plus jamais t'approcher. Je suis venue te dire adieu.

— Comment as-tu pu vivre vingt ans en sachant ce que tu avais fait ? rugit Gwénola. Ça ne t'empêchait pas de dormir ?

— Ça m'a tuée, répondit Kate sans mentir.

— Tu m'as l'air bien vivante et pas vraiment bourrelée de remords. On a découvert la vérité parce que Loeiz et Charles se sont trouvés face à face au Trèfle, autrement tu aurais continué à nous mentir !

Kate secoua la tête.

— Je suis venue à Paris pour apurer nos comptes. Je repars demain en Italie.

— Eh bien casse-toi, dit Gwénola avec humeur. Disparais de ma vue !

— Je ne t'ai pas encore tout avoué, dit Kate.

— Quoi encore ? Ça ne finira donc jamais ?

Kate se leva. Les deux jeunes femmes, petites et minces, se faisaient face, tendues et concentrées.

— J'ai interverti ton manuscrit exprès avec celui d'Olivia quand je les ai envoyés à l'éditeur, confessa Kate. J'avais compris que le tien était meilleur. Elle était mon amie, j'ai voulu lui donner sa chance. Je ne pouvais pas deviner que la supercherie perdurerait.

Gwénola ouvrit la bouche, la referma. Ses yeux bleus lancèrent des éclairs, elle parut sur le point de s'élancer. Puis, soudain, l'absurdité de la situation lui apparut et elle laissa échapper un gloussement surpris. C'était trop gros, trop improbable. Cette femme rousse en face d'elle lui avait volé son homme et sa notoriété pour en faire profiter ses amies et elle l'avait laissée faire. Si Jenny n'était pas intervenue, que serait devenue Gwénola ? Un mélange d'Axelle et d'Olivia, une comtesse de province lue dans les salons mondains ? Comment aurait grandi et évolué Loeiz ?

Kate attendait, ramassée sur elle-même, que Gwénola explose.

— Tu as fait très fort, dit Gwénola d'une voix étranglée. Mais tu n'as pas réussi à démolir ce que j'ai bâti pierre après pierre, mon foyer, mon fils, ma place dans mon île, mes livres. J'ai des lecteurs dans toute la France, même s'ils ignorent mon nom. Ma mère et mon fils sont fiers de moi, je peux me regarder dans la glace tous les matins, j'ai apporté quelque chose au monde. Va-t'en, Jenny.

Kate recula. Gwénola se tenait très droite et sa colère la grandissait. Malgré la violence de la scène Kate éprouvait un soulagement immense, c'était fini.

— Dégage ! hurla soudain Gwénola.

Kate tourna les talons et courut vers la passerelle. Des larmes coulaient le long de ses joues sans qu'elle songeât à les essuyer, larmes de tristesse pour les chagrins que Jenny avait causés, larmes de regret pour Jenny morte si jeune, larmes de réconfort pour la dette qu'elle venait enfin de payer.

À 15 h 45 précises le *Saint Tudy* quitta le port de Groix et cingla vers le continent. Kate renversa la tête en arrière, ferma les yeux et laissa le vent sécher son visage.

40

Ce samedi matin Olivia s'était réveillée aux aurores selon son habitude. Elle avait poussé doucement la porte de la chambre de son fils mais l'avait trouvée vide. Elle avait bêtement espéré qu'il était revenu cette nuit juste pour l'embrasser. La production de *Tel père, tel fils* avait convoqué les candidats à midi, ensuite elle ne le verrait plus qu'à la télévision. Mais Noé lui en voulait encore et n'avait pas souhaité se réconcilier avec elle.

Olivia prit sa décision à huit heures précises en écoutant du Mozart. La solution lui apparut clairement. Elle consulta l'annuaire sur Internet, tapa le nom de son éditeur, Bertrand Guinness, obtint son adresse parisienne et son numéro de téléphone. Elle ignorait qu'il vécût dans ce quartier, en fait elle se rendit compte qu'elle ne savait rien de lui, ils travaillaient l'un avec l'autre depuis vingt ans mais n'avaient jamais dîné ensemble, elle ne connaissait même pas sa femme.

Elle attendit neuf heures par politesse puis composa le numéro. L'éditeur répondit en personne.

— Bertrand ? Je suis navrée de vous déranger chez vous un samedi, c'est Olivia Ruben.

— Je vous écoute.

— J'ai suivi vos conseils. Je tiens la solution mais il me faut votre accord...

Elle lui expliqua ce qu'elle avait mis au point. D'abord surpris, il admit que l'idée était astucieuse. Il passa quelques coups de fil avant de la rappeler pour la tranquilliser, tout était arrangé, un coursier viendrait dans l'après-midi lui déposer le paquet convenu, à elle de jouer ensuite.

Olivia téléphona à Axelle dans le Sud-Ouest à l'heure du déjeuner pour lui demander de regarder l'émission de télé réalité de son fils ce soir.

— Il y aura une surprise, je ne t'en dis pas plus...

— Je regarderai, promit Axelle.

— Ça va ? Tu as une voix bizarre ?

Axelle mit sa main sur l'écouteur et se tourna pour contempler son mari profondément endormi à ses côtés.

— Tout va bien, prétendit-elle. Et toi ?

— Tu verras !

Elle appela ensuite Gwénola à Groix et tomba sur un répondeur avec un message enregistré par Loeiz. Elle hésita puis se lança :

— Gwénola ? C'est Olivia. Je voudrais que tu regardes *Tel père, tel fils* à la télévision ce soir, c'est très important, tu ne le regretteras pas.

Elle raccrocha, se regarda dans la glace. Elle aurait eu besoin d'aller chez le coiffeur mais elle ne se sentait pas le courage de sortir. Tout cela n'avait plus beaucoup d'importance à présent. Elle ouvrit le premier tiroir de son bureau, en sortit un paquet de cartes de visite jaunies avec le nom de ses parents imprimé en relief. Après la mort de sa mère, son père les avait jetées et elle les avait récupérées dans la corbeille à papier. Depuis, persuadée que les cartes de visite lui portaient chance, elle s'en servait comme brouillons pour préparer ses discours et ses interviews. Elle mordilla pensivement l'extrémité de son stylo. Tout se passerait très vite, elle n'aurait pas le temps d'aligner plus de trois phrases, elle devait être concise, précise, efficace.

41

Ce même samedi matin, Noé avait dormi tard sur le Chesterfield du bureau de son père où il avait trouvé asile après le clash à l'hôtel avec sa mère et Kate. Il avait passé le vendredi à se torturer les méninges, à se persuader qu'il était à la fois amoureux de Kate et de Mona et à en souffrir avec la volupté de l'adolescence.

La sonnerie de son portable le réveilla en sursaut à midi moins le quart. Mona venait d'arriver devant le grand hôtel parisien où ils devaient retrouver les membres de la production et les autres candidats.

— T'es déjà à l'intérieur ? demanda-t-elle.

Noé, encore endormi, marmonna :

— Mmm… quelle heure il est ?

— Tu dors encore ? Tu es dingue ! Fonce !

Il avait rangé son scooter dans le garage de son père le temps du jeu. Il sauta dans son pantalon, attacha son catogan à la va-vite, déboula dans la rue et héla un taxi en maraude. Il arriva bon dernier au rendez-vous et choisit de dire la vérité.

— Je ne me suis pas réveillé, avoua-t-il.

Le chargé de production responsable de lui préféra cette explication plutôt que d'avoir affaire à un garçon blasé et mal élevé voulant afficher son mépris du règlement.

— Alors, lui chuchota Mona, comment ça s'est passé avec Jenny ? J'ai attendu ton appel hier !

— On s'est disputés.

— Ah bon ? Tu ne sais même pas si le truc du montage a fonctionné avec son frère ?

— C'est pas son frère, grogna Noé. Arrête de me parler d'elle, tu veux bien ? Elle repart en Italie demain, c'est bon, j'ai autre chose à penser.

Mona le considéra avec surprise.

— Qu'est-ce qui t'arrive ?

— J'ai découvert que ma mère n'écrivait pas ses bouquins, souffla Noé, maussade. Du coup je suis un imposteur parmi vous. J'ai envie de l'avouer en direct et de quitter le jeu. J'hésite encore. J'ai honte pour elle... mais si je la trahis j'aurai honte de moi...

— Waouh ! fit Mona, ébahie.

Alors qu'on ramassait les portables des candidats, il supplia :

— J'ai un dernier coup de fil à passer, juste deux minutes, d'accord ?

On les lui accorda. Il composa le numéro de l'hôtel Raphaël, demanda à parler à Jenny Lincoln. On lui répondit qu'elle était sortie, désirait-il laisser un message ? Il répondit que non, raccrocha la mort dans l'âme.

— Vous réalisez la chance que vous avez d'avoir été sélectionnés ? lança un assistant pour chauffer les candidats.

Ils firent tous chorus, sauf Noé.

42

Toujours ce même samedi, Charles de Bergeac ouvrit un œil au milieu de l'après-midi dans son lit à baldaquin. Horrifié en découvrant l'heure, il se précipita dans le boudoir d'Axelle qui recopiait un menu de son élégante écriture penchée sur une feuille de papier gaufré.

— Je suis navré, tu aurais dû me réveiller... Tu as des nouvelles de Maurice ou de l'avocat ?

Axelle sourit et lui tendit *La Dépêche du Midi*. En première page, un article intitulé « Le comte est bon » lui sauta au visage. Le journaliste énumérait les accusations « malveillantes et erronées » contre Axelle de Bergeac et son très estimable époux, et précisait que l'ancien maire, Pierre Bados, s'était rétracté, il y avait eu quiproquo, on s'était mal compris. Bref, les Bergeac étaient plus blancs que blancs, nul n'en avait jamais douté, les charges retenues contre eux avaient été levées, leur avocat, Me de La Futaie, s'en félicitait. La seule mise en examen à l'ordre du jour était celle de l'entrepreneur Dumont, un misérable escroc qui avait voulu salir un irréprochable élu de la nation et sa très intègre épouse.

— Ils vont nous canoniser si ça continue, dit Axelle.

Charles, ahuri, se laissa tomber sur une chaise.

— Qu'est-ce qui s'est passé ? Avant-hier c'était la curée, aujourd'hui ils nous encensent. J'ai raté un épisode ?

— Tu demanderas à Maurice, dit Axelle. Il vient dîner ce soir avec une amie.

Charles, désorienté, fronça les sourcils.

— Quelle amie ?

— Julie, l'ancienne secrétaire de la mairie. Ton camarade l'ex-préfet a téléphoné, il se joindra à nous, il a demandé s'il restait de ce foie gras qu'il adore.

Charles roula des yeux si surpris que Jeanne, qui les épiait à travers le trou de la serrure, faillit se trahir en éclatant de rire.

43

À vingt heures précises, le ballet des limousines du jeu de télé réalité commença devant l'hôtel. On poussa les candidats les uns après les autres dans de longues voitures où ils s'enfoncèrent dans de moelleux coussins de cuir en se demandant si les micros fixés sur leurs torses captaient les battements erratiques de leurs cœurs.

Noé fut le quatrième à arriver sur le plateau de l'émission, ovationné par la foule comme ses camarades. Vêtu d'un pantalon baggy et d'un pull noir, avec ses cheveux blonds et le piercing de sa langue, il incarnait le parfait voyou romantique. Olivia, placée au deuxième rang au milieu des parents célèbres, applaudit à tout rompre quand il s'avança au milieu du plateau et salua.

— C'est mon fils ! dit-elle à ses voisins qui s'en foutaient complètement et n'avaient d'yeux que pour leurs propres rejetons.

— Et voici donc Noé Ruben, le fils de la grande Olivia Ruben, la caution littéraire de notre jeu ! s'écria avec exaltation l'animateur.

— Permettez-moi de préciser un point..., l'interrompit Noé.

L'animateur se figea tandis qu'Olivia se préparait au pire.

— Mon nom entier est Noé Nathan-Ruben, j'ai aussi un père dont je suis fier, précisa Noé.

Olivia respira. L'animateur, démago, embraya :

— Un parfait exemple d'équité, notre ami Noé nous rappelle qu'il n'y a pas que la célébrité qui compte, même dans notre émission... Si je me souviens bien, dans votre arche, les animaux allaient par paires, n'est-ce pas ?

Il eut l'air très satisfait de sa blague. Noé le regarda avec commisération. L'autre continua :

— Ici nous ne sommes ni à Star Academy ni à Loft Story ni à La Ferme, on ne chante pas, on ne s'ennuie pas et on ne trait pas les vaches... on crée ! Chaque enfant de *people* a un don artistique sans doute hérité de son prestigieux parent, pour être sélectionné Noé nous a présenté son premier court-métrage intitulé *Écriture*.

Le noir se fit sur le plateau tandis que sur un écran passait le petit film que Noé avait tourné avec Mona. Olivia, qui le découvrait, se mordit la lèvre. Des applaudissements saluèrent de nouveau le réalisateur en herbe.

— Quelque chose à ajouter, Noé ? s'enquit l'animateur payé pour être hilare.

Le regard d'Olivia croisa celui de son fils. Un fil ténu les relia par-delà la foule, tout était possible, tout serait pardonné, l'amour qu'ils se portaient serait plus fort qu'une trahison, chacun a besoin de vérité pour grandir. Olivia hocha la tête pour lui signifier qu'elle acceptait sa décision. Noé sourit pour la rassurer. La caméra les filmait en gros plan, zoomant de l'un à l'autre avec un voyeurisme consommé.

— J'espère faire honneur à ma mère, prononça Noé à haute et intelligible voix. Elle a placé la barre très haut, ce qui est un handicap pour moi. Je ferai de mon mieux. Ce sera chaud, je le sais !

Olivia se leva lentement. Elle déplia son large corps enveloppé ce soir d'une longue veste fluide gris souris sur un pantalon en satin noir, rejeta ses cheveux blond-blanc en arrière. Noé trouva qu'elle ressemblait à Anita Ekberg dans *La Dolce Vita*.

— Je n'avais pas vu le film de Noé, il me plaît beaucoup, indépendamment du fait que son auteur est mon fils. Il a de l'avenir, c'est certain ! J'en profite pour vous annoncer la sortie en librairie fin octobre du roman *Le Masque de soie* chez mon éditeur préféré...

Noé fronça les sourcils, n'en croyant pas ses oreilles. Non contente de gruger ses lecteurs en prétendant écrire, sa mère profitait de son passage à la télévision pour faire sa propre publicité ?

Olivia se retourna et, d'un grand geste étudié, tira de son sac Vuitton dernière génération une maquette de roman fraîchement sortie de chez l'imprimeur. La couverture représentait un pont surplombant un fleuve. Le titre se détachait en rouge. Le cameraman zooma sur le livre qui occupa brusquement tout l'écran de millions de Français. Le nom de l'auteur leur sauta au visage : Gwénola Tonnerre. Noé écarquilla les yeux, stupéfait. Hiératique et sereine, Olivia fixait la caméra. Sa main aux ongles manucurés tourna la première page de couverture et une phrase apparut en haut de la page suivante : « Collection dirigée par Olivia Ruben ». Noé déglutit avec peine.

— Je vous présente le premier roman de Gwénola Tonnerre, un auteur en qui nous croyons très fort ! poursuivit Olivia. C'est le premier de la nouvelle collection que mon éditeur, Bertrand Guinness, m'a fait l'honneur de me confier. J'ai publié dix romans en vingt ans, c'était une fantastique aventure, mais je change de casquette : je mets désormais mon expérience au service du roman pour travailler au sein d'une équipe et vous présenter de nouveaux auteurs talentueux !

Sur un signe du chauffeur de salle, le public battit des mains avec entrain. Noé leva le pouce pour saluer le tour de passe-passe de sa mère ; chapeau, elle s'en sortait avec brio.

Dans sa maison de pêcheur de l'île de Groix, Gwénola fixait l'écran d'un air ahuri. Quand les lettres du nom de l'auteur du roman étaient apparues elle avait battu des paupières, croyant à une hallucination. Mais la voix si reconnaissable d'Olivia avait ensuite prononcé son prénom, il n'y avait donc pas d'erreur.

Le téléphone sonna, l'arrachant à son hébétude. C'était Loeiz qui appelait de Lorient.

— Maman ? C'est ouf cette histoire ! T'es gonflée de m'avoir caché ça, tu voulais me faire la surprise ? Je suis trop content ! Je te passe Morgane qui veut te féliciter...

Comme dans un rêve, Gwénola écouta les compliments de Morgane. Et cela continua toute la soirée. Chaque fois qu'elle raccrochait son téléphone il se remettait à sonner et un nouvel interlocuteur la congratulait en la traitant de cachottière. Elle répondait n'importe quoi, de toute façon on ne l'écoutait pas, on était content pour elle, on avait toujours su que son talent triompherait, son heure de gloire était venue. Elle balbutiait quelques mots, trop bouleversée pour saisir les conséquences de ce qui venait de se dire en direct à une heure de grande écoute. Entre deux appels de proches, elle eut la surprise d'entendre une voix inconnue :

— Bonsoir, je suis votre éditeur, Bertrand Guinness. Je me réjouis de vous rencontrer, j'ai aimé votre livre. Nous faisons les choses à l'envers, d'habitude je rencontre un auteur avant sa publication !

Ils échangèrent quelques phrases polies et prudentes, chacun sachant que l'autre savait, et convinrent de se voir à Paris le plus tôt possible parce qu'il fallait quand même songer à signer les contrats.

Dans leur château du Sud-Ouest, pour la première fois de leur existence, Charles et Axelle de Bergeac avaient laissé la télévision allumée pendant le dîner alors qu'ils avaient des invités. Maurice, Julie et le préfet avaient compris qu'il s'agissait d'un cas de force majeure.

— Une amie d'enfance nous a demandé de regarder, pardonnez-nous, avait expliqué Charles.

Au moment où Olivia lança sa bombe, Axelle eut l'air éberlué.

— Qu'est-ce que c'est que cette histoire ? Pourquoi fait-elle ça ?

Charles alla fermer la télévision puis lui sourit avec tendresse.

— Elle répare les bêtises de Jenny. Je t'expliquerai…

Il servit à ses invités un côte rôtie qu'il gardait pour une grande occasion. À la lueur des bougies qui illuminaient la table, le vin caressait les parois de cristal des verres à monogrammes.

— Je bois à l'amitié, dit Charles. J'ai cru comprendre que Maurice n'avait pas été étranger à notre… réhabilitation. Je présume que vous l'avez aidé, Julie ?

La belle aveugle sourit sans répondre. Elle sortait pour la première fois depuis son accident, les perceptions l'assaillaient mais elle restait impavide. Tous ses sens aux aguets, elle était consciente de l'humidité qui régnait dans le château, de la chaleur diffusée par les bougies allumées, du parfum délicat d'Axelle, du fumet de l'exquis canard à l'orange cuisiné par Jeanne, de l'odeur des tapisseries anciennes qui recouvraient les murs. Elle ressentait physiquement le violent désir qu'avait Maurice d'elle, la tension extrême d'Axelle, l'émotion de Charles, la jubilation gourmande de l'ancien préfet.

— Buvons à l'amitié, renchérit Maurice. Et à l'amour…

Axelle et Charles échangèrent un regard fatigué et Charles avança la main sur la nappe damassée pour emprisonner de sa paume les longs doigts de sa femme. Maurice ignorait où ils en étaient mais il se dit que ces deux-là sortiraient vainqueurs de la tornade qui avait failli les emporter.

— À l'amour, répéta Julie.

On ne s'habitue pas à vivre dans le noir mais la colère impuissante du début finit par se muer en rage qui vous fait avancer. Revoir son amant d'autrefois avait réveillé l'ancien trouble, elle prenait désormais l'existence au jour le jour, Maurice l'avait convaincue de l'accompagner ce soir, elle se laissait porter par les événements.

— Au sublime canard de Jeanne ! ajouta le préfet avec respect.

Jeanne, derrière la porte, se rengorgea.

— À Jeanne et à Joseph ! conclut Axelle en lançant un coup d'œil complice à Maurice.

Le dîner, délicieux et chaleureux, fut une réussite et le vin mythique n'y fut pas étranger. Au moment des cafés, Charles proposa cigares et alcools et s'absenta pour aller chercher des bouteilles de sa réserve personnelle. Il en profita pour passer dans son bureau composer le numéro de Gwénola. Elle décrocha, fourbue.

— Allô ?

— C'est Charles. Je suis heureux pour toi. Tu avais raison, tu es du style à te débrouiller seule. Bravo...

— Olivia ne m'avait pas prévenue mais je suppose que je dois me réjouir.

— Je le suppose aussi.

— Jenny est venue me voir cet après-midi.

— Quoi ? rugit Charles.

— Ne hurle pas, elle n'a fait qu'un aller et retour, elle repart demain en Italie. Je pense que nous n'entendrons plus jamais parler d'elle. Elle voulait mon absolution. Je l'ai envoyée paître.

— Tu as bien fait !

Il y eut un moment de gêne. Tout était dit, consommé, éprouvé. Ils s'étaient dit adieu en s'offrant l'un à l'autre, chacun reprenait son chemin. Charles continuait sur sa lancée, Gwénola réalisait ce dont elle avait toujours rêvé, la page était tournée. Il leur avait fallu mourir pour renaître, marcher à reculons pour progresser. Leur amour, de blessure, s'était mué en force.

— Gwénola..., murmura Charles d'une voix changée.

— Moi aussi, dit-elle. Bonne nuit.

Il raccrocha doucement, ouvrit une armoire, y prit un armagnac rare et un très vieux whisky puis rejoignit les autres.

— Je ne les sors pas pour les béotiens, prévint-il. Considérez-vous comme des amateurs éclairés.

Axelle, avec son instinct infaillible, souffla :

— Tu l'as félicitée aussi de ma part ?

— Je l'ai félicitée. Nous sommes un couple, quand l'un de nous se manifeste cela engage les deux. Nous sommes indissociables.

— Donc tu restes vraiment ? vérifia-t-elle.

— Il n'a jamais été question que je parte, dit Charles en plongeant les yeux dans les siens.

Julie, assise de l'autre côté de la table, sentit qu'Axelle se détendait physiquement et que Charles était moins agité.

— Vous n'auriez pas du chocolat noir pour accompagner ce whisky exceptionnel ? s'enquit l'ancien préfet.

À Paris, dans sa chambre de l'hôtel Raphaël, Kate, en caleçon et tee-shirt à l'effigie d'une équipe américaine de base-ball, était assise dans son lit. Un plateau posé sur ses genoux contenait une assiette de saumon fumé, des toasts au chaud dans une serviette, un verre de sauternes et des framboises dans une coupelle. Elle avait les yeux rivés sur le téléviseur à écran plat.

Elle vit Noé arriver et être ovationné par la foule, admira sa décontraction. Elle sourit quand Olivia applaudit, retint sa respiration lorsque Noé prit la parole. Il n'allait quand même pas révéler le secret de sa mère comme ça, d'entrée de jeu ?

Elle rit quand il précisa son nom complet, ça lui ressemblait bien. Elle regarda avec attention son court-métrage, vit ses défauts et ses qualités, comprit qu'il possédait une grâce et qu'il irait loin. La caméra se complut à swinguer du fils à la mère, volant leur émotion de manière impudique. Kate fronça les sourcils.

« *J'espère faire honneur à ma mère* », disait Noé.

Kate hocha la tête, il se débrouillait bien. Surprise lorsque Olivia se leva, elle s'attendit au pire.

« *J'en profite pour vous annoncer la sortie en librairie fin octobre du roman* Le Masque de soie *chez mon éditeur préféré...* »

Kate, incrédule, porta son verre de sauternes à ses lèvres. Olivia serait toujours Olivia, attendrissante et agaçante, pitoyable et insupporta...

Le livre que tenait Olivia occupa brusquement le centre de l'écran avec le nom de son auteur. Kate avala son vin de travers, s'étrangla, toussa.

« *Je vous présente le premier roman de Gwénola Tonnerre, un auteur en qui nous croyons très fort ! C'est le premier de la nouvelle collection que mon éditeur, Bertrand Guinness, m'a fait l'honneur de me confier* », disait à présent Olivia.

Kate reposa son verre et repoussa son plateau. Olivia l'épatait. Elle avait réussi à retourner les choses en sa faveur. Dans le jeu, Noé leva le pouce pour lui témoigner son approbation.

« *Ce soir, comme les autres concurrents de notre jeu, vous avez accepté d'être enfermé dans un lieu secret pour une période pouvant aller jusqu'à trois mois*, dit l'animateur d'une voix sépulcrale. *Des réalisateurs, des scénaristes, des acteurs, des techniciens de cinéma et de télévision viendront vous parler de leur expérience. Vous aurez chaque semaine un travail à rendre qui sera jugé par vos professeurs. Dites-nous, Noé Nathan-Ruben, puisque vous préférez être appelé ainsi... Qu'est-ce qui vous manquera le plus ?* »

L'animateur lança un clin d'œil à la caméra.

« *Votre petite amie ? Votre ordinateur ? Votre scooter ? Un pot de cette pâte à tartiner au chocolat et à la noisette que les jeunes adorent et que je n'ai pas le droit de nommer à l'antenne ? Une boîte de nuit ? Une rave party ?* »

Noé secoua la tête.

« *Un hot dog au bord de la Seine avec une jolie femme* », dit-il avec assurance.

Kate sentit son cœur se serrer. Lui au moins garderait un bon souvenir d'elle. Il était temps qu'elle quitte ce pays, tout ça devenait trop lourd.

44

L'émission se déroula sans anicroche, les candidats eurent droit au quart d'heure de gloire promis à chacun par Andy Warhol en 1967, l'année de naissance des quatre amies. Mais leurs célèbres parents tentèrent de tirer la couverture à eux, ce qui ne s'était jamais produit lors des émissions de télé réalité antérieures qui promouvaient des anonymes. Les seuls géniteurs non vaniteux furent Michel et Carole, le père et la mère de Mona et, chose curieuse, Olivia.

Noé, très ému, embrassa sa mère, puis on l'entraîna vers le bus qui allait les emmener.

— T'as gagné à fond la caisse, c'est toi la plus forte ! lui cria-t-il en disparaissant.

Quand le bus eut tourné le coin de l'avenue et que le générique du jeu se déroula sur l'écran, la production se désintéressa totalement des parents. Les spectateurs furent canalisés vers l'extérieur et Olivia, qu'une voiture aux vitres fumées avec chauffeur était venue chercher dans ses lointaines Yvelines, se retrouva dans la nuit sur un immense parking en périphérie de Paris. Elle avait naïvement cru qu'on avait également organisé son retour, mais il semblait qu'on l'avait oubliée.

— Ça commence bien, marmonna-t-elle avec un humour désabusé.

— Olivia ?

Elle se retourna vers l'intrus qui l'appelait familièrement par son prénom, reconnut Colin qui émergeait de l'ombre.

— Tu étais là ?

— Non, dit-il. J'étais bien au chaud devant ma télé.

— Tu as raté Noé, le bus est parti il y a cinq minutes.

— Je ne suis pas venu pour lui.

Elle haussa les sourcils.

— J'ai pensé que tu te sentirais seule, dit-il.

Elle sourit.

— Je suis en train de rêver. Ils ont mis de l'ecstasy dans les jus de fruits. Je plane, c'est sûrement ça.

— Arrête ton cinéma et viens, dit Colin. Où est ta voiture ? Je vais te suivre, on va boire un verre au Carr's comme autrefois.

Le Carr's, rue du Mont-Thabor dans le premier arrondissement, était un pub irlandais où Colin et Olivia dînaient souvent au début de leur mariage. On y buvait des bières, on y dégustait du saumon fumé, de l'*Irish stew* ou du poulet à la *Gaelig*, on y chantait des chansons irlandaises et on s'y sentait bien.

— Je suis à pied, avoua Olivia. Ma notoriété a fondu comme neige au soleil, je ne suis plus que la mère de mon fils.

— Si madame veut bien me suivre..., dit Colin en se dirigeant vers l'arrière du parking.

Elle obéit, cherchant du regard une confortable berline. Mais Colin s'arrêta devant une minuscule Smart.

— Tu n'as pas l'intention de me faire entrer dans ce pot de yaourt pour anorexiques, j'espère ? fit Olivia, horrifiée.

— C'est une voiture parfaite pour circuler en ville, je me gare partout et je ne perds plus de temps, argumenta Colin. Tu préfères sécher sur pied dans ce parking sinistre à des kilomètres de tout lieu habité ?

— J'adore ton carrosse, dit Olivia en comprimant son grand corps pour se caser dans l'habitacle restreint.

Colin se glissa derrière le volant et démarra. Ils filèrent bientôt vers la capitale. Olivia, soulagée et reconnaissante, se détendit.

— J'espère que tout va bien se passer pour Noé, soupira-t-elle.

— Il va vivre une expérience passionnante. Tu sais que je l'héberge depuis deux jours ?

— Et tu ne m'as pas prévenu ? C'est sympa, merci !

— Ce n'est plus un gamin, j'ai cru comprendre que c'est pour ça que vous vous êtes disputés. Je préfère qu'il saute le pas avec une de nos amies plutôt qu'avec une pute, non ?

— Et moi je préfère qu'il ne saute personne, rétorqua Olivia. Il n'a que dix-sept ans !

— Non, corrigea Colin, il a déjà dix-sept ans. Les jeunes de maintenant sont plus précoces que nous. Il est presque majeur, c'est un homme.

Olivia fit la grimace.

— Joli, le coup du livre de Gwénola ! poursuivit Colin. Tu m'as scotché, tu as droit à toute mon admiration, c'est finement joué.

— Je dois avouer que j'en suis assez fière. J'ai appelé Bertrand Guinness tôt ce matin et on a initié le processus. Il a fallu contacter l'imprimeur en catastrophe pour qu'il réalise la maquette à temps. On a modifié la couverture où figurait mon nom, enlevé ma biographie, retiré la liste de mes précédents ouvrages.

— J'ai toujours trouvé tes idées géniales..., dit Colin. Sauf évidemment quand tu as exigé que nous divorcions.

Olivia le dévisagea, médusée :

— Tu m'avais trompée avec la poufiasse maigrichonne qui se prétendait ta secrétaire !

— Une seule petite fois, alors que toi tu me trompais tous les jours avec tes romans, tes salons du livre et les jeunes crétins aux cheveux longs qui te faisaient la cour par intérêt ! On ne se voyait plus : j'opérais du lundi au vendredi, tu partais tous les week-ends pour des manifestations littéraires, tu avais des cocktails ou des dîners chaque soir, il y avait des semaines où on ne faisait que se croiser.

— Tu m'aurais préférée en geisha à ton service ? Désolée, ce n'est pas le genre de la maison...

— Tu sais bien que c'est faux ! protesta Colin. Mais j'aurais aimé t'accompagner le soir, te rejoindre dans les villes de province où tu dédicaçais. Tu aurais prétexté la fatigue pour échapper aux dîners officiels et venir me retrouver, je me serais caché dans la salle de bains quand on t'apportait ton petit déjeuner...

Olivia le considéra avec étonnement.

— J'aurais adoré ça, dit-elle. Tu ne me l'as jamais proposé.

— Toi non plus ! Si tu n'écris plus, maintenant... tu auras peut-être à nouveau le temps d'aimer ?

La Smart, avec une reprise étonnante pour une voiture de sa taille, doubla une BMW sur la voie de gauche du périphérique.

— Je n'ai jamais voulu qu'on divorce, reprit Colin.

— Tu parles ! Quand je l'ai suggéré tu as sauté sur l'occasion.

— Parce que tu ne m'as pas laissé le choix ! Tu me manques, Olivia. Je travaille comme un fou mais à quoi bon ? Je ne profite même pas de mon argent. Je n'ai besoin que d'une seule montre pour regarder l'heure, je me gare partout avec ma Smart, Noé sera riche grâce à ton père, ce que je gagne n'est rien à côté de l'empire dont il héritera. Ma vie est fade. Depuis notre divorce je suis comme mes patientes sous anesthésie : sédaté et curarisé.

Olivia le regarda.

— Je me croyais trop grosse pour toi...

— J'aime les femmes rondes. C'est ton absence qui était énorme.

Olivia soupira.

— Tu veux vraiment dîner au Carr's ?

— Tu n'as pas faim ?

— Je crois que c'est la première fois depuis des années que non, dit-elle, songeuse.

— Ça tombe bien, moi non plus.

Au lieu de sortir du périphérique, Colin continua tout droit vers la porte d'Orléans puis fila sur l'autoroute du Sud.

— Tu ne vas pas dans les Yvelines, remarqua Olivia.
— Je t'emmène petit déjeuner au bord de la mer.
— Deauville est au nord-ouest, tu lui tournes le dos.
— Nous descendons dans le Midi.
— En Smart ?
— Pourquoi pas ? Ce sera plus long, donc plus agréable. Tu n'aimes pas la Provence ?
Olivia secoua la tête.
— Tu es fou à lier, Colin. N'oublie pas que tu opères lundi.
— Je vais me faire remplacer, j'ai des collaborateurs épatants. Je t'ai déjà perdue une fois, Olivia... Je n'ai pas l'intention de recommencer juste au moment où tu deviens disponible. Nul n'est indispensable, nous allons faire l'école buissonnière ! Ça te va ?
— J'aurais préféré y aller en Jaguar décapotable avec ma trousse de maquillage, un déshabillé vaporeux et de quoi me changer pour demain, mais ça me va.
Il haussa les épaules.
— Tu es parfaite comme ça. Je déteste les femmes décharnées avec du plâtras sur la figure et des fringues de greluche. Tu as ce qu'il faut où il faut et tu me plais.
La voiture fonçait dans la nuit. Olivia laissa échapper un petit rire.
— Qu'est-ce qu'on va dire à Noé ?
— Ça ne le regarde pas, décréta Colin. Un gamin qui écume les hôtels avec des femmes mûres... Je vais lui flanquer une bonne fessée et l'envoyer au coin avec des lignes à recopier, et pas des lignes de coke !
Olivia pouffa.
— Il va nous prendre pour des dingues.
— Sauf si je fais de toi une honnête femme. Si on se remariait ? proposa Colin. La vie est trop courte pour rester tout seul. Tu veux bien m'épouser ?
Olivia le regarda avec stupeur. Il était sérieux.
— Rien que pour faire bisquer la surveillante de ton bloc opératoire, ça me tenterait assez, dit-elle.
— Je ne serai pas obligé de redemander ta main à ton père, quand même ?

— Je pense qu'on pourrait s'en passer…

— On prend les mêmes témoins ou on change ?

À l'époque, puisque Jenny était partie au Moyen-Orient, Olivia avait choisi Axelle tandis que Colin était épaulé par Charles.

— J'aimerais demander à Bertrand Guinness, dit-elle.

— Moi j'aurais bien pris Noé mais un témoin doit obligatoirement être majeur et je n'ai pas envie d'attendre six mois pour t'épouser.

— Sans compter que Noé est enfermé, rappela Olivia.

— Dans notre cas ils feront une entorse au règlement et ils le laisseront sortir le temps d'embrasser la mariée.

La Smart était seule sur l'autoroute, la lumière de ses phares éclairait loin devant. Colin prit la main d'Olivia.

— Tu veux un mariage en blanc avec une pléiade d'invités ou une cérémonie discrète avec les gens qu'on aime ? lui demanda-t-elle.

— La réponse est comprise dans la question. Tu ne m'as toujours pas dit oui, je te signale.

— Tu n'exigeras pas que je me mette au régime ? vérifia-t-elle.

— Je veux juste que tu me répondes : « Oui Colin je veux bien me marier avec toi. »

— Je l'ai déjà dit il y a dix-huit ans.

— Eh bien répète-le !

Olivia s'exécuta.

45

Dimanche 25 septembre

Kate accomplit ses exercices de Qi Gong, genoux légèrement fléchis, tête étirée à partir de la nuque comme si un fil invisible la reliait au firmament, paumes vers le bas pour prendre l'énergie de la terre, puis paumes vers le haut pour prendre l'énergie du ciel. Elle déjeuna rapidement, régla sa note, quitta l'hôtel sans regret, arriva à l'aéroport une heure en avance et flâna dans les boutiques. Elle acheta une tour Eiffel en plastique, un Arc de Triomphe sous un globe de verre, une petite Pyramide du Louvre, des cadeaux de touriste. Son estomac faisait des nœuds, chaque minute lui sembla une heure jusqu'à l'embarquement. Un long couloir clos menait les passagers à l'avion. Elle se retourna au dernier moment, dit mentalement adieu à la France en se jurant de ne plus jamais y remettre les pieds. Elle avait tenu sa promesse à Jenny mais elle y avait perdu des plumes.

Le hasard lui avait cette fois octroyé le siège 3A, ce qu'elle considéra comme un signe : à l'aller elle était au 4B pour reformer les quatre feuilles du trèfle, maintenant le cercle était rompu, il n'y avait plus que trois amies, elle était devenue un paria.

Une jeune fille coiffée d'un baladeur et mastiquant un chewing-gum occupait le siège voisin. Elle allait prendre place quand une longue ombre s'interposa :

— *Scusi... Lei è italiana ?* Ou bien vous êtes française ?

La jeune fille était napolitaine. Elle accepta volontiers de changer de place avec Corrado qui s'installa à côté de Kate comme s'ils étaient des amis de longue date.

— Alors, vous l'avez pris, ce bateau-mouche ? Et vous êtes contente d'avoir revu vos amies de classe ?

— Non aux deux questions. J'ai navigué en Bretagne pour aller sur une île mais je n'en garderai pas un souvenir impérissable. Et vous ?

— Les horaires des bateaux-mouches ne collaient pas avec les miens, mais ma semaine a été fructueuse. J'ai trouvé plusieurs gouvernails anciens, des lampes de marine, des échelles de coupée, des coffres, des caillebotis, un scaphandre, quelques tableaux, un tas d'objets.

Il ouvrit son sac à dos, déballa avec délicatesse un vieux compas en cuivre, un sextant, des manilles originales.

Kate lui montra ses affreux souvenirs de Paris en plastique.

— Vous avez des enfants ?

— Non, je ne sais même pas à qui j'offrirai ces horreurs. Je les achetés pour faire comme tout le monde...

— Vos amies ont changé, vieilli, elles sont devenues moroses et acariâtres ? Vous aviez pourtant l'air heureuse de les revoir ?

— La réciproque était vraie au début et puis les choses se sont gâtées. C'est trop compliqué à vous expliquer. Je suis ravie de rentrer à Rome !

Elle se détendit, sourit enfin. La semaine avait marqué son visage, une ride barrait son front.

— Oubliez-les, conseilla Corrado. Si elles vous ont blessée, chassez-les de votre esprit. La mort et l'amour font pleurer mais l'amitié doit consoler et faire rire.

Kate hocha la tête.

— Je savais ce qui m'attendait. On avait de vieux comptes à régler, mission accomplie.

— Alors ça s'arrose !

Corrado se tourna vers l'hôtesse de l'air qui remontait la travée.

— S'il vous plaît, vous avez du champagne français ? Nous avons quelque chose à fêter...

— Mais non voyons, il est neuf heures du matin ! protesta Kate, confuse.

— Il n'y a pas d'heure pour les braves.

On leur servit un vin mousseux dans des flûtes en plastique.

— Aux missions impossibles ! dit gravement Corrado.

— À l'Italie, répondit Kate.

Ils passèrent le reste du voyage à bavarder de choses et d'autres, les bons restos de Rome, les avantages et les inconvénients de vivre dans la Botte, la différence avec les États-Unis, les derniers tournages à Cinecitta'. Corrado compara les brocantes auxquelles il se rendait régulièrement, décrivit ses clients originaux, amusa Kate avec ses anecdotes. Quand l'avion amorça sa descente vers la Ville éternelle ils n'avaient même pas touché à leur plateau.

Il faisait huit degrés de plus à Rome qu'à Paris. Kate, sa veste sur le bras, quitta l'avion. Le couloir de débarquement était étroit et un jeune homme portant un large carton à dessin s'intercala entre Corrado et elle, si bien qu'ils ne purent plus s'adresser la parole et piétinèrent vers la sortie comme des moutons. Au moment où Kate allait se tourner vers Corrado, elle entendit :

— Jenny, *amore*, j'ai réservé une table pour t'emmener déjeuner sur le Tibre !

Floridiano se tenait là, irréprochable avec son manteau de cachemire, son costume-cravate, ses chaussures à la pointe de la mode, ses cheveux poivre et sel délicatement gominés. Il tenait un bouquet de roses qu'il fourra dans les bras de Kate avant de l'embrasser sur les lèvres avec passion.

— Tu m'as horriblement manqué..., souffla-t-il ensuite en la lâchant.

Corrado eut un regard amusé pour l'élégant baron.

— Corrado ! s'écria une voix féminine.

Kate inspecta la brune aux yeux verts qui tenait en laisse un cocker noir et blanc et embrassait Corrado. Le chien fit fête à son maître, jappant de plaisir, tournant sur lui-même avant de se coucher sur le dos.

— Tu as été sage avec Renata, Joe ? demanda Corrado en se baissant pour caresser le ventre du cocker.

— Allons-y, *amore*, j'ai laissé la voiture en double file..., insista Floridiano en entraînant Kate.

Elle hésita. Floridiano la tirait par la manche. Mû par une impulsion soudaine, Corrado fouilla dans son sac, en sortit le compas de marine enveloppé dans un journal français, s'approcha de Kate et le lui tendit.

— Pour ne pas vous perdre en route, souffla-t-il.

Puis il tourna les talons et disparut dans la foule avec la brune aux yeux verts avant que Kate ait eu le temps de réagir.

La table avait beau être accueillante et bien située au bord du fleuve, le déjeuner fut un fiasco total. La nourriture était délicate, le soleil jouait sur les berges blondes, des kayakistes glissaient en cadence sur l'eau. Floridiano parlait de sa femme et de ses enfants qui étaient partis passer la journée à Punta Ala, d'une fête qui aurait lieu *via* Veneto dans quelques jours, d'une soirée à la villa Borghese. Kate essayait sans succès de s'intéresser à ce qu'il racontait. Elle toucha à peine au contenu de son assiette, prétexta un voyage agité, lui demanda de la raccompagner à son hôtel sitôt le café avalé.

Floridiano, tout à son plaisir de la retrouver, se méprit sur ses intentions.

— Tu as raison, rentrons à l'hôtel !

Elle n'eut pas le courage de préciser qu'elle désirait y rentrer seule. Son bouquet de roses à la main, elle retrouva avec soulagement la façade de lierre familière au cœur de la Rome antique. Floridiano monta avec elle dans sa chambre où un bouquet de roses rouges encore plus imposant trônait dans un vase. Kate se tourna vers lui pour le remercier mais, le visage sombre, il secoua la tête.

— Ne me remercie pas, celles-là ne sont pas de moi.

Kate s'approcha, déchira l'enveloppe appuyée contre le vase. Sur le bristol blanc, deux phrases en français : « Tu ne m'échapperas pas, on se revoit dans trois semaines » et un prénom, Paul. Kate blêmit et se mit à trembler. Le frère de Jenny avait retrouvé sa piste et le lui faisait savoir. Elle se rappelait précisément ses paroles : « J'ai examiné ton portefeuille d'actions, tu peux les vendre rapidement, tout est réalisable en l'espace de trois semaines. »

Floridiano, qui avait lu par-dessus son épaule, comprit à nouveau de travers.

— Un prétendant bien décidé à te garder, on dirait. Je n'aurais pas cru cela de toi. Ainsi donc vous avez rendez-vous dans trois semaines. Tu comptais me prévenir quand, la veille ?

Le ton était sec et méchant. Kate pivota vers lui, furieuse :

— Il n'y a que toi qui as le droit de tromper ta femme, c'est ça ? Tu es un parangon de vertu, un prodige de moralité ?

— Je te faisais confiance…

— Ce n'est pas du tout ce que tu crois, dit Kate d'une voix fatiguée.

— Ah non ? Ce sont tes anciennes amies de classe qui te couvrent de roses rouges ? Peut-être n'ont-elles jamais existé, peut-être me mens-tu depuis le début ? Tu es partie à Paris rejoindre un homme, c'est ça ?

Kate, vidée de toute son adrénaline, se laissa tomber dans un fauteuil et secoua la tête.

— Je suis épuisée, Floridiano. J'ai eu une semaine éprouvante, je ne t'ai jamais trompé depuis que je t'ai rencontré et tu me déçois. Va rejoindre ta famille à Punta Ala.

— Pour lui laisser le champ libre ? gronda Floridiano en désignant le bouquet.

— Pour me laisser en paix. Toi, tes roses, toutes vos roses, dehors !

Kate attrapa les deux bouquets, ouvrit la porte, les balança dans le couloir et poussa le baron dans la même direction. Il se laissa faire, trop stupéfait pour résister. Elle claqua la porte dans son dos.

— Ne viens pas me chercher quand il t'aura plaquée ! cria Floridiano quand il fut revenu de sa surprise.

Kate alluma la radio pour couvrir sa voix et la musique d'un opéra de Verdi monta dans la pièce. Elle se jeta sur son lit et enfouit sa tête dans son oreiller.

Une heure plus tard, elle se relevait et s'accoudait à la fenêtre. En contrebas, le *largo* Febo était noir de touristes se dirigeant vers la *piazza* Navona. De nombreux clients étaient encore attablés à la terrasse du Santa Lucia. Les Romains avaient le sens du dimanche, quand ils ne déjeunaient pas en famille ils sortaient et profitaient de leur ville. Le contraste était frappant entre la légèreté joyeuse du décor et la menace qui pesait sur Kate. En une semaine sa vie avait basculé, les amies d'enfance de Jenny la détestaient, Paul l'effrayait, son existence avait viré au cauchemar. Elle n'avait qu'une envie, se cacher dans un trou de souris et qu'on l'oublie…

Elle resta un moment à observer les humains qui grouillaient en bas, surgissant par la droite et disparaissant par la gauche, flot incessant de petits personnages en mouvement, les ouvriers se lèvent et se remplacent, sans jamais diminuer le débit de jambes, de bras, de têtes, en marche vers le coin de la rue. Si seulement Kate pouvait devenir l'un d'eux, se fondre dans la masse, changer à nouveau de nom, d'identité, de passé, ne plus porter le poids des erreurs de Jenny Lincoln. Elle avait tenu sa promesse, elle avait gagné le droit de profiter en paix de cette fortune qu'elle n'avait pas cherchée.

Le prix qu'on lui demandait en échange devenait astronomique. Soigner Jenny jusqu'au bout avait été dur, pourtant Kate l'aurait fait sans contrepartie. Quitter son pays natal était inhérent au jeu, recommencer à zéro avait été excitant. Mais Kate n'avait pas bien évalué la force de la haine que lui porteraient Gwénola, Charles, et à leur façon Axelle et Olivia. Jenny avait changé la donne, on ne pardonne pas à quelqu'un qui relance les dés à votre place. Puis l'arrivée inopinée de Paul Lincoln avait tout changé et transformé une simple substitution d'identité en crime. Kate était à présent une voleuse en cavale, entrée illégalement sous un faux nom dans le pays où elle avait choisi de vivre. Paul allait arriver. Elle devait déménager, s'inscrire dans un autre hôtel sous un nom différent… mais c'était impossible, on lui demanderait son passeport. Et si elle quittait l'Italie, Paul la retrouverait où qu'elle aille par les listes de passagers des avions ou des trains, tout était informatisé…

Elle n'avait aucune envie de partir mais la Jenny Lincoln résidant à l'hôtel Raphaël devait disparaître. La solution était toute trouvée : elle devait mourir.

Kate entrouvrit sa porte avec précaution. Le couloir était désert, les deux bouquets de roses gisaient à terre. Elle sortit de sa chambre, se hâta vers un petit salon où un ordinateur était à la disposition des clients. Elle se connecta sur Internet, appela le moteur de recherche Google, tapa les mots *fake ID*, faux papiers d'identité en anglais, et eut la surprise de trouver un million quatre cent vingt mille sites proposant de fausses cartes d'identité de presque tous les pays du monde pour quelques dollars avec un bon de commande à remplir et à renvoyer. Pour rester dans la légalité et profiter du vide juridique en la matière, les animateurs de ces sites Internet multipliaient les mises en garde : « Nos cartes d'identité factices sont strictement destinées à un usage récréatif », « Nous n'assumons aucune responsabilité pour les activités illégales qui pourraient découler de leur emploi », « Nous n'aidons pas les terroristes, aucun terroriste ne pourrait prendre l'avion avec les documents que nous vendons ». On pouvait payer par carte de crédit, il suffisait de donner son adresse et on recevait quelques jours plus tard des documents « strictement identiques aux vrais ».

Un million quatre cent vingt mille sites. Kate était effarée mais ravie. Elle n'avait pas l'intention d'usurper une fausse identité ou de fuir dans un autre pays. Elle allait tout bonnement redevenir elle-même, Kate Sand. Même s'il y avait une tombe à ce nom dans le petit cimetière du Texas où la vraie Jenny reposait, Kate Sand n'était recherchée nulle part. Paul Lincoln ne pourrait jamais retrouver sa trace. Kate allait racheter son ancienne identité. Pour effacer ses traces elle avait juste besoin d'effectuer cette commande sous un autre nom que le sien. Floridiano était trop en colère contre elle et leurs amis communs risquaient de vendre la mèche. Il fallait quelqu'un d'extérieur au milieu dans lequel elle évoluait, assez honnête pour que Kate puisse lui faire confiance, assez dingue pour accepter de participer à l'aventure. Un nom lui vint spontanément aux lèvres.

Elle avait trois semaines pour vendre son portefeuille d'actions, rassembler l'argent sur trois comptes et prendre certaines dispositions.

46

Samedi 1er octobre

Le marché aux puces du *ponte* Milvio se tenait le long du Tibre chaque premier week-end du mois. On y trouvait de tout, des croûtes et des tableaux de bonne facture, de la vaisselle, des antiquités, des objets orientaux, des meubles de prix, de la verrerie, des dentelles, des cartes postales, des livres, et le stand d'objets de marine de Corrado, bien connu des collectionneurs.

Sitôt ses exercices de Qi Gong terminés, Kate s'habilla en hâte et prit un taxi pour se rendre sur place. Elle ne fut pas longue à trouver l'emplacement où Corrado, installé dans un confortable fauteuil en cuir, le cocker noir et blanc couché sur ses pieds, sirotait un cappuccino. Comme souvent les cavaliers et les brocanteurs, il portait une veste matelassée sans manches. Kate s'approcha.

— Alors, c'était bien votre déjeuner sur le Tibre ? dit-il en la reconnaissant.

Kate était si préoccupée qu'elle mit quelques secondes à comprendre de quoi il parlait.

— Ah, oui… Ce n'était pas sur l'eau mais au bord de l'eau. Renata va bien ?

— Très bien. Elle n'est pas matinale. Heureusement Joe le cocker est toujours disponible.

Le chien, comprenant qu'on parlait de lui, leva la tête et huma l'air.

— Je navigue en eaux troubles en ce moment malgré votre compas, fit Kate annonçant la couleur. J'ai besoin de votre aide. Je vous jure que je ne vous demanderai rien d'illégal. Vous savez surfer sur Internet ?

Surpris que l'élégant ami de Kate ne lui soit d'aucun secours, Corrado supposa que l'homme ne savait pas manier un ordinateur.

— Bien sûr, dit-il en désignant le fauteuil qui faisait pendant au sien. Asseyez-vous. Qu'est-ce que je peux faire ?

Kate avait décidé de lui dire la vérité.

— J'ai rencontré il y a cinq ans à New York une jeune femme de mon âge alors que j'étais hospitalisée, expliqua-t-elle. Nous avions le même cancer, j'en suis sortie, pas elle. J'étais pauvre, elle riche, nous n'avions plus de famille ni l'une ni l'autre. Elle m'a proposé de prendre son identité pour profiter de son argent, à charge pour moi d'avouer à ses amies d'enfance qu'elle leur avait menti autrefois.

— Les amies parisiennes qui sont devenues vos ennemies ? vérifia Corrado, faisant le lien.

Kate hocha la tête.

— Entre-temps, son frère Paul qu'on croyait mort a réapparu, il veut récupérer son héritage et me faire chanter. Je dois reprendre mon ancienne identité pour lui échapper. Il sait que je suis ici et dans quel hôtel j'habite. Il me fait peur.

Corrado écoutait avec attention.

— J'ai besoin d'acheter rapidement des papiers d'identité et un permis de conduire par Internet. Je ne peux pas prétendre qu'on me les a volés et en demander de nouveaux à l'ambassade américaine, ils risqueraient de découvrir que je suis déclarée morte à la place de Jenny. Je suis dans la situation absurde de devoir demander de faux papiers à mon vrai nom.

— Vous vous appelez comment ? s'enquit Corrado.

— Kate Sand.

— Ça veut dire sable en anglais, non ? Caterina Sabbia. C'est joli.

Kate le regarda dans les yeux.

— Vous voulez bien passer cette commande pour moi ? Je vous jure que je ne suis pas une terroriste...

— Pas de problème, dit Corrado.

— Je vous assure que vous n'aurez pas d'ennuis, ce n'est pas interdit, ils sont en vente libre...

— J'ai dit oui, dit Corrado en riant. Calmez-vous, tout va bien.

— Je suis pressée, Paul doit me recontacter dans quinze jours, j'ai déjà perdu une semaine puisque j'ignorais où vous trouver avant aujourd'hui. Tout ça doit vous sembler extravagant mais...

— Stop ! J'accepte ! Les terroristes ne commandent pas de faux papiers sur Internet, on retrouverait facilement leurs traces. Et vous n'avez pas la tête d'un bandit de grand chemin. Vos yeux sont trop inquiets, vous n'êtes pas une professionnelle. Et votre histoire est abracadabrante, on n'invente pas un truc pareil.

Kate poussa un soupir de soulagement. On allait l'aider, elle n'était plus seule.

— Je suis peut-être parano mais je préférerais ne plus utiliser l'ordinateur de l'hôtel. Il faut que je vous explique ce dont j'ai besoin et sur quel site le commander.

— On va faire plus simple. Je passerai vous prendre à cinq heures. Vous êtes à quel hôtel ?

— Le Raphaël, *largo* Febo.

Corrado hocha la tête puis éleva brusquement la voix :

— Si vous trouvez mes fauteuils trop chers, allez chez Ikea... mais les leurs ne viennent pas d'un paquebot de croisière du début du siècle !

Kate s'éloigna, un peu rassérénée.

À cinq heures précises, Kate attendait devant son hôtel. Corrado surgit sur une Vespa beige, Joe le cocker tranquillement assis sur la plate-forme repose-pieds. Corrado fit signe à Kate de s'installer derrière lui.

— J'ai fait du scooter à Paris, je commence à avoir l'habitude, dit-elle.

— C'est le meilleur moyen pour semer quelqu'un. Je défie quiconque de me suivre à travers Rome !

Il le prouva, slalomant entre les voitures et zigzaguant avec adresse. Joe demeurait impassible, ses oreilles voltigeaient dans les virages. Kate fit deux infarctus, trois accidents vasculaires cérébraux, quelques arrêts cardiaques, puis se rassura. La Vespa fila vers Monte Mario, la huitième des sept collines de Rome, au nord-ouest de la ville où les Romains venaient au début du siècle dernier respirer l'air non pollué. C'était devenu un quartier populaire et familial dont les habitants se saluaient et s'entraidaient et où il faisait bon vivre.

La Vespa s'arrêta au pied d'un immeuble. Joe sauta à terre et marqua son territoire.

— On va passer la commande tout de suite sur mon ordinateur, dit Corrado.

Kate suivit l'homme et le chien jusqu'au dernier étage. Corrado vivait dans un *attico*, un appartement posé comme une petite maison sur le toit en terrasse de son immeuble. Il disposait d'une chambre, d'un salon, d'une cuisine et d'une salle de bains. Les plafonds, les murs, les planchers et les meubles étaient en bois d'une teinte chaude. Une collection de petites voitures Dinky Toys occupait plusieurs étagères. La terrasse avait des dalles rouges qui captaient la lumière. Des orangers, des figuiers et des oliviers y poussaient dans de grandes jarres bleues. Kate s'étonna de l'absence de Renata mais ne voulut pas paraître indiscrète. Corrado alluma un ordinateur posé sur un vieux coffre de marine.

— Quel site ?

Elle le lui indiqua. Dix minutes plus tard ils avaient rempli les formulaires nécessaires à l'obtention d'une carte d'identité et d'un permis de conduire au nom de Kate Sand, née en 1967 à Winnetka dans l'Illinois. Corrado tapa les numéros de sa carte de crédit et indiqua son adresse personnelle. Rien ne pourrait relier cette Kate à la Jenny Lincoln qui résidait à l'hôtel Raphaël.

— Vous permettez que je me connecte sur un autre site une seconde ? demanda Kate.

Elle tapa l'adresse électronique de *Tel père, tel fils* pour suivre le parcours de Noé. Il paraissait acclimaté à son enfermement médiatique, ses professeurs avaient aimé son premier court-métrage réalisé sur place, tout allait bien pour lui et pour Mona.

Kate tendit à Corrado une enveloppe où elle avait glissé le montant en euros de la commande.

— Qu'est-ce que c'est ? demanda-t-il.

— Ce que je vous dois.

— Ce n'était pas si pressé.

— Les bons comptes font les bons amis. Vous connaissez un notaire ?

— Vous voulez déjà faire votre testament ? Vous n'êtes pas un peu jeune pour ça ?

— On n'est jamais trop prudent.

La Vespa fila vers le centre-ville et l'étude du cousin d'une belle-sœur d'un voisin de Corrado. Kate se présenta au notaire en tant que Jenny Lincoln et lui expliqua qu'elle voulait faire une donation conséquente à son frère Paul Lincoln, résidant aux États-Unis. Le notaire devrait en aviser le bénéficiaire le samedi 15 octobre, deux jours avant l'expiration de l'ultimatum.

— Vous êtes sûre que vous vous rendez compte de ce que vous faites ? vérifia le notaire après avoir pris connaissance du montant du don.

— Absolument.

Kate avait vendu toutes ses actions et divisé en trois parts l'argent obtenu. Le premier tiers irait à Paul, qui aurait logiquement dû hériter de ses parents et de sa sœur. Le deuxième serait pour Gwénola, qui avait le plus pâti des mensonges de Jenny et qui était la moins à l'aise financièrement. Le notaire se chargerait également de la prévenir. Le troisième tiers restait la propriété de Jenny Lincoln.

47

Dimanche 2 octobre

Une semaine après les premières roses rouges menaçantes de Paul, Kate reçut un second bouquet au Raphaël. Cette fois les roses étaient presque noires. Le bristol qui les accompagnait précisait « Attention, plus que quinze jours ».

Les journées suivantes se déroulèrent en accéléré. Corrado, disponible en dehors de ses voyages et des week-ends, servit de chauffeur à Kate qui se promit de l'indemniser largement pour son aide. Il supposa que le type élégant et coincé qui attendait Kate à l'aéroport travaillait aux heures de bureau. Elle crut que Renata avait un métier qui l'occupait la semaine. Chaque fois que Corrado passait la chercher à son hôtel il consacrait une demi-heure à semer d'éventuels suiveurs avec sa Vespa. Partant le matin, revenant en fin de journée, ils visitèrent un certain nombre de maisons puis elle jeta son dévolu sur trois superbes villas situées près de la *via* Appia Antica, la reine des routes, la plus importante voie romaine commencée à la fin du IVe siècle pour relier Rome à Capoue. Pavée de grandes dalles de basalte et bordée de trottoirs en terre battue, cette voie appienne était assez large pour permettre à deux chars de se croiser de front. Les villas qui séduisirent Kate étaient de vastes demeures haut de gamme isolées les unes des autres, avec parc, garage, piscine, jacuzzi et le dernier cri en matière d'alarme.

La promesse de vente fut signée chez un notaire différent de celui auquel Kate s'était adressée pour les deux donations. Tout le monde avait intérêt à ce que l'affaire soit conclue le plus rapidement possible. Un autre acquéreur s'était présenté récemment mais la vente avait capoté à cause d'un défaut de financement. Le dossier était donc monté, le notaire avait déjà réuni les pièces administratives nécessaires et procédé aux vérifications indispensables. L'affaire était saine, les maisons n'étaient grevées d'aucune hypothèque, la commune avait renoncé à exercer son droit de préemption. Kate pouvait s'engager. Il fallait en général compter trois mois entre la promesse et l'achat définitif, mais dans ces conditions il suffisait d'attendre l'expiration du délai légal de rétractation de sept jours conféré à l'acquéreur.

Jeudi 13 octobre

Silvio Berlusconi ayant supprimé les frais d'héritage en Italie, Jenny Lincoln pouvait en toute impunité acheter un bien pour sa sœur Kate Sand, l'important étant *primo* que le chèque d'achat soit certifié par la banque et *secundo* que l'argent atterrisse bien sur le compte du vendeur. Kate, qui avait reçu ses nouveaux papiers d'identité, signa l'acte proprement dit et se retrouva donc propriétaire de trois villas à haute valeur locative qu'elle s'empressa de confier au notaire en le mandatant pour qu'il les gère à sa place. Elle pourrait désormais vivre à l'aise sous son véritable nom. Ce dernier détail réglé, Jenny Lincoln pouvait et devait disparaître.

Le soir de la vente, Kate proposa à Corrado de l'inviter à dîner au bord de la mer avec Renata pour fêter ça, à charge pour lui de trouver le restaurant. Corrado accepta et décida de l'emmener chez Mastino à Fregene, sur la plage où tout le cinéma italien des années 1960 avait l'habitude de se réunir. À une demi-heure de Rome et cinq enjambées de la mer on y servait du poisson et des fruits de mer arrosés de vin blanc.

— Votre mari viendra ? demanda Corrado.

— Mon... quoi ? fit Kate, surprise. Ah, oui. C'est un mari en effet, mais pas le mien. Renata est votre femme ou votre compagne ?

Corrado éclata de rire.

— Ce n'est pas ma femme mais ma sœur, elle garde Joe quand je m'absente.

Ils se regardèrent, deux jeunes adultes sans attaches par une chaude soirée d'automne italien.

— Je crois que Renata est prise ce soir. Ça ne vous ennuie pas de dîner en tête à tête avec moi ? J'ai une autre adresse à Rome même, les patrons sont des amis et c'est un endroit très spécial.

— Les amis de mes amis sont mes amis, dit Kate.

Losteriacarina, près de la *via* Trionfale à Monte Mario, était un restaurant familial et charmant avec une terrasse couverte. Les petites tables disparaissaient sous des nappes rouge et blanc, des statues disséminées dans la verdure se penchaient par-dessus l'épaule des dîneurs. Il n'y avait pas de menu mais des ardoises où le long et souriant maître des lieux Alberto avait inscrit les plats du jour en précisant *oggi ho preparato per voi tante belle cosette*, aujourd'hui j'ai préparé pour vous plein de bonnes petites choses. La blonde maîtresse de maison Loretana, surnommée Lori, accueillait les clients, qui pour la plupart étaient des habitués, en invités. Corrado l'embrassa et Kate l'imita.

— Tu veux regarder l'ardoise ou tu préfères que Lori nous concocte un menu surprise ? suggéra Corrado.

Kate habitait en Italie depuis trop longtemps pour décliner ce genre d'offre.

— Je m'en remets à Lori avec joie, à une condition : c'est moi qui invite ! répliqua-t-elle.

Le repas fut savoureux. Des *antipasti misti*, des *scalopine al marsala* et un tiramisu si léger qu'il fondait dans la bouche. Le tout arrosé d'un Frascati qu'on n'oubliait pas. Joe resta sagement sous la table. Deux cafés plus tard, ils quittèrent les lieux après avoir promis à Alberto et Lori qu'ils reviendraient bientôt.

— Je vous raccompagne tout de suite à votre hôtel ou vous voulez prendre un peu l'air sur ma terrasse ? proposa Corrado.

— Je suis sur le point de mourir, j'aurai le temps de dormir pendant l'éternité.

Ils montèrent. Corrado mit un CD de jazz et alluma des bougies jaunes. Deux hamacs colorés se balançaient sur la terrasse dans la nuit, suspendus à des armatures de bois. Ils s'y allongèrent et le cocker sauta sur l'estomac de Kate où il se mua en bouillotte. Des avions passaient, petites lumières clignotant dans l'immensité nocturne. Un feu d'artifice lointain ponctua l'obscurité d'étincelles multicolores, il y avait toujours une fête quelque part à Rome. De la musique provenait d'une terrasse voisine, des rires fusaient par une fenêtre ouverte.

— C'était si dur que ça, votre semaine à Paris ? Vous avez envie d'en parler pour l'exorciser ? dit Corrado rompant le silence.

— C'était horrible. La seule personne qui ne me haïssait pas était un gamin de dix-sept ans qui voulait me faire l'amour.

— Et alors ?

— Il était mineur et je le considérais comme mon petit frère. Je ne me sens pas l'âme d'une initiatrice. Vous me trouvez ridicule ?

— Je vous trouve tendre, dit Corrado.

Ils restèrent un moment sans parler. Kate songea qu'à Paris elle avait cheminé en solitaire. Les autres fonctionnaient par paires, Axelle et Charles, Gwénola et Loeiz, Olivia et Noé. Et à Rome Floridiano avait sa famille. Kate respirait indubitablement mieux depuis Corrado.

— Merci de votre aide, murmura-t-elle.

Elle avait envie qu'il s'approche et la prenne dans ses bras. Les magazines féminins parlaient des signaux qu'une femme devait envoyer pour faire comprendre à un homme qu'elle le désirait, mais Kate était née dans un pays où les accusations de harcèlement sexuel compliquaient singulièrement les relations amoureuses.

— Vous m'avez consacré beaucoup de temps cette semaine, dit-elle. J'aimerais vous dédommager.

Dans son esprit c'était une gentillesse, il n'y avait aucune raison qu'il fasse tout ça pour ses beaux yeux même si elle espérait de tout son cœur que ses yeux lui plaisaient. Mais Corrado, qui trouvait Kate tout entière à son goût, le prit très mal.

— Vous croyez que j'ai agi par intérêt ? Ça ne vous vient pas à l'idée qu'on puisse rendre un service gratuit ? fit-il, blessé. Je gagne ma vie, vous pouvez garder votre argent. Bon, il est tard. Je vous ramène.

Elle le considéra d'un air navré.

— Je peux descendre et héler un taxi.

— Vous vous croyez *via* Veneto ? Ici les gens dorment à cette heure de la nuit, sinon ils marchent ou ils se débrouillent. Allons-y.

Il bascula ses jambes hors du hamac et se leva. Le cocker prit fermement appui sur l'estomac de Kate et, d'une détente de ses quatre pattes noir et blanc, sauta à terre. Kate s'extirpa à son tour de son lit de toile.

— Je me suis mal exprimée, dit-elle pour se rattraper. Ne vous fâchez pas, je voulais juste… vous témoigner ma reconnaissance !

— Vous vous enferrez, fit-il d'un ton sec.

En bas de l'immeuble il démarra sa Vespa, Joe sauta à sa place, Kate se dépêcha de grimper derrière eux. Elle songea au moment de grâce vécu avec Noé sur les quais de la Seine et qui s'était soldé par une dispute et un retour silencieux en scooter. Ce soir la marque du deux-roues avait changé et l'atmosphère était pire.

48

Samedi 15 octobre

Comme convenu, au jour prévu, le notaire avisa de la donation les deux heureux bénéficiaires.

Gwénola fut facile à joindre sur son île. Incrédule, elle lui fit répéter trois fois la somme.

— Vous êtes certain que c'est bien de moi qu'il s'agit ? insista-t-elle.

— Vous êtes Mlle Gwénola Tonnerre, célibataire, née à Groix, Morbihan, en 1967 ? Vous connaissez Mlle Jenny Lincoln, célibataire, née à New York, États-Unis, la même année ? Les documents sont en règle, mettez-vous en contact avec le notaire de votre choix et indiquez-moi où virer l'argent.

— Je ne suis pas certaine de pouvoir accepter, dit Gwénola. Il faut que je réfléchisse.

Le notaire s'étonna.

— La donation est irrévocable, je n'ai rencontré Mlle Lincoln qu'une fois, je ne dois pas la revoir, nous n'avons pas envisagé l'hypothèse que vous pourriez refuser. L'argent restera bloqué *ad vitam aeternam*, ce serait dommage. Pensez-y, je vous contacterai à nouveau en début de semaine, d'accord ?

Gwénola y consentit.

Paul Lincoln fit aussi répéter trois fois la somme avant de s'écrier :

— Il devrait y avoir beaucoup plus. Vous vous foutez de ma gueule !

— Ma cliente, qui si j'ai bien compris est votre sœur, m'a donné mandat pour vous aviser du montant de cette donation, répondit le notaire d'un ton glacial.

— Alors c'est elle qui se fout de ma gueule !

— Comment voulez-vous que nous procédions pour le virement ?

— Je vais sauter dans un avion et régler ça directement avec elle, rugit Paul. Elle va m'entendre. Je ne me contenterai pas des miettes, je veux tout le gâteau… et je l'aurai !

Il se précipita à l'aéroport.

49

Dimanche 16 octobre

Kate avait loué une Fiat verte à changement de vitesse automatique par l'intermédiaire de son hôtel et prévenu la réception qu'elle resterait absente trois jours. Son réveil sonna à trois heures, elle s'accouda une dernière fois à sa fenêtre, contempla avec regret en contrebas le Santa Lucia où elle avait fait tant de repas délectables, jeta un ultime regard sur cette chambre qui lui avait servi de terrier pendant de longs mois et quitta l'hôtel en emportant seulement le compas de marine cadeau de Corrado. Elle laissait les vêtements et les effets personnels de Jenny Lincoln. Elle revenait à son point de départ, Kate Sand, Caterina Sabbia...

Corrado lui avait donné rendez-vous près du palais de justice. Il était censé être au volant de la camionnette qu'il utilisait pour livrer les objets de marine encombrants. Kate ne l'avait pas revu depuis le malentendu sur la terrasse, elle espéra qu'il tiendrait sa promesse et ne la laisserait pas tomber au moment crucial.

Un clochard dormait sur un banc. Kate gara la Fiat verte un peu plus loin, s'approcha doucement, détacha de son poignet sa montre Bulgari, cadeau de Floridiano, et la plaça dans la timbale remplie de piécettes déposée devant l'homme. La page Jenny était définitivement tournée.

Elle arriva devant le palais de justice à trois heures et demie, fit un appel de phares. Deux rais jaunes trouèrent la nuit et une camionnette s'écarta du trottoir. Kate, tranquillisée, la suivit à travers la ville endormie.

Ils se dirigèrent vers le nord de Rome le long du Tibre dans la direction d'Orte. Corrado, qui connaissait l'endroit, l'avait décrit à Kate. C'était exactement comme elle l'avait imaginé. Juste au sortir d'un virage, un pont avec un mince parapet métallique surplombait le fleuve à un endroit où il était assez profond pour engloutir une voiture. Les humains et les animaux alentour étaient plongés dans un profond sommeil, l'eau coulait en chuintant, le vent secouait les branches des arbres de la berge. Ils garèrent les voitures avant le pont, descendirent, se rejoignirent.

— Je ne vais pas vous remercier d'être là, vous allez encore le prendre mal, chuchota Kate.

— Vous avez l'habitude de payer les gens, moi ce n'est pas mon style, grommela Corrado.

— Je voulais juste vous dédommager !

— J'avais compris. Me rémunérer, me rétribuer, m'appointer, me récompenser.

— On se dispute ou on me tue ?

— Vous avez raison, on ferait mieux de vous zigouiller d'abord, c'est plus urgent.

Kate arrêta la Fiat verte au premier tiers du pont, les roues tournées vers le vide, à l'endroit où elle serait arrivée si elle avait débouché du virage trop vite. Elle attrapa la besace de cuir qui contenait les papiers de Kate Sand, laissa sur le siège avant droit le sac Vuitton qui renfermait ceux de Jenny Lincoln. Une bouteille de champagne Mercier rosé millésimé trempait dans un sac en plastique rempli de glaçons. Elle la déboucha, en avala une gorgée au goulot, sentit les bulles mourir sur sa langue.

— À Jenny ! dit-elle en passant la bouteille à Corrado.

— À Jenny, fit-il après avoir bu.

— Je ne voulais pas vous faire de peine l'autre soir, c'est juste que… vous ne m'êtes pas indifférent… et j'ignore si c'est réciproque ?

— Tu es mon premier amour américain, Caterina Sabbia, soupira Corrado. Toutes les femmes de chez toi sont aussi compliquées ? Tu ne m'es pas indifférente non plus. En italien, on dit *ti voglio bene*, je te veux du bien, ce qui signifie je t'aime. C'est plus simple et plus efficace.

— *Ti voglio bene*, répéta Kate. C'est mieux comme ça ?

Corrado approcha la bouteille de ses lèvres, prit une gorgée dans sa bouche et embrassa Kate. Le champagne frais coula dans la gorge de la jeune femme qui rendit le baiser avec passion.

— Promets-moi de ne plus jamais me proposer d'argent, souffla Corrado. Même pour la quête le soir de Noël...

— Je le jure, dit solennellement Kate.

— Très bien. Alors tu peux mourir.

Kate lança la bouteille de champagne par terre dans la Fiat et prit soin de laisser la portière du conducteur ouverte, les phares et le moteur allumés, le frein à main non tiré. Elle se pencha pour mettre le changement de vitesse automatique en position marche puis se recula prestement tandis que la voiture avançait.

Corrado fit vrombir le moteur de sa camionnette puis accéléra et percuta la Fiat verte par l'arrière. La voiture fut propulsée vers le parapet qu'elle brisa, et plongea dans le fleuve. Corrado recula jusqu'au début du pont puis rejoignit Kate à pied. La voiture avait piqué droit dans l'eau. Le parapet démoli attirerait l'attention de quelqu'un. On verrait la voiture immergée. On préviendrait les carabiniers. Corrado avait bien choisi son endroit, il y avait déjà eu deux accidents semblables cette année sur ce pont, et on n'avait pas cru bon de réinvestir dans un parapet trop solide. On avait retrouvé le corps du premier conducteur huit jours plus tard, à cinquante kilomètres de là. On cherchait encore le second. Il s'agissait d'une petite route, on ne pouvait pas modifier la courbe du virage à cause de fouilles archéologiques situées à proximité, et on n'allait quand même pas déplacer un pont parce que quelques imbéciles trop alcoolisés n'étaient pas fichus de rouler à une allure décente !

— Je suis désolé pour ton amie Jenny, dit Corrado. Même si ça s'est passé il y a cinq ans.

Ils remontèrent dans la camionnette où Joe, qui trouvait qu'il était beaucoup trop tôt, dormait paisiblement en rond sur le blouson de Corrado. Et ils rentrèrent à Rome en écoutant une cassette de Mina. Parfois la fin est un commencement, en tout cas la fin de la vie de Jenny avait donné le coup d'envoi à la nouvelle existence de Kate même si aujourd'hui elle retournait à la case départ.

50

Paul atterrit à l'aéroport de Fiumicino avec deux bonnes heures de retard, sauta dans un taxi et se fit conduire à l'hôtel Raphaël. Le chauffeur eut beau tout essayer pour le dérider, l'inquiétant Américain au crâne lisse rongeait son frein en grinçant des dents. Il se rua dans l'hôtel, apostropha le concierge :

— Je suis le frère de Jenny Lincoln, ma sœur est dans quelle chambre ?

— Elle savait que vous deviez venir ? demanda le concierge, étonné. Elle s'est absentée pour trois jours.

Paul parut furieux.

— Elle vous a dit où elle allait ?

— Les clients ne nous font pas de confidences.

— Je vais l'attendre. Vous avez une chambre pour moi ?

— Malheureusement nous sommes complets.

— Si ma sœur n'occupe pas la sienne pendant trois jours je peux m'y installer ? Je vous paierai, bien sûr.

Le concierge, que Kate gratifiait souvent de généreux pourboires, refusa tout net.

— Mme Lincoln n'a pas laissé d'instructions dans ce sens, nous ne pouvons pas prendre cette responsabilité.

Paul le dévisagea avec hargne puis tourna les talons. Il détestait en bloc cette ville, ces gens bêtement souriants, ces vieilles pierres ocre, ces terrasses de restaurant accueillantes. Il ferait payer ça à cette fille qui prétendait être Jenny.

Sa première visite fut pour le notaire qui l'avait contacté, mais malheureusement l'homme exerçait conjointement dans plusieurs villes et ne se trouvait pas à Rome aujourd'hui. Paul insista, c'était très urgent, il arrivait des États-Unis, il devait absolument le joindre. Mais la pulpeuse assistante demeura intraitable et se contenta de lui fixer rendez-vous le lendemain après-midi en précisant que le matin le notaire serait absent de l'étude.

Paul passa sa colère en se montrant désagréable avec le réceptionniste du petit hôtel où il trouva une chambre, avec le garçon de la trattoria où il déjeuna, avec les touristes et les Romains qu'il croisa, avec le serveur de la pizzeria où il dîna.

Le lendemain, il débarqua à l'étude une heure en avance et patienta en se rongeant les ongles. Le notaire qui l'introduisit enfin dans son bureau avait la mine sombre.

— Monsieur, permettez-moi de vous présenter mes condoléances..., commença-t-il dans un anglais parfait.

— Quoi ? grogna Paul.

Le notaire pâlit et parut confus.

— Vous n'êtes pas au courant ?

Il lui tendit deux articles de journal que son assistante avait découpés. La *Repubblica* et le *Messaggero* consacraient chacun un entrefilet à l'accident qui s'était déroulé tôt la veille à la périphérie de Rome. Une Fiat de location avait quitté la route au niveau d'un pont et basculé dans le Tibre. On n'avait pas encore retrouvé le corps de la conductrice, Jenny Lincoln, une Américaine domiciliée à Rome depuis quatre ans, mais les plongeurs avaient repêché son sac avec ses papiers ainsi qu'une bouteille de champagne débouchée qui expliquait sans doute la vitesse excessive à laquelle la conductrice avait abordé le virage. L'accident ne faisait aucun doute, la voiture avait défoncé le parapet, la portière avant gauche s'était ouverte sous le choc. Les riverains protestaient, c'était la troisième fois en un an qu'un accident mortel se produisait à cet emplacement.

Le visage de Paul eut une expression effrayante. Le notaire se méprit.

— Je comprends, ce doit être terrible pour vous. Asseyez-vous, je vais demander à mon assistante de vous apporter un verre de...

— L'argent ! dit Paul d'une voix blanche. J'y ai droit même si elle est morte ? Même si on ne retrouve jamais son corps ?

Le notaire eut l'air éberlué.

— Vous voulez dire, la donation qu'elle vous a consentie ? Elle vous est acquise, c'est définitif.

Un tic nerveux agitait le coin droit de la bouche de Paul. Il ne pouvait croire à un accident, la fille l'avait doublé avec astuce, il était vaincu. Il n'avait aucun moyen de retrouver sa trace, elle avait dû brouiller les pistes. Il s'était fait avoir comme un imbécile.

— Filez-moi le fric, dit-il. On procède comment ?

La famille était sacrée en Italie. Le notaire, subitement très froid, indiqua la marche à suivre. Paul signa les papiers nécessaires, puis il loua à son tour une voiture et se rendit sur le lieu de l'accident.

Des curieux, rassemblés autour de la grue qui sortait la voiture de l'eau, gesticulaient et commentaient l'opération avec animation. Paul se pencha par-dessus le parapet et scruta le fleuve. L'endroit était parfait pour disparaître en faisant croire à un accident mais il pouvait aussi s'agir d'un suicide. Seule la découverte du corps confirmerait à cent pour cent la mort de la jeune femme.

Interdit de sortie du territoire américain, Paul ne pouvait prendre contact avec les autorités italiennes et se tenir au courant des progrès de l'enquête. Il avait perdu trop de temps en prison, il voulait à présent profiter de la vie. Il avait obtenu moins d'argent qu'il n'en attendait mais plus qu'il n'en avait jamais possédé. Il reprit le premier avion pour les États-Unis.

Le notaire, échaudé par la réaction de Paul, appela Gwénola pour la prévenir de ce qui s'était passé.

— Je suis navré, j'ai une mauvaise nouvelle à vous apprendre. Mlle Jenny Lincoln a été victime d'un accident, sa voiture a plongé dans le Tibre, on n'a pas encore retrouvé son corps.

— Mon Dieu ! souffla Gwénola, oubliant ses griefs.

— Le pont était haut, le choc a été violent. Le corps a dû être emporté par le courant. Il y a déjà eu des précédents à cet endroit. D'après les carabiniers il n'y a aucune chance qu'elle soit vivante. Il y avait une bouteille de champagne vide dans la voiture. On n'écarte pas complètement l'hypothèse d'un suicide.

— C'est horrible..., murmura Gwénola. Je crois qu'elle n'avait plus de famille. Est-ce qu'il va y avoir une cérémonie ou quelque chose ? Il y a quelqu'un à contacter sur place ?

— Son frère est venu mais je ne crois pas qu'il s'en soit occupé.

— Son frère ? Paul ? Je croyais qu'il était mort ?

— Il m'a eu l'air bien vivant. Ils n'étaient manifestement pas en très bons termes.

Gwénola était bouleversée.

— Merci de m'avoir prévenue, maître, dit-elle en s'apprêtant à raccrocher.

— Attendez ! La donation reste valable, puisqu'elle est antérieure à l'accident et irréversible. Vous y avez réfléchi ?

Gwénola, décontenancée, poussa un soupir.

— Je n'y pensais plus, fit-elle, sincère. Je suppose que maintenant je dois accepter. On ne s'oppose pas à la volonté de quelqu'un qui n'est plus là.

— Vous faites le bon choix, dit le notaire avec conviction. Toutes mes condoléances.

51

Après avoir raccroché, Gwénola resta un moment hébétée à regarder l'océan par la fenêtre. Tant d'événements s'étaient déroulés pendant cette semaine des « vingt ans du bac », Jenny avait causé tellement de souffrance, modifié leur vie à jamais. Et voilà qu'elle était morte après avoir quêté leur pardon. Gwénola était agitée de pensées contradictoires, elle en voulait infiniment à Jenny et était incapable de lui pardonner, pourtant sa mort l'attristait. « Aucune de nous n'a guéri de l'année de terminale », songea-t-elle.

Elle choisit d'abord de prévenir Olivia et l'appela sur son portable. Elles ne s'étaient pas parlé depuis le lancement du jeu télévisé. Gwénola avait envoyé plusieurs courriers électroniques sur l'ordinateur d'Olivia et enregistré des messages vocaux sur son répondeur mais Olivia n'avait jamais rappelé. Gwénola était venue à Paris voir Bertrand Guinness et signer le contrat, faire une séance photo, rencontrer des journalistes, elle n'avait pas vu filer les jours. Elle espéra qu'Olivia n'était pas en pleine déprime, prostrée dans un coin.

Le téléphone sonna trois fois, une voix gaie répondit :

— Al… ui ?

— Olivia ? C'est Gwénola. Je t'entends mal !

— Suis… ans… mart… andie…

— Quoi ? C'est complètement haché. Il faut que je te parle, c'est important.

— D'ac… arer…

Un concert de klaxons, deux éclats de rire, un masculin, l'autre féminin.

— Allô, Gwénola ? Excuse-moi, ça ne passait pas. Je suis dans la Smart de Colin, on se balade en Normandie, il s'est garé. Qu'est-ce que tu voulais me dire ?

Gwénola fronça les sourcils. La grande Olivia dans une minuscule Smart avec son ex-mari ? On se serait cru au Cluedo.

— J'ai une mauvaise nouvelle, commença Gwénola.

— Noé ? fit Olivia, affolée.

— Ton fils va très bien, laisse-moi le temps de finir ma phrase. Il s'agit de Jenny. Elle a eu un accident de voiture à Rome.

— C'est grave ?

Gwénola lui raconta. Olivia fut très secouée. La dernière fois qu'elle avait vu Jenny, c'était à l'hôtel, quand elle l'avait accusée d'avoir circonvenu son fils. En y repensant ensuite elle s'était reproché son attitude. Elle aurait admis que Noé fasse l'amour avec une jeune fille de son âge mais la situation l'avait mise hors d'elle. Jenny lui avait juré qu'il ne s'était rien passé, disait-elle la vérité ? Elle avait autrefois eu tort de dissimuler à Olivia le suicide de sa mère, mais elle croyait bien faire.

— C'est un accident ? Elle ne l'a sûrement pas fait exprès ? implora-t-elle, ne supportant pas l'idée que Jenny ait pu mettre fin à ses jours.

C'était désormais au tour de Gwénola de protéger la grande Olivia Ruben.

— Les carabiniers ont été catégoriques : sûrement pas !

Gwénola appela ensuite le château de Bergeac. Ce fut Axelle qui décrocha.

— Axelle ? C'est Gwénola.

— Charles est à la mairie, je vais te donner le numé…

— C'est à toi que je voulais parler. Jenny a eu un accident de voiture en Italie.

— Elle est dans le coma ?

— Pire que ça.

Axelle aussi fut très ébranlée. Son dernier contact avec Jenny avait été téléphonique, elle aurait voulu lui dire au revoir avant son départ mais elle avait vécu la plus terrible semaine de son existence.

Elles étaient convenues de se retrouver au Trèfle deux jours plus tard, à midi plein. Olivia arriva du nord, Axelle du sud, Gwénola de l'ouest. Le serveur maigre et chauve les reconnut aussitôt et suggéra :

— Champagne ?

Elles acquiescèrent et s'installèrent en terrasse, n'osant pas se sourire tant la mort était passée près.

Le champagne surgit sur la table, même marque, même millésime. Les trois jeunes femmes levèrent leurs verres avec gravité.

— À Jenny ! firent-elles à l'unisson.

— Elle n'avait pas encore vécu le plus beau jour de son existence…, se souvint Axelle.

— Je suis en colère à cause de ce qu'elle a fait mais je ne lui souhaitais pas de mal, murmura Gwénola.

— Le carré est rompu. Nous ne sommes plus que trois.

— Alors c'est un triangle !

— S'il y a une réunion des « trente ans du bac » Jenny ne sera plus qu'une photo sur le diaporama…

Elles restèrent silencieuses. Aucune ne souhaitait qu'il y ait une autre réunion. Elles ne se reverraient plus. C'étaient des agapes d'adieu, elles en étaient parfaitement conscientes.

— Ce n'est pas le jour rêvé pour parler d'amour, mais je tenais à ce que vous le sachiez, Colin et moi nous sommes remariés hier en petit comité, dit Olivia.

Elle sourit tant les visages des deux autres exprimaient la stupéfaction.

— C'est une bonne nouvelle, félicitez-moi !

— Tous mes vœux de bonheur aux époux, bredouilla Axelle. Je ne sais pas pourquoi j'ai une impression de déjà-vu.

— Vive les mariés ! fit Gwénola. J'ai un cadeau pour vous.

Elle fouilla dans son sac, y pêcha deux exemplaires du *Masque de soie* et les leur tendit.

— Il sortira en librairie à la fin du mois, dit-elle avec un sourire timide. Regardez page 5 !

Elles ouvrirent leurs livres. Il était dédié « aux quatre feuilles du Trèfle ».

52

Dans sa médiatique prison derrière la lucarne, Noé essayait sans succès de se concentrer sur l'écriture de son scénario. Il avait été bien noté dans les autres matières, direction d'équipe, originalité des prises de vue, inventivité du son, montage, postsynchronisation, mais depuis le début il séchait sur son grand œuvre, sa pièce maîtresse, inventer une histoire si géniale qu'il gagnerait le jeu et obtiendrait les crédits nécessaires pour tourner son premier long-métrage de cinéma.

Excité et ravi d'assister hier au remariage de ses parents, il avait été déchiré quand Olivia, avec diplomatie, lui avait appris la disparition de Jenny. Noé avait pris sur lui pour ne pas gâcher leur fête, il avait souri et fait semblant d'être heureux, mais une femme rousse en robe de lin rouge avec une épaule asymétrique riait à gorge déployée dans sa mémoire et lui donnait envie de sangloter.

Aujourd'hui, continuer à participer au jeu lui semblait grotesque. Il aurait dû se ruiner en hot dogs pour elle, l'emmener en scooter voir le soleil se lever sur Montmartre, visiter les catacombes en lui tenant la main, la filmer sous tous les angles.

— Noé ? murmura une voix.

Mona s'inquiétait pour lui. Elle avait remarqué son expression lorsqu'il était rentré la veille mais leurs emplois du temps les avaient séparés depuis.

— Je t'ai cherché partout. Ça ne va pas ?

— Non. Ka... (il se reprit) Jenny est morte.

Mona ouvrit de grands yeux.

— L'amie de ta mère, celle pour laquelle on a fait le montage ?

— Elle a eu un accident de voiture à Rome.

— Je suis désolée, dit Mona. Tu la connaissais depuis longtemps ?

— Une interminable semaine.

Mona le considéra avec gravité, tentant de lire à travers lui. Puis, comme elle n'y parvenait pas, elle choisit de le consoler de la meilleure façon qui soit : en l'embrassant avec fougue. Noé, surpris de sentir ces lèvres douces contre les siennes, voulut lui demander leur signification mais du coup il ouvrit la bouche et ensuite il oublia tout ce qui n'était pas leur baiser.

Après avoir fait l'école buissonnière pendant une heure, ils réapparurent en se tenant par la main. Ils savaient désormais ce que Kate voulait dire par « avoir le corps heureux et ne plus avoir peur ». Un chargé de production tendit une enveloppe à Noé.

— C'est pour toi, il y a marqué « urgent et personnel », elle vient de Rome, ça ne ressemble pas aux habituelles lettres de fans.

Noé décacheta l'enveloppe. Elle renfermait une feuille blanche où était écrit : « La vérité a plusieurs visages, Jenny est morte mais pas Kate, tu as mon feu vert pour raconter mon histoire, je sais que tu seras à la hauteur. »

— Ouiiiii ! hurla Noé, transfiguré.

Il serra Mona contre lui puis se mit à sauter à travers la pièce comme un Marsupilami.

— Tout va bien ? s'inquiéta le chargé de production.

— Tout va on ne peut mieux, affirma Noé.

Le samedi suivant, en direct, à 21 h 10, au moment où l'émission était à son maximum d'audimat, il prit Mona par la main et s'avança au milieu du plateau.

— Nous avons décidé d'un commun accord de sortir du jeu ce soir. Je remercie les professeurs, la production, la chaîne et tous les téléspectateurs qui ont voté pour moi, fit-il d'une voix claire tandis que l'animateur s'arrachait les cheveux. Et je souhaite bonne chance à mes camarades. Le problème c'est qu'on nous formate comme des disquettes alors que nous sommes chacun un logiciel unique. Je connais une histoire merveilleuse et j'ai envie de vous la raconter en images. Mona sera mon assistante de réalisation. Le synopsis est prêt, nous sommes ouverts à toute proposition. À bientôt, merci de m'avoir écouté.

Il salua avec élégance, rougit avec grâce, conquit le cœur des ménagères et de quelques producteurs qui bondirent aussitôt sur leurs téléphones.

53

Fin décembre 2005

Corrado cirait avec respect une commode de bateau sur sa terrasse en écoutant un CD de Diana Krall. Joe le cocker faisait la sieste dans un des hamacs. Kate alluma l'ordinateur, se connecta sur Yahoo et tapa le nom Noé Nathan-Ruben. Plusieurs sites proposèrent des articles ayant trait au jeune réalisateur qui venait de commencer le tournage de son film *Les Quatre Vérités* avec sa compagne Mona. Comme Matt Damon et Ben Affleck qui avaient écrit ensemble le scénario de *Will Hunting*, le duo Noé-Mona fonctionnait à fond et la rumeur affirmait que le scénario était excellent. Le livre, publié chez l'éditeur Bertrand Guinness, sortirait en même temps que le film.

Kate sursauta quand Corrado, arrivé doucement derrière elle, passa ses bras autour du cou et se pencha pour l'embrasser.

— Demain on lève l'ancre vers la mer Tyrrhénienne, ça te va ? murmura-t-il lorsqu'il s'écarta.

— Quand j'étais à Paris on m'a demandé quel était le plus beau jour de mon existence et je n'ai pas su répondre. Depuis que je vis avec toi j'ai l'embarras du choix.

— J'ai lu dans le journal que ces incapables n'ont toujours pas retrouvé ton corps. Moi je l'ai et je ne le lâcherai pas pour un empire !

Elle rit. La plupart des gens cochaient les cases sur le QCM de la vie dans le bon ordre : on trouve l'amour, on travaille, on gagne de l'argent, on meurt. Kate avait bousculé l'ordre établi, elle avait travaillé, elle était devenue riche grâce à Jenny, elle était morte. Ensuite seulement elle avait trouvé l'amour.

La Jenny des quatre dernières années vivait à l'hôtel et s'habillait haute couture. Kate avait désormais son nom sur la boîte aux lettres de Corrado qui lui avait offert symboliquement la fameuse veste matelassée sans manches des cavaliers et des brocanteurs.

Elle repoussa sa chaise, entraîna Corrado dans la chambre. Le soir tombait sur Rome, des avions passaient au-dessus de leurs têtes, des voitures klaxonnaient en contrebas. Un chien aboya. Un oiseau chanta. Un enfant qui apprenait à faire du vélo cria de joie. La couleur des yeux de Kate et de Corrado changea pendant l'amour. Cela voulait dire qu'ils étaient vivants.

Rome, Montesson, Groix, 2005

Merci à ceux grâce auxquels ce livre existe :

À Paris : Bernard Barrault, Nicole Lattès, Leonello Brandolini, Arié Sberro, Élisabeth Villeneuve, Véronique Aubry, Sylvie Bardeau, Benita Edzard, Françoise Delivet, Delphine de La Panneterie, Juliette Duchemin

Catherine Bourgey et le Dr Patrick-Pierre Sabatier

Renata Parisi, Christine Soler, Catherine Ritchie, Colette Fouchet

À Sainte-Marie de Neuilly : Isabelle Redier, Blanche de Kersaint, Nathalie Delapalme et Sophie de Ricci

Au lycée La Folie-Saint-James : Alberte Metcalfe

À l'institut de La Tour : Marina d'Halluin, Isabelle Sandiford-Pellé, Danielle et Elizabeth Arthur

Isabelle Gounin, Michel Delgado, Noé Ruben et Mona, Carole Fonfria, Danièle d'Antoni, Evance Richard, Uriel

À Groix : Brigitte Adam, Louis Barbusse, Pat et Myriam Sacaze, Jean-Pierre et Monique Poupée, Jeanne Tonnerre, Lucette et Véronique Corvec

Dans le Gers : Marie de La Forest et Julien Leclerq

À Rome : Alberto et Loretana Medici, Achille et Sandra Alori, Giacinto et Maria Fusco, Monica Rossi

Musiques : Serge Reggiani, Norah Jones, Ismaël Lo, Peter Cincotti.

8028

Composition Nord Compo
Achevé d'imprimer en France (La Flèche)
par Brodard et Taupin
le 8 novembre 2006. 38353
Dépôt légal novembre 2006. ISBN 2-290-35320-5

Éditions J'ai lu
87, quai Panhard-et-Levassor, 75013 Paris

Diffusion France et étranger : Flammarion